Herstellung und Verlag:
BoD – Books on Demand, Norderstedt

Bibliografische Information der Deutschen
Nationalbibliothek:

Die Deutsche Nationalbibliothek verzeichnet
diese Publikation in der Deutschen
Nationalbibliografie; detaillierte
bibliografische Daten sind im Internet über
http://dnb.dnb.de abrufbar.

ISBN: 978-3-7460-7682-9

Bernhard Künzner

Mission Erleuchtung

Mein Leben als Mensch

PROLOG

Mein Name ist Bedad. Ich bin ein Geistwesen. Vor vielen Tausend Jahren war schon einmal die Rede von mir. Damals erschien ich in der Gestalt eines Königs der Edomiter. In der Bibel wurde ich lediglich als Vater Hadads erwähnt. Aber das alles ist zu lange her, als dass es hier von Bedeutung wäre.

Ich weiß, unter Geistwesen kann man sich nichts vorstellen. Ich habe kein Gesicht, keine feste Form, geschweige denn einen Körper, der mit Organen, Knochen, Muskeln, Nerven, Blut und Wasser angefüllt ist. Ich habe nichts, was man anfassen könnte.

Aber wenn ich wollte, könnte ich mir so einen Körper zulegen. Denn ich kann alles sein, was ich einmal gesehen habe. Ich kann ein Tier sein, eine Pflanze, eine 500 Jahre alte Eiche zum Beispiel... Ich sage das mit den Jahren absichtlich, um dir schonend beizubringen, dass Alter für mich keine Rolle spielt; es existiert einfach nicht. Beneidenswert, was? Dabei ist Alterslosigkeit für mich nichts Besonderes, denn so etwas wie Zeit gibt es für mich nicht, ebenso wenig wie räumliche Begrenztheit. Ja, ich kann wirklich alles sein! Ein Fluss oder ein Meer oder eine Wüste, ein Sturm, sogar ein Mensch kann ich sein, obwohl das mit Gefahren verbunden ist. Warum, das erkläre ich gleich noch.

Es ist in Ordnung, wenn du dir ein Bild von mir machst, das einem Menschen gleicht, auch wenn das nur ein Bruchteil von dem ist, was mich ausmacht. Wie ich als Mensch aussah, wird ein paar Seiten später beschrieben. Dennoch bleibe ich immer ein Geistwesen – das musst du wissen.

Also – trotz aller Gefahren - ein Mensch zu sein, ist das, was jeder von uns Geistwesen einmal sein möchte, mehr als alles andere. Warum?

Na, das müsstest du doch am besten wissen!

Waren es nicht die Menschen, die beschlossen haben, ein absolut freies Leben zu führen?

Im Gegensatz zu den Tieren können sich die Menschen aus der Ganzheit ausklinken. Hmm... Wie könnte ich das in euren begrenzten menschlichen Sprachmöglichkeiten so erklären, dass ihr mich versteht?

Ein Mensch ist in der Lage, sich als Individuum zu sehen, als ungeteilten Einzelgänger. Jeder einzelne von ihnen kann mit seinem Gehirn eine Welt konstruieren, die genau nach seinen Vorstellungen funktioniert. Sie können essen, was sie wollen, sie können Tiere zähmen, Getreide anbauen, in die tiefsten Ozeane hinabtauchen und auf die höchsten Berge steigen. Sie können sogar fliegen, bis hinein in den Weltraum! Das ist schon bemerkenswert! Die unablässige Agilität der Menschen kommt daher, dass sie träumen können und alles versuchen, die Träume wahr werden zu lassen.

Daher ist wohl auch ihr Streben nach Unabhängigkeit sehr ausgeprägt; es soll sogar so weit gehen, dass sie sich von Gott unabhängig machen wollen. Und darin liegt die Gefahr!

Nicht wenige von uns haben – aus reiner Neugier! – eine menschliche Gestalt angenommen. Sie wollten wissen, wie das so ist als Mensch. Offenbar waren sie begeistert von den vielen Möglichkeiten, sich selbst zu spüren – spüren... Ja, dieses Wort kommt mir nur schwer über die Lippen, weil es bei uns Geistwesen so etwas gar nicht gibt. Wir können keinen Schmerz empfinden und keinen Juckreiz, wir können auch nicht weinen oder lachen, wozu auch? In unserer Welt ist alles absolut rein, perfekt, absolut.

Wie soll ich es beschreiben? Es ist so, als wärst du in einem Raum, der von dem hellsten Licht erleuchtet ist, das du dir vorstellen kannst, von einer Lichtquelle, die von allen Seiten gleichzeitig kommt, etwa so, als wären die Wände selber aus Licht, und du wolltest diesen Raum mit einer Taschenlampe noch heller machen oder mit einem Tuch abdunkeln – das funktioniert einfach nicht.

Als Mensch jedoch kannst du so viel mehr empfinden. Ich habe mich mit Freunden darüber ausgetauscht, mit solchen Freunden, die auf der Erde waren, um auszuprobieren, wie es sich anfühlt, Mensch zu sein. Sie sagten, es gäbe Gefühle wie Freude, Angst, Sorge, Ärger, Wut, Trauer, und noch jede Menge mehr, aber am interessantesten soll die Liebe sein. Mit diesem Gefühl im Herzen - so beschrieben es einige – wäre man wie Gott in menschlicher Gestalt. Ist das nicht aufregend? Und da fragst du, warum es für uns so reizvoll ist, ein Mensch zu sein?

Aber jetzt komme ich zur Gefahr des Menschseins: Leider haben sich viele Geistwesen so sehr in die Idee verrannt, ein Mensch zu sein, dass sie vergessen haben, wer sie wirklich sind. Sie waren von den Funktionen des menschlichen Gehirns und der menschlichen Psyche so fasziniert, dass sie tatsächlich glaubten, was ihnen der menschliche Verstand vorsagte. Sie waren überzeugt davon, dass sie an ihren Körper gebunden seien. Sie waren regelrecht verliebt in ihre Gestalt! Obwohl mehr als einmal geistige Botschaften übersandt wurden, die sie daran erinnern sollten, wer sie in Wahrheit waren, schafften es nur wenige, ihren menschlichen Körper wieder aufzugeben. Nun ist das alles im Grunde nicht weiter schlimm, denn diese Körper sind ziemlich empfindlich. Warte! Ich muss auch das erklären...
Der Körper wird aus einem unsterblichen Geist geschaffen, so wie alles ringsherum. Dieser Schöpfungsakt passiert nur deshalb, weil sich der Geist in einer materiellen Form erleben möchte. Warum? Ich sage mal ganz menschlich: Nur formloser Geist zu sein, ist ihm zu langweilig. Dazu setzt der Geist seine unendlich hohe Schwingung so weit herab, dass Materie entsteht. Trotzdem bleibt der göttliche Geist in seiner Unendlichkeit und Reinheit bestehen. Ohne ihn gäbe es kein Leben. Solange dieser Geist den Körper nährt, funktioniert er einwandfrei. Aber leider wird der Körper primär von einem Gehirn gesteuert. Dieses Organ funktioniert wie ein Computer. Es wird ständig mit Daten gefüttert. Daraus konstruiert es ein Bild von der Welt, die den Körper umgibt. Der Unterschied zum Computer besteht

darin, dass sich das Gehirn die Daten, die es verarbeiten will, selbst aussucht. Es trifft eine Auswahl aus der unendlichen Menge an Daten, die in der universalen Bibliothek lagern. Das Gehirn – oder auch der Verstand, so wie ihr die Scheinintelligenz hinter eurem Schädel nennt – kann sehr überzeugend argumentieren. Es ist ihm gleichgültig, dass es nur einen winzigen Bruchteil aller Daten über die Welt erfasst hat, es vertritt immer die Meinung: So ist! Ich kann es euch vorrechnen! Der Körper schließt sich der Meinung des Verstandes an. Aber was macht das Geistwesen? Müsste es nicht protestieren? Müsste es nicht sagen: Das ist doch Unsinn! Wie kannst du überheblicher Verstand dir anmaßen, auch nur einen Bruchteil der göttlichen Genialität zu begreifen? Aber nein – das Geistwesen schweigt und beobachtet in unermesslicher Geduld. Es vertraut darauf, dass sich der Verstand Schritt für Schritt selbst entwickelt, vom primitiven Aug' um Aug' über den Humanismus und die Quantenphysik bis hin zur Transzendenz aller materiellen Begrenzungen. Es wartet darauf, bis der Mensch mit seinem Gehirn selbst erkennt, woraus es besteht. Dieser Mechanismus ist der Willensfreiheit geschuldet, ein wichtiges göttliches Prinzip.

Aber der Weg dorthin ist weit. Kaum hat der menschliche Verstand eine Kleinigkeit begriffen, meint er, den Endpunkt seiner Entwicklung erreicht zu haben. Meistens folgt darauf eine ernüchternde Katastrophe; doch die Menschen rappeln sich wieder auf und fangen neu an zu denken. Zwei Schritt vor, einer zurück – es dauert! Da die Menschen nicht mit Geduld gesegnet sind, kommt es immer wieder vor, dass sie alles, was ihnen bisher Halt gegeben hat, über den Haufen werfen und sich fragen, ob es nicht vernünftiger sei, ein Leben in Unabhängigkeit zu führen, anstatt immer am Gängelband Gottes zu hängen. Als ob Gott ihnen vorschreiben würde, wie sie ihr Leben zu führen haben!

Gott gibt ihnen die Freiheit, alles zu tun, was auch immer es ist. Er gibt keine Gebote und Verbote aus, höchstens Empfehlungen. Was ihr in euren „heiligen" Schriften gelesen habt, waren immer nur Gleichnisse, aus denen ihr lernen solltet, dass es gut für euch ist, bestimmte Regeln zu beachten. Zu stehlen, zu lügen, zu betrügen, zu töten ist nicht per se verboten. Es belastet jedoch euer Gemüt so sehr, dass ihr keine Freude mehr in eurem Leben finden könnt. Und das ist das Wichtigste überhaupt, dass ihr euch über jeden neuen Tag freuen könnt. Freude ist die Energie, die euren Körper bestmöglich versorgt. Solange ihr euch freut, könnt ihr nicht krank werden und ihr könnt nicht sterben. Freude ist nämlich nichts anderes als Liebe und umfassende Liebe ist eine sehr treffende Bezeichnung für Gott. Wenn ihr euch also von Herzen freut, seid ihr wie Gott.

So einfach ist das.

Das Gegenteil tritt ein, wenn ihr euch nicht freut, sondern aufgrund eurer Misserfolge vor dem Leben ängstigt. Dann steht euer Körper ständig unter Stress, so dass euer Selbstheilungsmechanismus gestört ist.

Damit das nicht eintrifft, gäbe es eine so einfache wie wirkungsvolle Methode: Glaubt nicht alles, was ihr denkt!

Ich habe ja bereits erwähnt, dass Freude und Liebe die Menschen in die unmittelbare Nähe Gottes rücken. Und so ist es in der Tat! Würden die Leiber der Menschen von keinem anderen Gefühl als der Liebe durchflossen, dann wären sie unsterblich. Aber nehmen in fast jedem Menschen die anderen Gefühle früher oder später überhand; vor allem die Angst. Sie verdrängt die Liebe, bis ihr Strom fast vollständig versiegt.

Und somit hat der Körper nichts mehr, was ihn nährt und am Leben erhält. Naja – fast nichts mehr; immerhin erhält er durch die liebevollen, hingebungsvollen Tier- und Pflanzenseelen, die er sich einverleibt, geringe Portionen von Liebe, die für ein etwa 100jähriges Leben ausreichen. Dann müssen diese Körper vergehen und die Geistwesen sind wieder frei.

Glaubt nicht alles, was ihr denkt!

Aber vielleicht lehnt ihr diesen Wahlspruch ab, weil er euch zu einfach erscheint. Je mehr Menschen die Entscheidung treffen würden, auf jede Beurteilung von Ereignissen und Mitmenschen zu verzichten und sich ganz darauf zu besinnen, sich zu freuen, umso leichter würde es ihnen fallen, die Welt als Paradies wiederzuentdecken. Ja – er ist immer noch da, der Garten Eden! Oder habt ihr in der Bibel etwas darüber gelesen, dass er zerstört worden wäre? Er ist kein Mythos, er war immer da, die Menschen haben sich nur selbst daraus ausgeschlossen, weil sie dachten, die Schöpfungen ihres Verstandes seien wahr.

Aber ich will auch hier kein Urteil fällen. Es ist in der Tat nicht so einfach, dem Geplapper des Verstandes keine Bedeutung beizumessen. Ich habe ja mit meinen Brüdern darüber gesprochen, die so eine Existenz durchlebt haben. Kaum einer, der nicht selbst den Kopf über sein paradoxes Verhalten geschüttelt hätte! Ja, sie fühlten sich für kurze Zeit tatsächlich noch so, als hätten sie einen Kopf! Sobald sie wieder reine Geistwesen waren, waren sie außerstande zu erklären, welche Verrücktheiten sie als Mensch begangen hatten. Manche sagten, es sei so gewesen, als hätte jemand das Licht ausgelöscht und sie wären in der Finsternis gefangen gewesen. Dadurch hätten sie Angst bekommen und alles geglaubt, was ihnen fremde Stimmen zutrugen…

Aber nun zu meiner Geschichte.

Es ist schwierig, euch zu beschreiben, was ein Geistwesen so tut. Tun ist einer von diesen zahlreichen menschlichen Begriffen, mit denen wir nichts anfangen können. Wenn ich euch sage, wir **sind** einfach nur, ist euch das zu wenig. Vielleicht stellt ihr euch vor, ich sitze den ganzen Tag auf einer Wolke und singe Hosianna. Nein! Natürlich nicht! Wir Geistwesen haben viel zu „tun". Nicht so wie ihr, die ihr meistens früh am Morgen aus euren Betten springt und dann bis zum Abend arbeitet. Ha! Eine seltsame Vorstellung! Dabei haben wir Geistwesen nicht einmal Betten, weil es da, wo ich bin, Tag und Nacht gar nicht gibt. Wie auch, wenn es noch nicht einmal eine Zeit gibt? Überdies brauchen wir keine Erholung, weil wir nicht an einen regenerationsbedürftigen Körper gebunden sind.

Seht ihr jetzt, wie schwierig es ist, meinen Alltag – nein, nicht einmal diesen Begriff kann ich verwenden, ohne etwas Falsches zu erzählen – also, wie schwierig es ist, einem Menschen eine Vorstellung davon zu geben, was ein Geistwesen tut. Aber es ist mir sehr wichtig, weil es euren engen Denkhorizont entscheidend erweitern wird. Ich versuche es mal so:

Stellt euch vor, ihr sitzt in einem eurer so geliebten Autos, ihr fahrt auf eine Kreuzung zu und plötzlich fühlt ihr einen Impuls, euren Fuß vom Gaspedal zu nehmen und zu bremsen. Und prompt kommt ein Fahrzeug von rechts, das euch übersehen hat. Ihr kommt mit quietschenden Reifen zum Stehen und sagt euch: „Gottseidank habe ich instinktiv gebremst!"

Tja, es war weniger euer Instinkt, der euch empfohlen hat zu bremsen, als vielmehr eines von uns Geistwesen. Solche Situationen gibt es mehr als genug. Wir sind überall zur Stelle, wo wir gebraucht werden, auf der Erde und auf all den anderen Planeten, auf denen materialisierte Geistwesen leben. Wir helfen Leben retten, obwohl wir das eigentlich gar nicht tun müssten. Denn – wie gesagt – wenn so ein menschlicher Körper defekt ist, kann das Geistwesen, das ihn geformt hat, wieder in die göttliche Unendlichkeit entschwinden und es ist wieder mit uns vereint. Es hat also nichts zu verlieren. Aber – und das ist ein sehr bedeutsames Aber – es hat sich etwas Unvorhergesehenes ergeben...

Zwischen den Menschen gibt es oft sehr intensive Verbindungen, aus welchen Gründen auch immer. Wenn eine solche Verbindung durch den Tod eines der beiden unterbrochen wird, passiert etwas Faszinierendes! Der zurück gebliebene Mensch beginnt zu strahlen und zu vibrieren und sendet eine sehr hohe Frequenz aus, so dass es dem Geistwesen des Verstorbenen nicht mehr möglich ist, die Verbindung vollständig zu kappen. Erst wenn der überlebende Mensch begreift, dass er selbst ein Geistwesen ist und irgendwann zu dem mit ihm verbundenen Geistwesen zurückkehren darf, wird die Frequenz wieder niedriger und das andere Geistwesen kann sich von ihm lösen.

Aus solchen und ähnlichen Ereignisses haben wir gefolgert, dass diese Verbindung von Mensch zu Mensch tatsächlich zwischen den Geist-„Körpern" besteht und nicht etwa nur zwischen den vernunftgesteuerten Körpern. Diese Verbindung zwischen zwei Menschen ist so etwas Besonderes, weil es sie hier in der Unendlichkeit gar nicht gibt. Wo es keine Individuen gibt, kann es auch keine individuellen Beziehungen geben.

Und das Paradoxe daran ist, dass sich die Menschen dieser seltenen Verbindungen untereinander kaum bewusst sind. Sie leben nebeneinander her, jahrzehntelang, und wenn dann irgendein Ereignis eintritt, das in die Verbindung eingreift, reagieren sie so heftig, dass ihre Frequenz wie aus dem Nichts erheblich ansteigt. Das kann passieren, wenn einer der beiden stirbt, erkrankt oder verletzt wird. Dann wäre der andere sofort bereit, seinen menschlichen Körper aufzugeben, um dem anderen folgen zu können, doch dazu bedürfte es der allumfassenden Liebe, wie sie zum Beispiel Jesus gezeigt hat. Denn die Liebe ist die am höchsten schwingende Emotion. Jesus konnte seine Schwingungsfrequenz durch eine bewusste Entscheidung so hoch ansteigen lassen, dass sich sein Körper auflöste – und ebenso die Frequenz wieder verlangsamen, ganz wie er es wollte. Hierzu bedarf es einer genauen Kenntnis über die Vorgänge der Materialisierung und Dematerialisierung. Ich schweife schon wieder ab...

Ich wollte eigentlich erklären, dass die Geistwesen, die erfahren haben, wie es ist, Mensch zu sein, verändert zurückkommen. Sie haben eine bedeutende Erfahrung gemacht: Sie haben gespürt, was es heißt, sich zu lieben. Versteht mich nicht falsch: Es ist nicht etwa so, dass wir Geistwesen in der Unendlichkeit Gottes nicht in der Lage wären zu lieben. Die neue Erkenntnis ist vielmehr die, dass wir nun einen Namen für dieses elementare Etwas haben, dass alles verbindet und zusammenhält. Und nun, da wir die Liebe kennen gelernt haben, wissen wir auch, was geschieht, wenn man sich von der Liebe abwendet. All diejenigen von uns, die als Mensch gelebt haben, berichten von entsetzlichen Qualen, von schrecklichen Tagträumen, von Wahnvorstellungen, von denen sie heimgesucht wurden, wenn sie ihre Liebe verloren haben. Damit hatten sie nicht gerechnet. Sie hatten gedacht, ihre Zeit auf der Erde wäre eine Art Privatvergnügen, ginge vorüber wie ein schlechter Traum, und hinterher wäre alles wie zuvor. Aber das war ein Irrtum. Sie waren und sind ständig verbunden mit ihren Brüdern und Schwestern in der Unendlichkeit und deshalb wussten sie nichts von Emotionen; sie kannten ja nur den Ur-Zustand der Liebe. Der Begriff der Emotion war ihnen nicht nur unbekannt, sondern auch irrelevant, weil in der göttlichen Unendlichkeit nur der höchste Schwingungszustand existiert. Auf der Erde, in diesem menschlichen Körper, variieren die Schwingungsfrequenzen so stark, dass eine bunte Palette an Emotionen entsteht, die allesamt unterhalb der Liebe angesiedelt sind. Sie werden wahrgenommen als Mangelempfindungen im besten Falle bis hin zu unsäglichen Schmerzen. Würden die Menschen verstehen, dass sie sich nur dazu entscheiden müssten zu lieben, so wären sie wieder mit ihrer Quelle verbunden, frei in der Wahl in der Existenz, unabhängig von Raum und Zeit.

Daher müssen sie, müssen wir eingreifen! Es ist, als würden wir selbst ihre Qualen und ihre Verzweiflung erdulden! Wir müssen ihnen die Liebe wieder zurückgeben!

Also – eines Tages – ich sollte richtigerweise sagen: in der Unendlichkeit des Seins – erreichte mich ein Ruf vom Schöpfer aller Dinge.

Es wurde mir aufgetragen, einen neuen Versuch zu starten, um den Brüdern und Schwestern auf der Erde das Wesen ihrer Göttlichkeit zu erklären. Nein... ich hab das jetzt zu vereinfacht ausgedrückt. Ich will es mal so nennen: Uns – die Gesamtheit aller Geistwesen erreichte ein Hilferuf. Die Menschheit sandte ein unbewusstes kollektives Gefühl aus, das ausdrückte, wie sehr sie sich danach sehnte, etwas zu erfahren, das göttlich bezeichnet werden kann. Wenn ihr euch vorstellen könnt, wie sich jemand fühlt, der mit den Füßen in einem Sumpf feststeckt, sich nicht mehr bewegen kann und immer tiefer einsinkt, dann wisst ihr, von welchem Gefühl ich spreche. Die Menschheit greift nach rettenden Händen, die sich ihr entgegenstrecken und sie weiß, dass es mit Spiritualität zu tun hat, aber sie wissen nicht mehr, wo sie diese Hände suchen sollen. Wie blind fuchteln sie umher, während sie tiefer und tiefer in ihren Albträumen versinken.

Nun – was können wir Geistwesen tun, um die Menschen sehend zu machen? Das ist kaum eine Aufgabe für „Kleingeister"! Aber auch hier besteht wieder ein grundlegender Unterschied zwischen Geistwesen und Menschen. Wir Geistwesen sind uns dessen bewusst, dass wir aus Gott geboren sind und folglich göttliche Fähigkeiten besitzen. Und wenn ihr mich fragt, wie man an so eine gewichtige Aufgabe herangeht, dann antworte ich schlicht und einfach: Ich weiß, dass ich das Richtige und Notwendige tun werde, weil ich von einer Sehnsucht durchdrungen bin, Liebe zu geben und gleichmäßig zu verteilen. Nur so kann ich den Menschen nahebringen, was es mit der allumfassenden Göttlichkeit auf sich hat. Ihr müsst verstehen: Ich handle nicht aufgrund eines Befehls von meinem Chef, ich handle, weil der göttliche Wille zu meinem geworden ist.

Ich brauchte also nicht etwa einen Kursus belegen, um mich auf die gewichtige Aufgabe vorzubereiten. Alles, was ich wissen musste, war bereit. Naja – fast alles...
Natürlich brauchte ich auch keine großen Vorbereitungen zu treffen, um auf die Erde zu reisen. Koffer packen, Flug buchen, Kreditkarten checken und solche Dinge müssen wir nicht. Wir denken uns einfach dorthin, wohin wir wollen, und das war's dann.
Ich musste mich nur noch entscheiden, ich welcher menschlichen Gestalt ich auftreten sollte.
Ich wählte einen Mann, etwa 40 Jahre alt, eins neunzig groß, um wahrgenommen zu werden, schlank, braunes, leicht gewelltes Haar, heller Teint, mit kurz gestutztem Vollbart, eine Assoziation zu Jesus war sicherlich von Vorteil, denn die ans Kreuz genagelte Figur, die die Menschen in weiten Teilen der Welt ansehen müssen, wird als Heils-

bringer akzeptiert, denn das Leiden wird allgemein als tugendhaft angesehen. Ein gut genährter Buddha hätte in der westlichen Welt kaum Chancen, ernst genommen zu werden. Ja! Ein etwas leidend dreinschauender Jesus mit strahlend blauen Augen wäre als Vertreter einer neuen Spiritualität genau richtig! Als Kleidung fand ich Jeans und ein rosafarbenes Hemd für angemessen.

Um möglichst viele Menschen zu erreichen, begab ich mich an den Ort der größten Sehnsucht nach Erlösung, dorthin, wo Gefühle geballt und einheitlich schwingen. Es geht dabei nicht um die Fragen: Wo sind die Menschen am unglücklichsten? Wo herrscht der niedrigste Lebensstandard? Wo gibt es die größten Ungerechtigkeiten? Überhaupt nicht! Ich bin ja kein Politiker. Es geht um das Fehlen einer sinngebenden, schöpferischen Lebensfreude. Dort, wo die Menschen nur das tun, was man halt so tut, um seine Grundbedürfnisse zu erfüllen, und vergessen haben, dass sie selbst Schöpfer ihres Lebens sind, dort ist meine heilende Anwesenheit am dringendsten erforderlich. Eine Großstadt zog mich wie ein Vakuum an: München. Bei uns Geistwesen gibt es kein langes Hin- und Her-Überlegen, keine Abwägungen oder Kosten-Nutzen-Rechnungen. Wir wissen, was wir wollen; nein, das stimmt nicht. Es gibt kein „Wollen" bei uns. Unser Wille ist Gottes Wille. Es bedarf keiner Abwägungen oder Überlegungen. Unser Wille ist das, was wir tun. das geht innerhalb von Sekunden.

Wenn wir auf Reisen gehen, brauchen wir weder Auto noch Flugzeug; wir „denken" uns dorthin, wo wir sein wollen. Das geht unbeschreiblich schnell: Für einen kurzen Moment fühlte ich mich in einen bunten, schillernden Tunnel hineingezogen und schon stand ich in München am Marienplatz.

Kapitel 1 - Angekommen

Es war das erste Mal, dass ich mich in einen Menschen verwandelt hatte, und es war – unbeschreiblich! Zunächst war ich überrascht von der Schwere, die den Körper nach unten zog. Es war gar nicht so einfach, aufrecht zu stehen. Die ersten Schritte setzte ich mit Bedacht, weil ich meinem Bewegungsapparat misstraute. Die Beine sahen dünn und zerbrechlich aus und meine Füße zu schmal für einen so schweren Körper. Während ich mich noch bemühte, einen rhythmischen Gang unter Einbeziehung der Arme hinzubekommen, rasten schon ein paar junge Radfahrer haarscharf an mir vorbei, so dass ich erschrak und beinahe das Gleichgewicht verloren hätte. Ich beschloss, zur Sicherheit erst einmal einen Sitzplatz aufzusuchen. Langsam setzte ich einen Fuß vor den anderen und bewegte mich auf eine Stuhlgruppe vor einem Café zu. Erst als ich saß und mich auf meinem Stuhl halbwegs sicher fühlte, hatte ich Muße, um mich an mein Äußeres zu gewöhnen. Neugierig betastete ich diesen seltsamen, schwerfälligen Körper. Er reagierte exakt auf unterschiedliche Berührungen. Wenn ich mit den Fingernägeln über die Haut kratzte, schmerzte es ein bisschen, wenn ich hingegen die Fingerkuppen über die Haut gleiten ließ, empfand ich das als sehr angenehm. Überhaupt, diese Hände! Was für nützliche, vielseitige Instrumente! Die kleinsten Krümel konnte ich damit vom Tisch klauben! Ich konnte einen beliebigen Gegenstand anfassen und hatte sofort eine Menge Informationen darüber, ob er kalt oder heiß war, glatt oder rau, trocken oder feucht. Und wie ich sah, konnte man mit diesen Händen schwere Dinge tragen, so wie es diese geschickten jungen Frauen machten, die ihre Gäste bedienten und mit einer Hand drei, vier Teller, Tassen, Gläser und Besteck gleichzeitig halten konnten.

Es war ein richtig schöner, sonniger Tag und die Wärme auf der Haut tat gut. Weniger angenehm war das helle Sonnenlicht für die Augen. Jetzt verstand ich auch, warum viele Leute diese dunklen Schutzbrillen auf der Nase trugen. Ich dachte darüber nach, mir auch so etwas zuzulegen. Einstweilen schloss ich einfach die Augen. Ein sanfter Wind streichelte mein Gesicht und trug mir einen wohlriechenden Duft in die Nase. Mir wurde auch klar, woher dieser anregende Geruch stammte, als mich eine schick gekleidete Frau fragte, ob sie mir einen Kaffee bringen dürfte.

„Ja, sehr gerne!", antwortete ich, überrascht von meiner dunklen Stimme.

„Cappuccino? Latte macchiato? Espresso?", fragte die Frau. Jetzt erst begriff ich, dass sie in diesem Café arbeitete. Ungeduldig stand sie mit einem Notizblock und Stift in der Hand vor mir und wartete auf eine Antwort.

Ich war mit diesen Begriffen nicht etwa überfordert, denn wir Geistwesen können uns in kürzester Zeit nicht nur den Körper eines Menschen, sondern auch die geläufigen Kenntnisse eines menschlichen Gehirns aneignen. Wir stellen uns einfach auf die Schwingung eines Menschen ein, so wie ihr an einem Radiogerät nach Sendern sucht, und können sogleich alles empfangen, was in seinem Gehirn in diesem Moment verarbeitet wird. Noch besser funktioniert das, wenn wir kollektives Wissen wahrnehmen. Eine Gruppe von hundert, tausend und mehr Menschen schwingt unter bestimmten äußeren Bedingungen gleichförmig. Diese Schwingung verstärkt sich dadurch enorm, dass ihre Gedanken und Gefühle und somit auch ihr Wissen für uns unüberhörbar sind.

Was mich jedoch verwirrte, war das Gefühl, das sich in mir ausbreitete, während ich diese Frau ansah. Mir gefielen ihre dunklen Augen und ihre roten vollen Lippen, auch ihre Gestalt fand ich attraktiv. Es musste wohl damit zu tun haben, dass ich ein Mann war. Jedenfalls begann ich zu lächeln, obwohl gar kein Grund dafür bestand. Erst als sie fragte: „Haben Sie noch nicht gewählt?", fand ich meine Stimme wieder.

„Einen großen Kaffee, bitte. Und vielleicht noch einen Kuchen dazu? Was hätten Sie denn?"

„Wir haben Kirschstreusel, Apfel, Pfirsich, Eierlikör, Sacher... da müsste ich erst nachschauen, ob noch was da ist."

„Das wäre sehr freundlich."
„Also einen großen Kaffee und eine Sachertorte?"
„Bitte."

Ich konnte nicht anders, als ihr nachzusehen, bis sie im Café verschwunden war. Sie hatte eine besonders harmonische Art zu gehen, so ein ausgewogenes Schwingen der Hüften...
Ihre melodische Stimme klang in meinem Kopf nach, deutlicher als meine eigene Stimme, an die ich mich erst gewöhnen musste. Es war schließlich meine erste Erfahrung im Umgang nicht nur von Mensch zu Mensch, sondern von Mann zu Frau. Mich beschlich eine Vorahnung, dass das Gefühlsleben der Menschen bedeutsamer sein könnte, als ich bisher dachte.
Als die schöne Bedienung mit meiner Bestellung zurückkam, nahm ich mir vor, meine Gefühle zu kontrollieren. Ich war ja nicht etwa hier, um die Versuchungen, denen man als Mensch ausgesetzt ist, auszuprobieren, sondern um mich meiner Aufgabe zu widmen.
„Ich danke Ihnen!", sagte ich artig, als sie Kaffee und Kuchen abstellte. „Darf ich Sie etwas fragen?"
Ich wollte zuerst ein belanglos scheinendes Gespräch beginnen, um dann nach und nach auf die Gottesfrage zu sprechen zu kommen.
Sie zuckte mit den Achseln. „Ja. Bitte..."
„Arbeiten Sie gerne hier?"
„Nun – es ist nicht mein Traumberuf. Aber es ist okay hier."
„Sie arbeiten also hier, weil Sie müssen, um Geld zu verdienen?"
„Ja. So wie die meisten Leute." Ihre Augen verengten sich. „Warum wollen Sie das wissen?"
„Ich frage mich nur, warum Menschen ihre Zeit damit zubringen, etwas zu tun, was ihnen keine Freude bereitet."
Sie zog die Mundwinkel nach außen, wodurch sich auf ihren Wangen lustig aussehende Grübchen bildeten.
„Weil ich nur von dem, was mir Spaß macht, nicht leben kann."
„Was würde Ihnen denn Spaß machen?"

Sie lächelte und zeigte für einen Moment ihre weißen Zähne. „Ich wollte immer gerne malen. Hab ich als Kind schon gewollt."

„Aber Sie haben damit aufgehört?"

„Als ich so etwa 15 war, haben mich die Jungs mehr interessiert."

„Ach? Hat es sich gelohnt?"

„Na hören Sie mal! Jetzt ist es aber genug mit der Fragerei. Ich erzähle Ihnen meine halbe Lebensgeschichte, während ich von Ihnen gar nichts weiß. Das ist nicht in Ordnung."

„Mein bisheriges Leben war nicht besonders aufregend. Aber das könnte sich jetzt ändern."

Diese Bemerkung klang anders als beabsichtigt.

„Aha... Wie meinen Sie das?" Sie zog einen Mundwinkel nach oben.

„Ich bin heute erst in München angekommen und – ähm, muss mich erst zurechtfinden."

„Soso. Jetzt kommt wahrscheinlich gleich der Spruch: ‚Vielleicht hätten Sie Lust, mir die Stadt zu zeigen?'. Und meine Antwort lautet: Nein! Ich habe weder Lust noch Zeit, alles klar?"

„Ja, natürlich. Das wäre auch gar nicht meine Absicht gewesen. Trotzdem würde ich gerne wissen, wie es dann weiterging – ich meine, nach den Erfahrungen mit Jungs?"

„Sie sind vielleicht hartnäckig. Sind Sie vom Geheimdienst oder von der GEZ oder so was?"

„Nein. Ich finde es nur sehr interessant, wie Menschen dorthin gelangen, wo sie sind; also zum Beispiel in ein Café."

„Also, wenn Sie ein Buch schreiben wollen oder so, dann nur mit vorheriger Genehmigung durch mich, ist das klar?"

„Ein Buch? Hmm... Ja. So eine Art Reisebericht vielleicht."

„Na gut. Ich hab dann ein paar Semester Pädagogik studiert. Dann wurde ich schwanger, das mit dem Vater des Kindes ging nicht lange gut und jetzt arbeite ich, während meine Tochter im Kindergarten ist. So! Das war's! Sonst noch etwas, was Sie wissen wollen?"

„Wie alt ist sie denn, ihre Tochter?"

„Drei Jahre, wird in 2 Wochen vier. Sie heißt Eva."

Ich bemerkte, wie ihre Augen für einen kurzen Moment lachten, als sie das sagte. Etwas verlegen strich sie sich eine ihrer dunklen Haarsträhnen aus dem Gesicht.
„Schön."
Von einem anderen Tisch kamen unfreundliche Rufe: „Bedienung! Ich würde gerne bestellen!"
„Entschuldigen Sie…", sagte sie und ging.

Ich war noch ganz gefesselt von diesem Gespräch mit einem echten Menschen, als ich ein Stück Sachertorte in den Mund schob. Was für ein Erlebnis! Diese cremige Süße! Dieses volle Aroma! Diese duftige Konsistenz! Dieser sinnliche Genuss! Als der erste Bissen an meinem Gaumen geschmolzen war, setzte ich die Kaffeetasse an meine Lippen. Sie zuckten kurz vor der Hitze zurück, aber ein paar Tropfen berührten meine Zungenspitze und bescherten mir den nächsten Hochgenuss. Es war, als würde die Erde sich mir in allen ihren Facetten offenbaren, mit all ihrer ungezügelten Wildheit und all ihrer mütterlichen Kraft, Liebe und Leidenschaft. Ich spürte, wie mein Herz zu pulsieren begann und mein Geist sich beruhigte. Es war wie ein sich Wiegen in Gottes Armen.
Ich begann zu verstehen, was es bedeutet, Mensch zu sein!

Plötzlich stand die Bedienung wieder vor mir und riss mich aus meinen sinnlichen Träumen.
„Ist alles recht?", fragte sie. „Darf ich noch etwas bringen? Noch irgendwelche Fragen?"
„Vielen Dank! Aber fürs Erste ist das ausreichend."
„Dann dürfte ich vielleicht gleich abkassieren… Schichtwechsel. Sechs fünfzig macht's dann bitte!"
Mir fiel ein, dass ich mich noch gar nicht um Geld gekümmert hatte. Ich suchte in meinen Taschen, aber außer einem Taschentuch konnte ich nichts finden.

Für ein Geistwesen, das schon so lange als Mensch auf Erden wandelte, dass es seine wahre Existenz vergessen hat, wäre das eine kleine Katastrophe gewesen, aber nicht für mich, der ich natürlich wusste, über welche Fähigkeiten ich als Geistwesen verfüge. Nichts existiert unabhängig von meinen Gedanken und meinem Willen... Und so formte ich das Bild eines mit Geld gefüllten Portemonnaies, fasste in meine hintere Hosentasche und zog die Geldbörse heraus.

Ich zählte die entsprechenden Münzen und legte sie vor der Bedienung auf den Tisch.

„Hier, bitte! Sieben!"

Sie sah mich verwundert an und lachte kurz.

„Was haben Sie mir denn da gegeben? Das sind ja noch D-Mark! Tut mir leid, aber die kann ich nicht annehmen."

„Ich verstehe nicht..."

„Na, wo kommen Sie denn her? Wir haben seit 2003 nur noch Euros. Das müssen Sie doch wissen!"

„Entschuldigen Sie bitte!"

Ich stellte unangenehme körperliche Reaktionen fest. Meine Hände zitterten, meine Stimme wurde dünn und Schweißperlen standen auf meiner Stirn. Ich durchsuchte die Geldbörse nach anderen Scheinen und Münzen, aber überall stand „Deutsche Mark" drauf.

Ich besann mich auf meine Fähigkeiten. Es sollte doch ein Leichtes sein, das Geld mit ein wenig Vorstellungskraft umzutauschen. Doch die unerwartete mentale Anspannung, die sich meiner bemächtigt hatte, hinderte mich daran, einen klaren Gedanken zu fassen.

„Also, was ist nun?", fragte sie. „Können Sie nun zahlen, oder nicht?"

„Ich – ich hab nichts anderes. Sie können gerne nachsehen."

„Na super! Erst stehlen Sie mit ihrer Fragerei die Zeit und dann können Sie nicht zahlen. Dann werde ich wohl die Polizei rufen müssen."

„Die Polizei? Nein nein! Lassen Sie mir nur ein wenig Zeit. Ich kann zahlen! Bestimmt! Nur nicht gleich jetzt."

„Pech gehabt! Meine Schicht endet jetzt. Ich muss Eva abholen und die Kasse abschließen, ehe ich an meine Kollegin übergebe. Also, was ist nun?"

„Hören Sie! Ich bringe Ihnen das Geld in einer halben Stunde. Vielleicht können Sie den Betrag solange aus der eigenen Tasche ausgleichen, ich lasse Ihnen die Geldbörse inzwischen als Sicherheit hier. Wenn Sie mir sagen, wo ich Sie treffen kann, dann komme ich dort hin, mit den Euros, versprochen!"

„Ist ja klar, dass mir so was passiert! Sie haben Glück, dass ich nicht warten kann, bis die Polizei hier ist. Also gut: ich bin in einer Stunde zu Hause, in der Himmelstorgasse 15, 1. Stock. Können Sie sich das merken? Wenn Sie nicht da sind, zeige ich Sie an. Wie heißen Sie überhaupt?"

„Ähm... Bernhard! Bernhard Engel. Und Ihr Name?"

„Veronika Erdmann. Wir sehen uns!"

Die anderen Café-Besucher, die sich vorher überhaupt nicht für mich interessiert hatten, sahen mich plötzlich an wie einen Schwerverbrecher. Ein neues, unangenehmes Gefühl präsentierte sich in Form einer Hitzewallung in meinem Kopf. Ich musste hier weg! Zu viel Lärm, um die Gedanken zu sammeln. Überhaupt war das etwas, was mich völlig aus meiner Mitte warf: der ständige Lärmpegel. Hunderte verschiedener Stimmen, Motoren, Gehupe, Musik... pausenlos wurde ich mit unterschiedlichsten Frequenzen beschallt. Diese Frequenzen schienen meine eigene Frequenz übertönen und absorbieren zu wollen. Ich versuchte mich auf den Moment zu konzentrieren – Wer bin ich? Wo bin ich? Was muss ich tun?, aber schon wurde ich von Leuten angerempelt, die wie aufgezogene Automaten durch die Straßen liefen. Und ich hatte keine Ahnung, wo es hier einen Ort der Stille gab. Ich humpelte – anders darf man meinen Versuch zu laufen nicht nennen – über den Platz und suchte Schutz in einer Gasse zwischen zwei riesigen Gebäuden. Ein kühler Wind blies hindurch und zum ersten Mal fühlte ich Kälte. In der Hoffnung, in dem Gebäude möge es wärmer sein, drückte ich gegen einen der Türflügel, um ins Innere zu gelangen. Langsam schwenkte er zur Seite.

Dunkelheit und Stille umfing mich. Jetzt erst bemerkte ich, dass ich eine Kirche betreten hatte. Ich öffnete eine weitere Tür und schob einen schweren dunkelroten Vorhang zur Seite. Ich traute meinen Augen kaum! Das also waren die Häuser, die die Menschen zu Ehren Gottes errichten! Ein prächtiger Saal tat sich vor mir auf. Turmhohe Säulen trugen eine aus Steinbögen kunstvoll geformte Decke. Ganz vorne, wo Sonnenlicht eindrang, leuchteten Fenster aus buntem Glas hell auf. Sie bestanden ganz aus bunten Mosaiksteinen, die Bilder von Heiligen darstellten. In der Mitte glänzte ein komplett vergoldeter Altar, dahinter ein lebensgroßes Bildnis von Jesus am Kreuz. Die Decke darüber zeigte viel blauen Himmel mit bauschigen Wolken und einer Darstellung von Engeln.

Ich habe solche Bilder schon gesehen und weiß einiges darüber, wie sich die Menschen den Himmel vorstellen. Trotzdem musste ich lachen, als ich mir die verklärten Blicke der Engel ansah. Ich muss den Menschen aber zugutehalten, dass es nicht einfach ist, ein Geistwesen wie etwa einen Engel zu malen. Und ich gebe zu, ich war trotz meiner Vorkenntnisse wahrlich beeindruckt von diesem imposanten Bauwerk. Zwar war es hier nicht wärmer als draußen, dafür wohltuend still.

Die opulente Pracht dieses Bauwerks konnte aber eines nicht überdecken: die Emotionen, die hier seit Jahrhunderten durchlebt wurden. Für einen Menschen, dessen Sinne durch den Lärm der physikalischen Welt erstickt wurden, waren sie unsichtbar, für mich jedoch so deutlich wahrnehmbar wie Schmetterlinge über einer Blumenwiese. Wenn es nur Schmetterlinge gewesen wären, die ich hier sah, bunt, leuchtend, schillernd. Es waren vielmehr graue Nachtfalter, die das Licht mieden, Es waren dunkle Schatten, die durch die Gemäuer schwebten wie schwarzer Rauch, Trauerschleier, die sich in den Heiligenstatuen verfangen hatten, Wolken aus Asche, die sich über die Kirchenbänke legten und daran kleben blieben. Es waren die vielen verzweifelten Rufe nach Erlösung aus den Fängen eines Teufels, den es nie gab. Es waren die Schmerzen all derjenigen, die glaubten, sich für Sünden selbst kasteien zu müssen, die sie nie begangen hatten. Verschiedentlich sah ich auch Schmetterlinge, einige wenige, die aus der Hoffnung auf Auferstehung geboren wurden.

Ich setzte mich auf eine der vielen Holzbänke und fragte mich, wie es geschehen konnte, dass die Menschen Gott so sehr missverstanden. Vielleicht lag in der selbstzerstörerischen Religion, der sie huldigten, der Schlüssel zur Erlösung aus ihrem Dilemma: Sie wollen das Gute, aber sie sind zu ängstlich, es zu tun.

Zuerst musste ich selbst wieder zu meiner reinen, klaren Schwingung zurückfinden. Ich begann mit einer schrittweisen Transformation. Um wieder Klarheit zu erlangen, war es nötig, für kurze Zeit diesen Körper wieder zu verlassen. Ich schloss die Augen und atmete langsam ein und aus. Dann breitete ich mein Bewusstsein so weit aus, dass ich aus dem Körper heraustreten konnte. Als ich mich selbst als Mensch unter mir sitzen sah, war es geschafft. Unendlicher Frieden kehrte in mich zurück. Alle diese verstörenden Empfindungen wie Scham, Zuneigung, Schmerz und Kälte waren wie weggewischt. Ich war wieder frei, alles zu sein, was ich wollte. Aus lauter Übermut schwebte ich hinauf zum Dach der Kirche und betrachtete die Gemälde aus nächster Nähe. Ich erkannte einige der Heiligen wieder und prägte mir ihre Darstellung ein, um sie an die realen Vorbilder – ich kenne sie alle! – weiterzuleiten. Bestimmt würden sie darüber lachen – obwohl... Lachen ist etwas, was Geistwesen nicht können. Wie auch, wenn ihr ganzes Dasein die reine Freude ist?

Auch die bunten Mosaikfenster schaute ich mir genauer an. Das Spiel der Sonnenstrahlen faszinierte mich, denn ein kleines Bisschen glich es der Schönheit, die wir in reinen Seelen erblicken.

In diesem Moment öffnete sich neben der Sakristei eine niedrige Tür. Ein alter Mann trat ein und verbeugte und bekreuzigte sich vor dem Altar. Dann fiel sein Blick auf mich und er erschrak. Also – er sah nicht mich, sondern meinen auf einer Kirchenbank zusammengesunken Körper und eilte darauf zu. Trotz seines hinkenden Schrittes war er so schnell dort, dass ich keine Zeit mehr fand, meinen Körper wieder einzunehmen. Das beunruhigte mich zunächst nicht weiter; bei passender Gelegenheit würde ich schnell wieder in ihn hineintauchen. Doch der alte Mann hatte mein Handgelenk gepackt, wohl um den Puls zu fühlen, und ließ es nicht mehr los. Solange mein Körper so nahe mit einem anderen Körper in Verbindung stand, konnte ich die Transformation nicht durchführen, denn bei diesem Vorgang wird so viel Energie frei, dass ein schwächlicher Körper ernsten Schaden dabei nehmen könnte. Es blieb mir nichts anderes übrig, als die Szene von oben herab zu beobachten.

Der Mann zog ein Handy aus seiner Tasche und rief jemanden an. Keine fünf Minuten später kam ein Trupp Sanitäter in die Kirche gestürmt. Sie packten meinen Körper und legten ihn auf eine Bahre. Mit ernsten Gesichtern untersuchten sie ihn. Ich gebe zu, dass das Gesicht meines Körpers in diesen Minuten sehr farblos aussah. Natürlich fanden die Sanitäter keine Lebenszeichen mehr. Sie schüttelten die Köpfe und deckten meinen Körper mit einem Tuch zu. Dann drückten sie dem alten Mann die Hand, als wäre er ein naher Angehöriger, und genauso schnell, wie sie gekommen waren, zogen sie wieder ab. Der Alte blieb zurück, kniete sich umständlich nieder und begann zu beten. Immer noch war er zu nahe an meinem Körper. Ich glaube, er betete mindestens eine halbe Stunde lange, denn ich hörte die Kirchenglocken zweimal schlagen. Währenddessen hatte ich Gelegenheit, mich mit der Seele des Alten zu befassen.

Sie hatte eine große Strahlkraft, war jedoch in einen dichten Schatten aus Emotionen gehüllt. Ich sah Traurigkeit, Schuld und Scham, aber auch Wut, die wie Gewitterwolken um sein göttliches Licht herum waberte. Doch je länger er betete, umso durchlässiger wurde der Schatten. Für einen Augenblick war er gar ganz verschwunden und sein Licht, sein Schöpfergeist, strahlte so hell wie bei uns allen. Ich war kurz davor, in als brüderliches Geistwesen in Empfang zu nehmen, aber den letzten Schritt dazu konnte er nicht tun; es fehlte der Glaube. Sein Verstand ließ es nicht zu, an seine geistige Natur zu glauben. Er erhob sich, bekreuzigte sich abermals, und der Schatten kehrte zurück und verdeckte sein Licht. Nun zog der Alte sein Handy wieder heraus.

Während er telefonierte, trat er ein paar Schritte von meinem Körper weg, das war die Chance, auf die ich gewartet hatte. Es war höchste Zeit, die Transformation rückgängig zu machen. Ich wollte mein irdisches Dasein nicht als Leiche in einem Sarg beschließen. Womöglich würde ich gar zuvor obduziert, wenn es keine klare Todesursache gab! Ich hatte nicht vor, meine körperlichen Erfahrungen auf die Empfindung, auf einem Seziertisch ausgenommen zu werden, auszuweiten.

Einen Körper zu betreten war viel einfacher, als aus ihm herauszutreten, denn als Geistwesen bin ich völlig frei von Bindungen jeglicher Art, an Emotionen etwa oder an physikalische Gesetze, denen ein in der Materie feststeckender Körper unterworfen ist. Wenn ich wollte, könnte ich sogar einen festen Stein mit meinem Geist beseelen. Ihr wisst ja, obwohl ihr einen Stein für sehr fest und hart haltet, besteht er zu 99,9999999 Prozent aus leerem Raum. Die den Stein bildenden Energieeinheiten bzw. Atome, wie es in eurer Modellvorstellung heißt, sind so weit voneinander entfernt, dass dazwischen sehr viel Geist Platz hat und diesem Stein Leben einhauchen könnte.

Mit einem winzigen Gedanken verschmolz ich mit meinem Körper; das ging so schnell und reibungslos, dass der Alte, der dabei war, in die Sakristei zurückzugehen, nichts bemerkte. Allerdings lag ich nun unter der Decke und konnte nichts mehr sehen. Außerdem fror ich ganz entsetzlich, mein Körper war in jener halben Stunde komplett ausgekühlt. Wie konnte ich mich jetzt aus dem Staub machen, ohne zu viel Aufsehen zu erregen?

Ich nahm an, dass der Alte einen Leichenbestatter informiert hatte. Wenn ich erst einmal in einem Sarg liegen würde, wäre es beinahe unmöglich, unbemerkt zu verschwinden. Daher musste ich jetzt handeln!

Ich musste die Decke soweit lüften, dass ich einen Blick auf meine Umgebung werfen konnte. Ganz behutsam bewegte ich meine linke Hand nach oben. Mit zwei Fingern zog ich die Decke über meinem Kopf so weit zur Seite, bis sich ein kleiner Seeschlitz bildete. Aus meiner eingeschränkten Perspektive sah ich niemanden. Es war still. Jetzt oder nie!, dachte ich und schlug die Decke zur Seite. Da mir immer noch kalt war, legte ich sie mir um die Schultern. Ich hielt es für klüger, nicht den langen Weg zurück zum Haupteingang zu nehmen, sondern einen näher gelegenen Seitenausgang zu suchen. Als ich gerade unterhalb des Altars vorüberging und die Sonnenstrahlen mit aller Kraft auf das Allerheiligste schienen, trat der alte Mann aus der Sakristei. Ich stand wie angewurzelt. Der Mann riss die Augen auf und fiel auf die Knie. „Mein Herr und Gott...", stammelte er. Ich ließ die Decke zu Boden fallen, lief zu ihm und beugte mich zu ihm hinab.

„Guter Mann! Es ist nicht so, wie Sie denken! Bitte, stehen Sie auf!"
Der Mann rieb sich verwundert die Augen. „Ich stand dabei!", rief er verdattert. „Ich hab gesehen, dass Sie tot waren. Und jetzt sind Sie quicklebendig."
„Bitte! Stehen Sie auf!", sagte ich so beruhigend, wie ich es vermochte. „Ich bin nur eingeschlafen. Die Sanitäter haben sich geirrt."
Langsam erhob sich der Mann. Er war klein und musste den Kopf nach hinten neigen, um mir in die Augen zu sehen.
„Woher wissen Sie, dass Sanitäter hier waren? Ich dachte, Sie hätten geschlafen."
„Ich... ähm... ich war im Halbschlaf. Ich dachte, ich träume noch. Als sie dann die Decke über mich ausgebreitet haben, bin ich aufgewacht."
Ich sah in seine Augen und was ich sah, gefiel mir nicht. Er hatte Angst! Natürlich hatte er Angst, denn das, was er sah und beobachtet hatte, war innerhalb seines Vorstellungsvermögens unbegreiflich.
„Sie brauchen keine Angst zu haben. Es ist doch alles in Ordnung. Sie dachten, ich sei tot und das hat sich als Irrtum herausgestellt. Worüber machen Sie sich noch Gedanken?"
„Wer weiß, was Sie im Schilde führen? Wenn Sie sogar den Tod vortäuschen können, wozu sind Sie dann noch imstande?"
„Ich führe nichts Böses im Schilde, ehrlich. Ich bin nur hereingekommen, weil es mir draußen zu laut war."

„Nein nein! Man schläft nicht einfach so ein, im Sitzen! Und man wacht auf, wenn man von zwei Männern gepackt und auf eine Bahre gelegt wird. Irgendetwas stimmt nicht mit Ihnen, das fühle ich."

Was sollte ich nur tun? Ich konnte diesem armen Mann doch nicht die Wahrheit sagen! Das hätte ihn nur darin bestärkt, dass ich ein Betrüger sei. Dabei war ich ihm vorhin so nahe, ich hatte das Geistwesen in ihm deutlich gesehen... Ich musste ihn auf einer anderen, höheren Ebene ansprechen.

So wie vorhin, als ich die Kirche betrat, breitete ich mein Bewusstsein aus, um mit der Seele des Mannes in Kontakt zu treten. Doch seine Reaktion entsprach ganz und gar nicht meinen Erwartungen.

„Was machen Sie?", fragte er mit gequältem Gesicht und hielt die Hände abwehrend vor die Augen. „Lassen Sie das! Wenn Sie kein Engel sind, was sind Sie dann? Einer von den Abtrünnigen?"

„Wovor fürchten Sie sich denn? Ich tu Ihnen doch nichts."

„Dann schauen Sie sich doch an! Was ist das für eine Zauberei?"

Ich sah mein Spiegelbild im Weihwasserbecken und nun war mir klar, was den Mann so erschreckte. Ich war von einem goldenen Schimmer umgeben. Gut, dass ich die Transformation nicht schon draußen auf dem Platz gemacht hatte! Rasch zog ich mein Bewusstsein wieder zurück.

„Hören Sie zu! Wir wollen das alles vergessen. Ich bin ein ganz normaler Mensch und werde jetzt diese Kirche wieder verlassen. Es ist nichts weiter geschehen."

In diesem Moment wurden die Türflügel am Haupteingang mit lautem Knall geöffnet und vier Männer stapften mit einem Sarg auf den Schultern herein. Jetzt war es wirklich allerhöchste Zeit für mich. Plötzlich fiel mir etwas ein, was ich keinesfalls vergessen durfte.

„Guter Mann! Würden Sie mir noch einen Gefallen tun?"

Er zuckte mit den Achseln, als wolle er sagen: Hab ich eine Wahl?

„Könnten Sie mir sieben Euro leihen? Ich gebe Sie Ihnen morgen wieder zurück."

„Hier haben Sie zehn! Dafür versprechen Sie mir, nie mehr wieder zu kommen."

„Aber…"

„Und was soll ich jetzt dem Bestattungsunternehmer sagen? Dass meine Leiche verschwunden ist?"

Ich sah mich um und bemerkte, dass die Männer mit dem Sarg unschlüssig stehen geblieben waren.

„Ich kläre das. Gehen Sie ruhig, das soll nicht Ihre Sorge sein."

Ich trat auf einen der Männer zu und versuchte zu lächeln.

„Haben Sie den Auftrag gegeben?", fragte der barsch.

„Das war ein Missverständnis. Ich bin in der Kirchenbank eingeschlafen. Offenbar so tief, dass der Mesner dachte, ich sei tot. Sachen gibt's!"

„Es gibt also keine Leiche?"

„Nein."

„Dann müssen wir trotzdem 120 Euro berechnen. Eine Arbeitsstunde, vier Mann – das macht 120 Euro."

„120?"

Und schon wieder war es spürbar, dieses Gefühl, unvorbereitet in eine missliche Lage geraten zu sein, was sich darin äußerte, dass man wie aus dem Nichts Schweiß auf der Stirn fühlt. Ich wusste, ich sollte jetzt ein neues Portemonnaie herbei denken, was unter normalen Umständen kein Problem gewesen wäre, aber in diesem Zustand, vor Angst wie gelähmt, konnte ich das nicht.

„Zahlen Sie nun oder nicht?"

„Ich… ich denke, die Kirche und der Herrgott wird es Ihnen vergelten, wenn Sie die Sache auf sich beruhen lassen."

„Sie sind wohl nicht ganz bei Trost? Die Männer hier opfern ihre Freizeit für Ihren blöden Scherz. Wir hätten genug anderes zu tun. Geld her, oder ich rufe die Polizei!"

Schon wieder diese Polizei! Jetzt war ich noch keine zwei Stunden auf der Erde und schon wurde mir zweimal mit der Polizei gedroht. Ich musste etwas anderes versuchen.

Während ich mein Bewusstsein ausbreitete, sagte ich: „Der Herr sieht die guten Taten und zahlt sie hundertfach zurück."

Und tatsächlich erschraken die Männer ebenso wie vorhin der Mesner. Der Eine bekreuzigte sich noch, dann packten sie ihren Sarg und liefen zur Tür hinaus.

Kapitel 2 - Kontaktaufnahme

Die Kirchturmuhr schlug die volle Stunde. Ich hätte bereits vor einer halben Stunde bei Veronika Erdmann in der Himmelstorgasse 15 sein sollen. Ich hatte ihr versprochen, pünktlich zu sein. Meine Mission hier auf der Erde hatte einen denkbar schlechten Start.

Ich konzentrierte mich auf die Stadt, sah in Sekundenschnelle alle Straßen durch und wusste sogleich, wo die Himmelstorgasse war. Ein kurzer Gedanke und ich stand vor einem alten Haus mit einem verwilderten Garten. Mit seinem spitzen Dach und den blau gestrichenen Fensterläden sah es ein bisschen nach Hexenhäuschen aus. Mein Herz klopfte wie wild. Ich schämte mich, weil ich mein Wort nicht gehalten hatte.

Wieder ein neues Gefühl: Scham. Als Geistwesen hatte ich noch nie die Erfahrung gemacht, etwas nicht richtig gemacht zu haben. Worte wie Fehler, falsch oder peinlich existierten dort nicht. Hier jedoch, im Körper eines Menschen, zeigte mein pulsierendes Herz eine kraftvolle Emotion an. Ich hatte etwas getan, was nicht im Einklang mit den Erwartungen eines anderen Menschen stand. Wie war das möglich? Wir waren doch alle eins, aus einem göttlichen Lichtfunken erschaffen...

Die Tür am Gartenzaun stand offen, eine Klingel war nicht zu sehen. Also trat ich ein. Doch während ich auf bemoosten Betonplatten durch den Garten ging, passierte etwas Wunderbares. Der Druck auf meiner Brust nahm spürbar ab. Die Zeit schien sich zu verlangsamen und alle lästigen Geräusche nahm ich nur noch gedämpft wahr. Ich wusste gleich, was die Ursache für dieses Wunder war. Es waren die Pflanzen in diesem kleinen Vorgarten, die mit meinem Schöpfergeist Kontakt aufnahmen! Sie wuchsen und blühten ohne störende Emotionen. Sie taten, wofür sie geschaffen waren, ohne sich über den Ort zu beklagen, auf dem sie wurzelten. Die Ackerwinde schlängelte sich auch über den rostigen, kaputten Zaun und der Löwenzahn streckte seinen kräftigen Stil durch brüchige Steinplatten. Der Hauswurz zwängte sich in die engsten Fugen und die Moose wuchsen auch dort, wo sich die Sonne niemals zeigte. Alle diese Wesen zeugten davon, wie großartig die Schöpfungen Gottes sind. Und nun erinnerten sie mich daran, dass ich eines von ihnen war, nicht minder großartig und mit allem ausgestattet, um das Leben zu feiern. Meine Aufregung legte sich ein wenig.

Ich stand vor einer Haustür, die einmal blau gewesen war; aber inzwischen war die meiste Farbe abgeblättert und brüchig wie altes Laub. Unter wildem Wein halb verborgen entdeckte ich eine Klingel. Die Namensschilder daneben waren verblasst und unleserlich. Ich drückte den oberen Knopf, 1. Stock, hatte sie gesagt. Ich hörte das Schrillen einer Glocke, aber niemand kam. Ich hätte gar kein zweites Mal klingeln müssen, weil ich wusste, dass sie nicht da war. Das machte aber nichts, denn in diesem Garten zwischen all den wunderschönen Pflanzen fühlte ich mich pudelwohl.
Es war nötig, dass ich mich wieder auf meinen Auftrag besann; ich sollte das Wesen der Göttlichkeit erklären. Ich dachte so für mich, dass man anhand dieses Gartens sehr gut erläutern könne, wie Gott in uns wirkt. Ich setzte mich auf den Boden, zwischen Engelwurz und Beinwell, und schloss die Augen. Es machte Spaß, die unterschiedlichen Düfte mit dem Geruchssinn zu sortieren. Aber viel wichtiger für mich war eine ganz besondere Schwingung, die von den Pflanzen ausging. Als wollten sie sagen: „Worüber regst du dich auf? Was macht dir Angst? Sieh uns an! Wir wachsen hier und strecken unsere Blätter nach dem Licht; mehr können wir ohnehin nicht tun. Wenn uns Tiere oder Menschen essen, dann haben wir ihnen einen guten Dienst erwiesen, wenn nicht, werden wir einfach weiterwachsen, solange es geht."
Ja, so wirkt Gott in uns! Wir brauchen keine übermenschlichen Leistungen zu erbringen. Wir müssen nur tun, was unsere ureigenste Aufgabe ist: Wir müssen blühen, wo Gott uns hingesät hat. Aber wie blüht man als Mensch?

Als Veronika kam, war es schon dämmerig. Aber obwohl die Sonnenstrahlen nicht mehr wärmten, fror ich nicht. Die Pflanzen versorgten mich mit einer Wärme ganz anderer Art.

„Na sieh mal einer an!", sagte sie, als sie mich auf dem Treppenabsatz sitzen sah. „So viel zu Männern und ihren Versprechungen!"

Sie hatte ihre Tochter bei sich, ein hübsches Mädchen mit einem blonden Lockenkopf. Während ihre Mutter mich keines Blickes würdigte, als sie die Haustür aufschloss, sah mich die Kleine aus ihren hellblauen Augen interessiert an.

„Du bist die Eva, nicht wahr?", sagte ich. „Ich heiße Bernhard. Es freut mich, dich kennen zu lernen."

Die Aura des Mädchens berührte mich sofort in ihrer ganzen Kraft. Ich hätte nicht gedacht, dass ein so großer Unterschied zwischen Erwachsenen und Kindern besteht. Das Kind ähnelte mehr den Pflanzen als den Menschen. Beinahe hatte ich den Eindruck, es könne etwas für mich tun, anstatt umgekehrt. Als ich dem Mädchen in die Augen sah, da war mir, als wolle das Geistwesen in mir aus dem Körper heraustreten und es umarmen. Das durfte ich natürlich nicht zulassen. Inzwischen wusste ich, wie Menschen auf das Strahlen eines Geistwesens reagierten. Ich erinnerte mich daran, dass ich wegen meiner Schulden hier war. Ich zog den Zehner aus der Hosentasche und streckte ihn Veronika entgegen.

Diese aber ging nicht darauf ein, sondern sagte nur: „Sie könnten die Einkaufstaschen aus dem Auto holen und nach oben tragen – als Entschädigung für Zechprellerei."

Eva lachte kurz und lief ihrer Mutter singend hinterher.

Die Wohnung bestand aus einer Wohnküche mit einem uralten Holzofen, einem winzigen Bad und zwei weiteren Zimmern. Egal, wohin man trat, überall knarzte der Fußboden. Ich stellte die Einkaufstaschen ab. Eva stand stumm daneben und beobachtete mich auf Schritt und Tritt; das machte mich unsicher. Veronika hingegen würdigte mich keines Blickes.

„Ich hab es leider nicht früher geschafft", sagte ich. „Dafür bekommen Sie zehn Euro von mir. Ist das in Ordnung für Sie?"

Ohne sich mir zuzuwenden, sagte sie, während sie die Lebensmittel in den Kühlschrank räumte: „Stecken Sie's in die Spardose da! Und wo Sie schon mal in meiner Wohnung stehen, können wir uns auch duzen."

„Ja... gerne. Ich bin – "

„Bernhard. Ich weiß. Hast du Hunger? Ich koche gleich."

Ich war verwirrt. Was es mit dem Duzen und Siezen auf sich hatte, wusste ich nicht so genau. Freunde sagten du zueinander, aber waren wir Freunde? Und ob ich Hunger hatte? Wenn sie diese Leere mit gelegentlichem Grummeln im Bauch meinte, dann könnte das Hunger sein.

„Also was? Hast du Zeit oder musst du heute noch irgendwo hin?"

„Nein. Ich meine, ich habe Zeit."

Da berührte mich etwas ganz zart an der Hand. Die kleine Eva stand neben mir.

„Ich habe ein Bild gemalt."

Sie zeigte mir ihr Gemälde, das mit Buntstiften über und über bekritzelt war. Ich hatte einige Probleme zu erkennen, was es darstellen sollte.

Ich sah einen Mann mit Helm in einem großen Fahrzeug. Davor ein großer brauner Berg. Dahinter einige andere Menschen, die böse dreinschauten und große eckige Häuser. Eine Sonne schien lachend aus der oberen rechten Ecke herab. Eva deutete auf den Mann im Fahrzeug.

„Das ist mein Papa."

„Der hier? Aha."

„Er muss immer so viel arbeiten."

„Was ist das, wo er drin sitzt?"

Sie lachte mich an, als ob das eine dumme Frage gewesen wäre.

„Das ist ein Bagger!"

„Ja, natürlich!", log ich. „Ein Bagger! Wie dumm von mir!"

Eva lachte wieder und erneut spürte ich dieses mächtige Gefühl in mir, als würde ich jeden Moment zerplatzen.

„Und was sind das für Leute?", fragte ich, auf die böse dreinblickenden Männer schauend.

„Die ärgern meinen Papa immer und schimpfen ihn, wenn er nicht genug arbeitet. Und dann ist mein Papa sehr traurig."

„Wo wohnt denn dein Papa?"

„In der Paul-Heyse-Straße. Kannst du auch ein Bild malen?"

„Ich glaube schon."

„Malst du mir ein Bild?"

„Na gut. Hast du Stifte und Papier?"

Sie reichte mir ein Blatt und eine Box, in der es von Buntstiften nur so wimmelte.

„Du kannst irgendeine Farbe aussuchen. Die und die sind besonders schön, das sind meine Lieblingsfarben."

„Gut. Dann werde ich mein Bild mit deinen Lieblingsfarben malen."

Ich wurde schon wieder nervös, denn ich hatte bis dahin noch nie ein Bild gemalt, nicht einmal einen Stift in die Hand genommen. Doch der Schöpfergeist in mir war hellwach und durchsuchte das unendliche Archiv von allem, was je gedacht worden ist. Ich registrierte ein Bild, das bei Kindern beliebt ist: Wir gehen heute einkaufen.

„Warst du schon mal mit deiner Mama beim Einkaufen?"

„Ja klar! Immer, wenn mich meine Mama vom Kindergarten abholt, gehen wir zum Einkaufen."

„Gibt es in dem Geschäft auch einen Kaufmann? Einen Herrn, der euch bedient?"

„Hmm... Da, wo wir Brot und Semmeln kaufen, schon."

„Gut! Dann spielen wir heute einkaufen. Ich zeige dir jetzt auf dem Blatt, wie ich das mache. Zuerst muss man den Kaufmann grüßen. Also: Grüß Gott, Herr Kaufmann! Ich brauche heute einen Apfel."

Dabei malte ich einen mittelgroßen Kreis. Eva schaute mir gebannt zu.

„Dann brauche ich noch zwei Tomaten..." Ich malte zwei kleine Kreise in den größeren, „... eine Kartoffel..." und noch einen ovalen Kreis in die Mitte, „... und eine Banane!" Diese war unterhalb der drei Kreise. Und nun erkannte Eva auch, dass das Ganze aussah wie ein Gesicht und grinste. Und weiter ging's!

„Dann brauche ich noch eine Packung Streichhölzer…", dies wurde der Hals, „…und einen dicken, dicken Kürbis!" - natürlich der runde Körper des entstehenden Männchens. Und so ging es weiter, bis ein fertiger Mensch auf dem Papier zu sehen war.

Eva klatschte vor Freude in die Hände und rief: „Nochmal! Nochmal!"

Ich bekam ein neues Blatt Papier und begann von vorne: „Grüß Gott, Herr Kaufmann! …" Diesmal wusste Eva schon einige Sachen, die zu besorgen waren, im Voraus und als wir das Spiel zum vierten Mal machten, konnte sie jede Einzelheit benennen. Wahrscheinlich hätten wir noch zehn Bogen Papier verbraucht, wenn nicht Veronika zum Essen gerufen hätte.

Es gab Pfannkuchen mit Marmelade und Zimtzucker. Ich fand es genauso köstlich wie Eva. Veronika bot mir Wein an, doch ich wusste aus dem kollektiven Wissen der Geistwesen, dass Alkohol eine der heimtückischsten Bedrohungen für das Schöpferbewusstsein war, und lehnte ab.

Nach dem Essen hätte Eva gerne noch einmal das Kaufmann-Spiel gemacht, aber trotz ihrer flehentlichen Bitten blieb Veronika streng und schickte sie ins Bett, weil es schon später als sonst war.

„Sag gute Nacht zu Bernhard, dann bringe ich dich ins Bett!", sagte sie, worauf mir das Mädchen brav die Hand reichte.

„Gute Nacht, Bernhard! Spielen wir morgen wieder Kaufmann?"

„Ich weiß noch nicht. Schlaf erst mal, damit du morgen frisch und munter bist. Gute Nacht!"

Als die beiden im Kinderzimmer verschwanden, nistete sich ein unbehagliches Gefühl in meiner Brust ein. Die Nähe des Kindes hatte mir gutgetan. In seiner Gegenwart schien alles so einfach und selbstverständlich zu sein. Es war gar nicht so viel anders als bei meinen Geschwistern in der geistigen Welt. Mit Veronika zusammen fühlte ich mich irgendwie befangen, so, als würde jedes Wort von mir auf die Goldwaage gelegt und beim geringsten Verdacht sofort die Polizei gerufen. Durch die Tür hörte ich ihre beiden Stimmen. Ohne etwas Bestimmtes zu suchen, schaute ich mich in der Wohnküche um. Da waren natürlich jede Menge von Evas gemalten Bildern an den Wänden, aber auch Erinnerungsfotos; hauptsächlich Fotos von Veronika inmitten von anderen Leuten. Mir fiel auf, dass Veronika darauf sehr viel und ausgelassen lachte; so hatte ich sie bisher noch nie erlebt. Dann kam Veronika zurück, schloss leise die Tür und setzte sich zu mir an den Küchentisch.

Unschlüssig, wie ich mit ihr ins Gespräch kommen sollte, ohne einen Fehler zu machen, zog ich es vor, zu schweigen. Ich dachte sehr wohl an meinen Auftrag, aber dazu musste ich erst einmal Veronikas Vertrauen gewinnen.

„Ich weiß gar nicht, was in mich gefahren ist", sagte sie unvermittelt. „Warum ich dir überhaupt meine Adresse gegeben habe..."

Sie schüttelte den Kopf und schien über sich selbst zu lachen.

„Ich kenn dich ja überhaupt nicht! Ich weiß nichts über dich, außer dass du mit altem Geld in der Tasche herumläufst. Ist das nicht verrückt?"

„Du musst entschuldigen; ich wollte dich nicht in Verlegenheit bringen. Wenn es dir lieber ist, gehe ich wieder."

„Nein, so war das nicht gemeint... Das war nett, wie du mit Eva gespielt hast. Ich hätte mir gewünscht, Peter hätte sich so viel Zeit für sie genommen."

„Ihr Vater?"

„Ja. Du darfst nicht glauben, was sie über ihn erzählt. Er ist Alkoholiker und die Probleme mit seinen Kollegen hat er sich selbst zuzuschreiben. Er kann von Glück reden, dass er seinen Job noch nicht verloren hat."

„Und darum lebt ihr nicht zusammen – wegen dem Alkohol?"

„Ich glaube, wenn er nicht trinken würde, wäre alles anders. Als ich ihn kennen lernte, war er voller Energie und

Lebenslust. Er hatte eine verantwortungsvolle Stelle in der Baufirma und gute Chancen, es weit zu bringen."

Sie seufzte und schenkte sich ein Glas Wein ein.

„Ich weiß nicht, was dann passiert ist. Ich glaube, durch das Kind hat er sich zu sehr unter Druck gesetzt gefühlt. Er arbeitete zu viel und schlief zu wenig. Ist halt auch nicht einfach mit einem Säugling, der alle zwei Stunden Hunger hat. Wir haben dann ab und zu eine Flasche Wein zusammen getrunken, um wenigstens einschlafen zu können. Wobei ich ein Glas getrunken habe und er drei. Ich vermute, dass er dann auch in der Arbeit getrunken hat und das hat ihn verändert... Er erhielt eine Abmahnung und verlor den guten Job. Dadurch wurde es noch schlimmer. Bis er gewalttätig wurde. Dann ging es nicht mehr. Er war zu einer Gefahr für das Kind geworden."

„Trotzdem ist Eva bei ihm? Ich meine, das nehme ich an, weil sie von ihm erzählt hat."

„Wenigstens zweimal in der Woche. Am Anfang unter Aufsicht. Dann habe ich sie heimlich beobachtet, wenn Eva bei ihm war. Er hat dem Jugendamt gegenüber erklären müssen, dass er nichts trinkt, wenn sie bei ihm ist. Und bislang hat er sich daran gehalten. Er liebt seine Tochter wirklich, da bin ich mir sicher, und sie ihn. Ich glaube sogar, dass die Besuche ihn davor bewahren, komplett abzustürzen."

„Trotzdem eine traurige Geschichte."

„Was soll's? So ist das Leben!"

Ich war überrascht. Das war nicht die Frau, die ich auf den Fotos gesehen hatte. So eine Bemerkung hätte ich nicht erwartet. So ist also das Leben in den Augen einer jungen Frau? Ein fader Kompromiss? Ein Spiel, in dem es nur Verlierer gab? Die Menschen fanden sich mit einem mittelmäßigen Leben ab? Wussten denn die Menschen gar nichts von der Gnade Gottes, von den unfassbaren Segnungen, die allen Menschen gewährt werden, sofern sie nur ein bisschen glaubten? Was auch immer mir über die Menschenwelt erzählt worden war, stellte sich als grobe Untertreibung heraus. Ich hielt meine Mission für eine Art Auffrischungskurs, doch nun begriff ich, wie tief meine Brüder und Schwestern in die dunkelste Materie verstrickt waren. Sie gingen vollkommen blind und taub durch die Welt. Das konnte ich so nicht stehen lassen. Jetzt war der Zeitpunkt gekommen, ihr von Gott zu erzählen.

Ich versuchte, so behutsam wie möglich vorzugehen.

„Veronika... ich kann nur sagen, wie leid mir das alles tut. Und wenn es einen Weg gäbe, um alle Verletzungen und Missverständnisse wieder zu heilen, dann würde ich mein Möglichstes tun, um euch darin zu unterstützen."

Veronika sah mich an, als hätte sie mich nicht verstanden. Sie schüttelte den Kopf, als würde ihr dadurch Verständnis zufließen.

„Warum willst du uns helfen? Du kennst uns doch gar nicht."

Auch dieser Satz hinterließ einen Schmerz in meinem Bauch, als hätte mir ein Schwergewichtsboxer seine Faust hineingerammt. Wie konnte sie nur so etwas sagen? Ich durfte doch beobachten, wie sie mit ihrer Tochter umging! Ich hatte in ihre Augen gesehen! Ich spielte eine halbe Stunde lang mit ihrer Tochter! Ich konnte doch ihre Gefühle am eigenen Leib spüren! Ich hatte keinen Zweifel, dass ich **wusste**, was in diesem Moment in ihr vorging.

Ja, es war wirklich so! In diesem Augenblick wurde mir klar, worin die Stärke der Menschen bestand. Mein menschlicher Körper überraschte mich mit einer ungeahnten Fähigkeit, die mir als reines Geistwesen gefehlt hatte. In der geistigen Welt war ich immer eins mit allen. Was nur einer von uns wusste, wussten ganz von selbst alle anderen auch. Es gab keine Abstufungen hinsichtlich unserer gegenseitigen Zuneigung und Wertschätzung. Wir waren keine Individuen. Wir waren die verlängerten Arme unseres Schöpfers. Ich wusste zwar, dass die Menschen Sinne hatten, mit denen sie bestimmte Eigenschaften der Welt wahrnehmen konnten; aber jetzt begriff ich, dass sie einander nicht nur ansehen und zuhören und sich riechen und betasten konnten, nein, sie waren darüber hinaus in der Lage, die feinsten Emotionen zu erfühlen und am eigenen Leib zu spüren, beinahe so, als wären es ihre eigenen.

„Doch. Ich kenne euch, Veronika!", sagte ich im Brustton tiefster Überzeugung. „Ich spüre, was in euch vorgeht."

„Ach was! Du bildest dir was ein."

„Ich fühle doch, wie unglücklich du darüber bist, dass du Eva nicht die Aufmerksamkeit geben kannst, die sie verdient. Und es ist nicht schwer zu erraten, dass die Kleine gerne Mutter und Vater um sich hätte."

Zwischen Veronikas Augen bildete sich eine Zornesfalte.

„Was soll das jetzt? Willst du mir ein schlechtes Gewissen einreden? Bin ich jetzt eine schlechte Mutter oder was?"

Sie nahm einen Schluck aus ihrem Weinglas und erhob sich vom Tisch; ich bemerkte, dass sie leicht zitterte. Ich konnte erschreckend deutlich spüren, wie erregt sie war.

„Aber es stimmt doch, was ich sage..."

„Na und! Denkst du, das weiß ich nicht? Denkst du, ich weiß nicht, wie beschissen die Situation ist? Meinst du wirklich, mir macht es Spaß, drei Jobs haben zu müssen, um über die Runden zu kommen?"

Sie wurde bei den letzten Sätzen sehr laut, so dass ich mich instinktiv in Richtung von Evas Zimmer umdrehte. Ich spürte nun enorm viel Wut und Verzweiflung. Ich hatte nicht mit solch einem Ausbruch gerechnet.

„Verzeih mir, bitte!", sagte ich eilig zur Beschwichtigung. „Das war bestimmt kein Vorwurf. Ich – ich... hab euch doch lieb."

Bei diesem Satz veränderte sich Veronikas Gesichtsausdruck. Sie war offensichtlich überrascht.

„Weißt du was? Das glaube ich dir sogar."

Langsam setzte sie sich wieder. Beinahe durchdringend sah sie mich nun an.

„Und ich frage mich, warum. Vielleicht, weil du... irgendwie leuchtest?"

Langsam begriff ich, was geschehen war. Ich leuchtete tatsächlich. Ihre Verzweiflung hatte in mir den intensiven Wunsch ausgelöst, sie zu trösten. Ich wollte sie in die Arme schließen. Aber der Anstand meines menschlichen Charakters erlaubte das nicht. Anders mein Schöpfergeist; so etwas wie Anstand war ihm fremd. Er ließ sich nicht davon abhalten, eine Verbindung einzugehen. Er hatte sich über meine Körpergrenzen hinaus ausgebreitet, um mit ihrem Geist zu kommunizieren. Nun war ich von einer zart leuchtenden Aura umgeben.

Während ich noch überlegte, was ich weiter tun könnte, vergrub Veronika ihr Gesicht in den Händen und begann zu schluchzen. Mit dieser Reaktion hatte ich nicht gerechnet. Ich konnte meinen Schöpfergeist nicht länger im Zaum halten. Als nächstes würde er ganz aus meinem Körper heraustreten und meinen Körper leblos zurücklassen wie zuvor in der Kirche. Ich musste unverzüglich hier weg.

„Bitte, Veronika! Sei mir nicht böse! Ich muss weg. Sofort! Ich werde es dir morgen erklären, okay?"

Sie sah mich mit ihren verweinten Augen verständnislos an.

„Ja, gut", sagte sie schniefend. „Wenn du gehen musst..."

Ich eilte zur Tür und sagte: „Ich komme morgen wieder, bestimmt!"

Kapitel 3 - ein juristisches Zwischenspiel

Ich lief die Treppe hinunter, schloss die Tür hinter mir und setzte mich im Schatten eines Flieders auf den Boden. Ich brauchte eine Minute, um wieder zur Ruhe zu kommen und meinen Geist mit meinem Körper in Einklang zu bringen. Wenn ich gewusst hätte, wie sehr die Menschen von ihren Gefühlen beeinflusst wurden, hätte ich mich besser auf meine Mission vorbereitet. Ich hatte doch wirklich nur helfen wollen! Wie hätte ich ahnen können, wie viel angestaute Wut ich damit lostreten würde? Die Energie der duftenden Pflanze half mir, die fast unerträgliche Spannung abzubauen. Langsam kehrte mein wahres Bewusstsein wieder zurück...

Ich war Bedad, ein Geistwesen, zur Erde geschickt, um den Menschen das Wesen der Göttlichkeit zu erklären. Mein Körper war eine mögliche Daseinsform, um die Welt zu betrachten, aus göttlicher Sicht nicht bedeutender als eine Amöbe. Das größte Problem des Menschen ist zugleich seine größte Stärke; er denkt, er wäre in eine Welt geworfen worden, die ihm feindlich gesinnt ist, und in der er um sein Überleben kämpfen muss. Dabei ist er es selbst, der diese Welt erschafft. Durch seine hochmütige und bizarre Annahme, seine Wahrnehmung verschaffe ihm ein komplettes Bild von der Welt, entfremdet er sich immer mehr seiner wahren Natur. Er versteht nicht, dass die Welt, die er sieht, eine Folge davon ist, wie er sie betrachtet. Er ist unfähig zu erkennen, dass er die Hauptrolle in einem fantastischen Film spielt, dessen Drehbuch er selbst schreibt und laufend verändert. Wenn er wenigstens eine Komödie schreiben würde! Aber nein – er liebt das Drama über alles. Er schreibt für sich die komplexesten Rollen, aus denen es zumeist keinen Ausweg gibt. Hier das übermächtige Schicksal – dort der ohnmächtige Mensch, der sich ihm beugen muss. Die Starken bieten ihm die Stirn und gehen mit wehenden Fahnen unter. Die Schwachen passen sich an und führen das Dasein eines Wurms. So etwas gefällt den Menschen wirklich! Es wäre die einfachste Sache der Welt, aus dem Film auszusteigen, aber wie soll man jemanden dazu bewegen, der vernarrt in seinen Film ist und sich gerne als Kämpfer gegen Windmühlen sieht? Erst, wenn der Mensch diesen sinnlosen Kampf gegen seine selbstkreierte Illusion aufgäbe, würde er Weisheit erlangen. Denn dann würde er verstehen, dass er seine Welt selbst erschafft – durch seine Emotionen!

Langsam schlenderte ich die Himmelstorgasse entlang, bis ich an einen kleinen Platz gelangte. Ich war eben dabei, ein neues Gefühl zu lernen: Müdigkeit. Dieser Ort schien mich dazu einzuladen, mich diesem Gefühl hinzugeben und es auszukosten. Am Rande des Platzes waren Bänke aufgestellt, dahinter schloss sich ein kleiner Park mit Hainbuchenhecken und hohen Linden an. Ich fühlte mich zu diesen alten, mächtigen Wesen hingezogen; ihnen musste ich mich nicht erklären, brauchte nicht zu fürchten, die falschen Worte zu wählen. Ich streckte mich der Länge auf einer Bank aus, die von den ausladenden Ästen beschirmt war. Abgesehen von entfernten Verkehrsgeräuschen war es hier einigermaßen still. Ich schlief nach wenigen Minuten ein.

Ich träumte davon, im Regen durch die Stadt zu laufen. Ich suchte nach der Himmelstorgasse; dort hätte ich bei Veronika klingeln und mich in ihrer gemütlichen, trockenen Wohnung aufwärmen können. Aber ich konnte mich einfach nicht mehr daran erinnern, wie ich dort hinkommen sollte. Also ging ich in eine Polizeistation und fragte nach dem Weg. Anstatt mir den Weg zu beschreiben, fragten mich die Beamten immer nach meinem Namen. Ich sagte, ich hieße Bedad und sei ein Geistwesen, aber das glaubten sie mir nicht. Dann verlangten sie von mir, meinen Namen aufzuschreiben und eine Zeichnung von meinem Heimatort zu machen. Ich wollte Bedad schreiben, aber so sehr ich mich auch bemühte, es wurde immer Kaufmann daraus. Und außer ein paar Kreisen konnte ich nichts zeichnen. Dann sagten sie, man könne nichts für mich tun und schickten mich weg. Also suchte ich weiter nach Veronikas Wohnung. Nach einigen Minuten kam ich an eine Baustelle mit vielen gelben Fahrzeugen. In einem Bagger erkannte ich Peter, Evas Vater. Er saß in dem Führerhaus und trank Schnaps aus einer Flasche. Ich dachte, das trifft sich gut, und fragte ihn nach dem Weg zu Veronikas Wohnung, denn ich fror inzwischen ganz elendiglich. Aber er konnte kein vernünftiges Wort sprechen, so betrunken war er. Als ich den Namen seiner Tochter nannte, weinte er. Dann kamen ein paar zornige Männer auf mich zu und sagten, ich hätte hier nichts zu suchen. Ich wollte ihnen erklären, dass ich nur nach dem Weg gefragt hätte, aber sie hörten mir gar nicht zu, sondern packten mich grob an den Schultern. Dann wachte ich auf.

Zwei Polizisten standen vor mir. Der eine schüttelte mich an der Schulter.
„He! Sie! Wachen Sie auf! Sie können hier nicht schlafen!"
Ich wollte die Augen öffnen, aber das war nicht so einfach, weil ich direkt in die Sonne blickte.
„Wenn Sie nicht von hier verschwinden, müssen Sie mit auf die Wache kommen", sagte der andere.
Ich wollte aufstehen und machte eine neue Erfahrung mit meinem Körper: er gehorchte mir nur sehr zögerlich. Es dauerte länger, als ich gedacht hätte, bis ich nach dem Schlaf wieder in der Lage war, meine Sinne und Gliedmaßen zu benützen. Dem Polizisten dauerte es wohl zu lange.
„Nun aber los!", befahl er.
„Warten Sie, bitte! Ich weiß ja noch gar nicht recht, wo ich hier bin."
„In Waldtrudering. Wo wohnen Sie denn?"
„Was? Ich? Ich habe keine Wohnung. Ich war zu Besuch – "
Die beiden schauten sich an und sagten fast gleichzeitig:
„Ein Obdachloser."
„Kommen Sie mit. Wir bringen Sie aufs Revier und nehmen Ihre Personalien auf."
„Meine was?"
„Nun kommen Sie schon und machen Sie keine Schwierigkeiten."
Sie brachten mich in ein großes blau und silber lackiertes Auto. Hier war es wenigstens warm. Aber gerade als es

anfing, gemütlich zu werden, musste ich schon wieder aussteigen. Wir betraten ein großes Gebäude, in dem offenbar die Polizisten ihre Büros hatten. Ich durfte auf einer Bank Platz nehmen, auf der schon andere Leute saßen. Sie sahen alle ein wenig zerlumpt aus und rochen nicht gut. Der, der mir am Nächsten saß, schaute freundlich aus. Ich fragte ihn: „Können Sie mir sagen, was hier passiert? Ich lag gemütlich auf einer Parkbank, da sind die gekommen und haben mich hierhergebracht. Warum machen sie das?"

„Bist wohl nicht von hier, was?"

Ich wich sofort zurück. Sein Atem stank wie eine Kloake.

„Na, mach dir mal nicht ins Hemd. Das hat nicht viel zu bedeuten. Sie sammeln früh am Morgen alle Penner in den Parks ein, nehmen die Personalien auf, dann darfste wieder gehen. Wenn sie dich morgen wieder erwischen, wirst du ermahnt. Und beim dritten Mal kommst du in ein komfortables Einzelzimmer."

Ich nickte, obwohl ich nicht ganz verstanden hatte, was er mit dem Einzelzimmer meinte, weil er dabei kicherte.

Es dauerte ziemlich lange, bis ich an der Reihe war. Nach und nach wurden alle abgeholt und am Schluss saß ich ganz alleine auf der Bank. Mein Mund war trocken, zugleich hatte ich das dringende Bedürfnis zu urinieren. Wie eigenartig die Menschen doch gebaut sind, dachte ich. Man schüttet oben etwas rein, das Stunden später unten wieder herausläuft. Ich fragte einen der Beamten nach der Toilette und er war so freundlich und begleitete mich dorthin. Ich hatte großen Durst und trank gleich eine Menge aus dem Wasserhahn; es schmeckte gut und frisch. Ich wusch mein Gesicht und fühlte mich sofort hellwach. Danach hatte ich noch viel Zeit, um die Leute zu beobachten.

Die meisten der Beamten, die hier arbeiteten, wirkten müde, manche richtiggehend erschöpft. Ich suchte nach Freude in ihren Augen, aber ich fand nichts. Erst als eine neue Schicht begann, bemerkte ich bei denen, die nach Hause gehen durften, ein bisschen Erleichterung. Dennoch - kein einziger hatte diesen Ausdruck des Staunens und der puren Freude auf seinem Gesicht, so wie es mir die kleine Eva gestern Abend gezeigt hatte. Das stimmte mich traurig und Melancholie dämpfte mein inneres Licht wie ein dunkler Schleier. Ich dachte daran, wie der Schöpfergeist in diesen menschlichen Hüllen danach lechzte, sich aus diesem Gefängnis zu befreien. Wenngleich es ein Leichtes wäre, den Körper zu verlassen, würde er es niemals tun. Er durfte es nicht, weil er den freien Willen des Menschen respektieren musste. Es ist die alleinige Entscheidung eines jeden Menschen, sein Leben so zu führen, wie er es für richtig und für möglich erachtet. Dem muss sich der Geist in ihm beugen. Und wenn ein Beamter Diensterfüllung und Pflicht als höchstes Gut erachtet, dann wird sein Leben um diese beiden Wertbegriffe kreisen, auch wenn es ihn zermürbt.

Irgendwann kam ein Polizist zu mir und bat mich, ihn zu begleiten. Er führte mich in ein kleines Büro, in dem ein junger Mann saß, der noch erschöpfter aussah als die anderen Mitarbeiter.

„Das ist der Letzte heute." Mit diesem Worten stellte mich der Kollege vor.

„Gut. Danke.", sagte der junge Mann und blies seufzend seine Backen auf. Er sah mich zunächst gar nicht an, sondern sagte nur: „Setzen Sie sich!" Dann tippte er auf seinem Computer herum.

„Ihren Ausweis, bitte."

„Ich habe keinen Ausweis", gab ich zur Antwort.

Jetzt erst sah der Mann zu mir hoch.

„Sonst irgendein Dokument? Führerschein, Krankenkassenkarte?"

„Nein, so etwas habe ich nicht."

„Haben Sie Ihren Ausweis verloren?"

„Nein, ich habe nie einen besessen."

Wieder blies er die Backen auf und seine Augenlider sahen aus, als würden sie jeden Moment ganz zufallen.

„Dann fangen wir eben von vorne an. Woher kommen Sie?"

Darauf war ich in der geistigen Welt nicht vorbereitet worden, dass man solche Dinge gefragt wurde. Wie sollte ich diese Frage beantworten?

„Von sehr weit weg."

„Aha."

Er sah mich an wie ein Lehrer den schlechtesten seiner Schüler, bei dem jeder Versuch, noch irgendetwas zu erklären, vergebliche Liebesmühe war.

„Das hilft mir jetzt auch nicht weiter."

Er überlegte kurz, dann sagte er: „Kommen Sie mal mit!"

Wir verließen das Büro durch eine zweite Tür und gingen in ein anderes Büro. Dort saß ein ebenfalls sehr müde aussehender Mann, der den Auftrag erhielt, Fotos von mir zu machen und Fingerabdrücke zu nehmen. Eine Viertelstunde später, als alles erledigt war, durfte ich wieder in das erste Büro zurückgehen.

„So!", sagte der junge Mann von vorhin nun, „Sie wurden also heute Morgen auf einer Parkbank schlafend aufgefunden."

„Ja, das stimmt."

„Sie wissen, dass das ein Verstoß gegen die öffentliche Ordnung darstellt?"

„Nein, das weiß ich nicht."

„Ist aber so. Verordnung der Stadt München. Es geht nun mal nicht, dass in einem öffentlichen Park, in dem die Leute Ruhe und Entspannung suchen, irgendwelche Leute herumliegen. Die Bänke sind ja auch zum Sitzen da und nicht zum Liegen."

„Ja, das verstehe ich natürlich. Es war nur so: Es war schon dunkel, als ich dorthin kam. Ich habe auch sonst niemanden gesehen. Darum war mir gar nicht bewusst, dass ich jemanden stören könnte."

„Jaja, schon gut. Haben Sie denn keine Wohnung?"

„Nein. Ich bin, wie gesagt, gestern erst angekommen."

„Wovon leben Sie denn?"

„Wie bitte?"

Ich verstand diese Frage nicht. Ich lebte vom Schöpfergeist in mir, so wie alles andere auch, das war doch klar.

„Sind sie angestellt, selbständig oder Hartz IV?"

Allmählich wurde mir klar, was er meinte. Ich erinnerte mich daran, dass Veronika gesagt hatte, sie müsse drei Jobs haben, um über die Runden zu kommen. Die Menschen sind der festen Überzeugung, dass sie Geld verdienen müssen, um zu leben. Sie glauben fest daran, dass sie nur dann leben können, wenn sie etwas zu essen und zu trinken haben. Die Frage, warum, wie und vor allem, von wem ihnen das Leben eingehaucht wurde, stellen sie sich nicht mehr. Das erscheint ihnen selbstverständlich. Das Geld ist für sie das Wichtigste überhaupt, weil sie sich damit Nahrung kaufen können. Welch ein törichter Irrglaube! Nahrung wächst überall! Ganz umsonst! Sowie irgendwo Wasser, Erde und Licht zusammentreffen, wachsen Pflanzen, die essbar und gesund sind. Das müssten die Menschen doch eigentlich begreifen. Ihre Nutztiere leben doch auch hauptsächlich von Pflanzen. Aber was wäre die beste Nahrung wert, wenn wir nicht vom Schöpfergeist beseelt wären? Wir würden auf der Stelle tot umfallen.

Ich suchte noch nach einer passenden Antwort auf die seltsame Frage, da trat ein Kollege des jungen Mannes ins Büro und deutete ihm mit einer Geste, ihn zu begleiten.
„Einen Moment, bitte! Warten Sie hier!"
Wieder saß ich und hatte Muße, mich umzusehen.
An der Wand hingen Fahndungsfotos von Menschen, die wegen eines Raubüberfalls, Betrugs oder gar wegen Mordes gesucht wurden. Auf einem Regal lagen Broschüren, in denen vor solchen Leuten gewarnt wurde und in denen Tipps gegeben wurden, wie man sich schützen könne. Ich empfand die Stimmung in diesem Zimmer als bedrückend. Die Angst trat aus diesen Bildern heraus und beschlich mich wie Kälte, die von den Fußsohlen aufwärts kriecht, wenn man ihnen zu lange ausgesetzt ist. Ich verstand nun sehr gut, warum die Leute, die hier arbeiteten, unglücklich aussahen. Wenn man ständig mit der Angst konfrontiert wird, bleibt für Liebe kein Raum mehr. Ich nahm mir vor, etwas dagegen zu unternehmen.

Dann ging die Tür wieder auf und zu meiner Überraschung sah das Gesicht des jungen Mannes, der mich befragt hatte, nun beinahe fröhlich aus.

„Soso!" sagte er lächelnd. „Sie sind also erst seit gestern hier in der Stadt?"

„Wie ich bereits sagte."

„Und da haben Sie als erstes gleich eine Kirche aufgesucht, wohl, um nach seelischem Beistand zu suchen…"

„Nein, zuerst war ich einem Café. Dann wurde es mir zu laut und ich ging in die Kirche."

Die beiden Polizisten sahen sich an und nickten sich zu.

„Und da haben Sie dann ein Schläfchen gemacht…"

Oh je! Die beiden wussten etwas von meinem Missgeschick!

„Ja, ich war müde und da – "

„Da haben Sie gedacht, so eine Kirche sei der richtige Ort, um sich auszuschlafen?"

„Hmm… das ist wohl auch gegen die öffentliche Ordnung?"

„Nicht gegen die öffentliche Ordnung! Wohl aber gegen die Kirchenordnung! Herr… wie heißen Sie eigentlich?"

„Engel. Bernhard Engel."

„Herr Engel! Es liegen zwei Anzeigen gegen Sie vor. Nötigung und Betrug. Was sagen Sie dazu?"

Ich schüttelte ratlos den Kopf.

„Oder wollen Sie leugnen, dass Sie gestern Nachmittag den Mesner bedroht haben?

„Bedroht? Aber nein! Das war ein Missverständnis – "

„Und dass Sie einen Bestattungsdienst beauftragt haben und sich weigerten, die Rechnung zu bezahlen, war wohl auch ein Missverständnis, was?"

„Das – das war ein Fehler von mir. Das ist richtig. Aber nicht ich habe den Bestattungsdienst angefordert, das war der Mesner. Und außerdem ist doch gar nichts passiert."

„Ha! Sie haben gegen Gesetze verstoßen. Ob etwas passiert ist oder nicht, ist zweitrangig. Wir befinden uns nun mal in einem Rechtsstaat."

„Woher hätte ich denn wissen sollen, welche Gesetze es hier gibt?", sagte ich mehr zu mir selbst.

„Unwissenheit schützt vor Strafe nicht. Wir werden Sie erst einmal hierbehalten müssen, bis diese Missverständnisse geklärt sind. Wollen Sie jemanden benachrichtigen? Hmm… Es gibt wahrscheinlich niemanden, den Sie informieren wollen?"

„Nein. Das heißt…"

„Ja?"

„Ich habe versprochen, heute noch jemanden zu besuchen."

„Aha! Und wer wäre das?"

Der Blick des jungen Mannes hatte nun etwas Bedrohliches, so wie eine Schlange, die auf ihre Beute lauerte.

„Muss ich Ihnen das sagen?"

Wieder lächelten sich die beiden Männer fast triumphierend zu.

„Sie müssen uns alles sagen, was zur Klärung Ihrer Identität beiträgt."

„Gut. Veronika Erdmann. Himmelstorgasse 15. Eine sehr freundliche Person!"

„Eine Verwandte?"

„Nein. Ich habe sie erst gestern kennengelernt. Aber, Herr… ich weiß Ihren Namen leider auch nicht…"

„Hauptwachtmeister Brunnhuber."

„Herr Hauptwachtmeister, darf ich Ihnen auch eine Frage stellen?"

„Bitte."

„Als ich vorhin in Ihr Büro kam, sahen Sie sehr erschöpft aus. Dann, als Sie mit dem Herrn Kollegen hereingekommen sind, waren Sie direkt fröhlich. Und nun machen Sie auf mich den Eindruck, dass Sie wütend auf mich sind. Dabei war ich doch immer ehrlich zu Ihnen. Ich wüsste gerne, warum sich Ihre Stimmungen so sehr verändern."

Den Hauptwachtmeister schien meine Frage zu befremden. Seine Miene verfinsterte sich noch mehr, als er sagte: „Wenn Sie es unbedingt wissen wollen: Sie könnten mir meinen tristen Alltag versüßen, wenn Sie mit uns kooperieren. Sofern Sie uns ohne weitere Umschweife sagen, was Sie in der Kirche gesucht haben, könnte ich mich erkenntlich zeigen und Ihnen ein Abendessen anbieten. Wenn Sie sich weiterhin dumm stellen, werde ich wahrscheinlich sehr ungemütlich, denn meine Nerven sind nach einer Zwölf-Stunden-Schicht bereits arg strapaziert."

Er wurde bei den letzten Worten so laut, dass ich körperlich spürte, wie wütend er war.

„Natürlich werde ich mit Ihnen kooperieren, keine Angst! Aber, was ich sagen kann... ich fürchte, das wird Sie nicht dauerhaft froh machen. Sie fühlen sich in Ihrem Beruf nicht glücklich. Das stimmt doch, oder?"

Ich bemerkte, dass der Kollege die Augen verdrehte.

„Ja! Sie haben völlig recht! Ich finde diesen Beruf manchmal wirklich zum Kotzen! Aber ich muss das machen, weil ich wie jeder anständige Mensch arbeiten muss, um meinen Lebensunterhalt zu verdienen. Sie werden sicher verstehen, dass ich unter diesen Umständen nicht besonders viel davon halte, wenn jemand wie ein selbsternannter Jesus herumtingelt und die braven Leute bescheißt."

Seine Augen sahen nun richtig furchterregend aus. Ich fürchtete, dass ich etwas Verletzendes zu ihm gesagt hatte. Aber jetzt war es zu spät. Mir war klar, dass ich mein Veronika gegenüber gegebenes Versprechen wieder nicht würde einhalten können.

„Gruber! Bring unseren Jesus in eine Zelle und checke die Adresse dieser Frau Erdmann. Mir reicht's jetzt. Ich mach für heute Schluss. Wir sehen uns morgen Mittag."

Und so bekam ich tatsächlich das komfortable Einzelzimmer, von dem der Mann auf der Wartebank gesprochen hatte.

Kapitel 4 - Verwirrungen

Das Bett in der Gefängniszelle war hart, aber weicher als die Parkbank; außerdem bekam ich eine warme Decke dazu. Als Strafe empfand ich meinen Arrest nicht. Auch wenn mein Körper die sechs Quadratmeter nicht verlassen konnte – mein Geist war ebenso frei wie zuvor. Ich nutzte meine körperliche Gefangenschaft dazu, für einige Stunden zurückzukehren in die Unendlichkeit Gottes, der ich entstammte.

Wie ich es genoss! Mit tiefen Atemzügen atmete ich das Licht ein, das mich an jedem Ort, zu jeder Zeit umgab, und spürte die Energie, die in jede meiner Zellen strömte. Alles pulsierte und kribbelte in meinem Körper, während sich gleichzeitig meine Wahrnehmung veränderte. Mit einem letzten Ausatmen warf ich alles Schwere ab und war nicht länger an meinen Körper gebunden. Ich konnte nicht einmal mehr darüber nachdenken, was ich bisher auf der Erde alles erlebt hatte. Es schien angesichts des machtvollen, berauschenden Lichtes, das mich nun trug, zu bedeutungslos, um es im Gedächtnis zu bewahren. So etwas wie Probleme, Termine, Gesetze, Versprechen gab es hier nicht mehr. Es war wie Baden in Liebe.
Ich kommunizierte mit anderen Geistwesen, hauptsächlich mit denen, die wie ich bereits auf der Erde waren. Dies funktionierte wortlos und gestenlos. Meine Erinnerung war wie ein offenes Buch, das keiner Erklärungen bedurfte. Ebenso konnte ich die Erinnerungen meiner Brüder und Schwestern lesen. Ihr dürft das nicht verwechseln mit der Art und Weise, wie Menschen sich erinnern, in Bildern und Worten, für uns gibt es nur eine einzige Art der Erinnerung: Sie besteht aus purer Emotion. Wir spüren, ob jemand Liebe geben und annehmen kann oder nicht. Denn alles andere ist bedeutungslos. Und darin waren wir uns alle einig: Kaum ein Mensch weiß, wie sehr er geliebt wird und kaum einer kann Liebe in dem Übermaß geben, wie sie ihm zuströmt. Uns Geistwesen überwältigt große Trauer, wenn wir diese

Art der Erinnerung wahrnehmen. Daher müssen wir handeln.

Meine Aufgabe war klarer denn je. Ich musste den Menschen begreiflich machen, dass sie nichts zu befürchten hatten. Sie waren ein Teil von Gott, so wie ein Lichtstrahl der Sonne ein Teil der Sonne ist, ebenso hell und ebenso heiß. Ihre Welt, so wie sie sie sahen, war eine Scheinwelt, geboren aus dem Irrtum, von Gott getrennt zu sein. Hätten sie Glauben von der Größe eines Senfkorns, könnten sie Berge versetzen; ich spreche vom Glauben an die Macht der bedingungslosen Liebe.

Als ich wieder in meiner Zelle ankam, war es bereits Nacht. Ich fühlte mich ruhig und zufrieden, obwohl mein Gehirn sogleich seine Arbeit wieder aufnahm und mich mit Spekulationen über den kommenden Tag bombardierte. Ich fühlte einen inneren Zwang in mir, der mich dazu drängte, etwas zu tun. Alle Menschen, denen ich in den letzten zwölf Stunden begegnet war, tauchten wie aus einem Nebel auf und erinnerten mich an falsch verstandene und unausgesprochene Worte. Ich fragte mich, ob es überhaupt möglich war, mit Worten unmissverständlich zu kommunizieren.

Irgendwann schlief ich dennoch ein, obwohl ich immer wieder daran denken musste, dass Veronika und Eva nun schlecht über mich denken würden. Ich hatte versprochen, ihnen aus ihrer misslichen Lage zu helfen, aber dazu hätte ich vertrauenswürdiger sein müssen, als es nun für sie den Anschein hatte. Was wird das wohl für einen Eindruck auf sie machen, wenn sich die Polizei bei ihr über mich erkundigt?

Früh am Morgen zwängten sich bereits ein paar kräftige Sonnenstrahlen durch das kleine Fenster in meiner Zelle. Ich stellte mich dorthin, wo mich möglichst viele davon treffen konnten, und schloss die Augen. Es war eine Wohltat, die Sonnenwärme auf der Haut zu spüren. Der Verkehrslärm konnte die dicken Mauern nicht durchdringen, so dass es tagsüber ebenso still war wie in der Nacht. Nach einer Minute konnte ich mich wunderbar entspannen und das Gedankenkarussell in meinem Kopf verlangsamte sich und kam zum Stillstand. Im Nu war ich wieder Bedad, das Geistwesen, der Lichtstrahl aus der göttlichen Sonne! Plötzlich war alles wieder einfach. Ich begriff, dass meine Sorgen nur Produkte meiner falschen Wahrnehmung waren. Mein Gehirn konnte zwar die Logik dieser Welt erfassen, vergaß aber völlig, dass diese auf äußerst unvollständigen Prämissen beruhte. Es gab keine gebrochenen Versprechen und keine feindseligen Polizeibeamten. Ich war nicht eingeschlossen in dieser Kammer, ich konnte zu jeder Zeit überall sein! Ich konnte eine Perspektive über dem Polizeigebäude einnehmen und mich selbst als einen menschlichen Leib betrachten, der in seiner Zelle stand und die Arme ausbreitete. Auch das war ich - ein Bruchteil meines Geistbewusstseins reichte aus, um es am Leben zu erhalten.

Ich, das Geistwesen, dehnte mich nun weiter nach allen Richtungen aus, was für mich kein Problem darstellt, denn nur als Mensch sehe ich mich getrennt von allem anderen, als reiner Geist bin ich frei vom Zeit- und Raumsystem, mein Wille ist alles, was zählt. Als reiner Geist war ich auch nicht getrennt von Veronika und Eva, daher bedurfte es keiner Wanderung, um zu ihnen zu gelangen. Doch das war nicht meine Aufgabe, mich auf der rein geistigen Ebene mit ihnen zu verbinden; ich musste ihnen als Mensch begegnen, als der, der ich vor wenigen Minuten noch war: Ein fühlendes Wesen, das in die Falle seiner beschränkten Wahrnehmung geraten war.

Ich dachte darüber nach, was Hauptwachtmeister Brunnhuber gestern zu mir gesagt hatte, dass jeder anständige Mensch arbeiten müsse, um seinen Lebensunterhalt zu verdienen. Hieß das, dass unanständige Menschen nicht arbeiten mussten? Wahrscheinlich meinte er damit Diebe und Betrüger, die so viel Geld beiseite geschafft hatten, dass sie davon leben konnten. Doch hatten nicht auch diese eine gewisse Art Arbeit verrichtet, um an Geld zu kommen? Was bedeutete dieses „Arbeiten" für die Menschen? Bezeichneten sie nur die Tätigkeit als Arbeit, die mit Geld honoriert wird? In der Nähe der Himmelstorgasse gab es einen Schrebergarten, auf dem viele Leute vor allem am Wochenende im Schweiße ihres Angesichts ihre Gemüsebeete bearbeiteten, Sträucher ausschnitten, Unkraut jäteten und Früchte ernteten. Der Lohn für ihre Arbeit war die Ernte, kein Geld. Zudem schien mit dieser Arbeit auch Freude einherzugehen. Das konnte ich verstehen.

Wie stand es um die Berufe in der Rüstungsindustrie? Wie war die Arbeit von Werbepsychologen zu bewerten, deren Aufgabe es war, den Bürger zum erhöhten Konsum zu bewegen oder einen bestimmten Politiker zu wählen? War die Arbeit von Chemikern anständig, wenn sie Nahrungszusätze erfanden, um das Wachstum von Nutztieren übernatürlich zu fördern?

Jetzt dachte ich wie ein Mensch…

Ich glaubte, die Menschheit mit logischen Überlegungen besser machen zu können. Ich war dem Aberglauben erlegen, Informationen seien die Grundlage für richtiges Handeln. Was für ein Unsinn!

Ein Klimpern und Klacken riss mich aus meinen Gedanken. Ein Schlüssel entriegelte das Schloss zu meiner Zelle.

Der Beamte, den ich als Gruber wiedererkannte, wünschte mir einen guten Morgen und führte mich in das Vernehmungsbüro.

„Wissen Sie, wo Sie in der kommenden Nacht schlafen werden?", fragte er. Ich sah ihn fragend an, weil ich mich wunderte, warum er das wissen wollte.

„Kann sich ein Obdachloser aus eigenen Kräften und mit eigenen Mitteln selbst eine Unterkunft besorgen, muss die Polizei nicht tätig werden. Also, wenn Sie eine Bleibe haben, kann ich Sie gehen lassen. Ansonsten können wir Ihnen einen Platz in der Obdachlosenunterkunft vermitteln."

„Nein nein, danke! Das ist nicht nötig! Ich finde schon etwas!"

„Wie Sie wollen. Dann müssen Sie hier bitte das Vernehmungsprotokoll noch unterschreiben."

„Gut. Ähm… Eine Frage noch: Gibt es viele Obdachlose hier in der Stadt?"

„Offiziell sind es 7.500. Tendenz steigend."

„7.500? Das ist ja eine Kleinstadt! Wie ist das möglich?"
„Unbezahlbare Mieten, zu wenig Wohnungen, Arbeitslosig-keit, Krankheit... hinter jedem Obdachlosen steckt ein per-sönliches Schicksal. Wie ist das bei Ihnen passiert? Ich mei-ne, Sie sehen nicht aus wie ein typischer Obdachloser."
„Ich dachte, ich könnte bei einer Freundin übernachten, aber das war irgendwie nicht möglich."
Herr Gruber grinste übers ganze Gesicht.
„Kenn ich! Ist mir auch schon passiert. Frauen halt! Du denkst, alles ist in Butter und im nächsten Moment stehst du auf dem Fußabstreifer und die Schlösser sind ausge-wechselt. Der junge Kollege, der Sie gestern verhört hat, wird sich wohl auch bald eine neue Wohnung suchen müs-sen."
„Ach? Ich dachte mir schon, dass er sehr müde aussieht."
„Man hat ja da keinen Einblick, aber was ich so mitbekom-men habe, macht ihm seine Frau ordentlich Stress. Die ist so ein verwöhntes junges Ding, das nicht damit klar kommt, dass er nach der Schicht auch mal die Füße hochlegen will. Macht selber keinen Finger krumm, um was zum Familien-einkommen beizusteuern und beschwert sich, dass sie sich keinen Urlaub leisten können."
„Haben sie Kinder?"
„Ja, eine Tochter, drei Jahre alt. Und damit begann eigent-lich der ganze Schlammassel. Sie fühlt sich überfordert und das Kind wächst mehr bei der Oma auf als zu Hause. Nee nee! Das kann nicht gutgehen! Ich lasse keine Frau in meine Wohnung. My home is my castle, wenn Sie verstehen, was ich meine."
„Hmm... My castle! Hört sich kriegerisch an. Und ich dachte immer, die Familie ist ein Hort des Friedens."
„Tja – das war einmal! – Gut! Jetzt zum Geschäftlichen."
Er setzte sich an einen Schreibtisch, bat mich, Platz zu nehmen, und begann, etwas in seinen Computer zu tippen.
„Sie wissen, dass Sie beklagt wurden, den hiesigen Bestat-tungsunternehmer betrogen zu haben? Ja. Ich muss Sie an dieser Stelle darauf hinweisen, dass Sie einen Anwalt hinzu-ziehen können. Sollten Sie nicht in der Lage sein, einen

Anwalt zu beauftragen, müssen wir einen Pflichtanwalt stellen."

„Ich wüsste nicht, warum ich einen Anwalt bräuchte."

„Wie Sie wollen. Der Bestattungsunternehmer gibt an, er sei gestern gegen 14 Uhr 30 per Telefon zur Abholung einer Leiche gerufen worden. Als er dann kurz darauf eintraf, war keine Leiche da und Sie weigerten sich, die daraus entstandenen Unkosten zu begleichen. Ist das zutreffend?"

„Ich habe keinen Bestatter gerufen."

„Nicht? Die Personenbeschreibung des Mesners und der Bestattungsangestellten stimmen überein. Ca. eins neunzig, blond, bärtig, schlank. Sie wollen sich doch jetzt nicht etwa herausreden?"

„Nein. Ich möchte nur sagen, dass nicht ich es war, der den Bestattungsdienst gerufen hat. Das war der alte Mann; also wahrscheinlich der Mesner, von dem Sie sprachen."

„Ja, der wurde auch hierzu schon befragt. Er gab an, dass Sie erklärt hätten, Sie würden sich darum kümmern – also um den Bestattungsdienst."

„Ja, das stimmt. Das war aber nur, weil der Mesner so aufgeregt war. Er ist ein sehr alter Mann. Ich konnte ihm doch nicht auch das noch aufbürden."

„Also, was jetzt? Haben Sie nun die Zahlung des Auftrags zugesichert oder nicht?"

„Nein. Ich wusste ja nicht, dass eine Zahlung erforderlich sein würde."

„Schriftlich haben Sie wohl nichts vereinbart?"

„Nein. Dazu war gar keine Zeit. Das Missverständnis entstand dadurch, dass der Mesner dachte, ich sei tot."

„Aber es war doch ein Arzt zugegen, der den Tod feststellte. Das haben wir überprüft."

„Ja, es tut mir leid, ich bin trotzdem nicht tot, wie Sie sehen. Ich habe halt einen tiefen Schlaf."

Herr Gruber kräuselte die Stirn.

„Komische Sache...", sagte er und tippte etwas in seinen Computer.

„So wie ich das beurteile, wird der Mesner bzw. die Kirche zahlen müssen. Dass er den Bestatter angerufen hat, können wir an seinem Handy überprüfen. Aber, Herr Engel, wie erklären Sie sich den Vorwurf der Nötigung? Der Bestattungsangestellte gab an, Sie hätten ihm gedroht."

„Gedroht? Nein, sicher nicht. Ich sagte zunächst, dass es der Herrgott sicher entgelten würde, wenn sie auf eine Gebühr verzichten würden, und dann sagte ich noch – daran erinnere ich mich genau! - Der Herr sieht die guten Taten und zahlt sie hundertfach zurück."

Was währenddessen mit meiner Aura passierte, verschwieg ich geflissentlich. Ich glaube, diese Notlüge war gerechtfertigt, um Herrn Gruber nicht noch mehr zu verwirren.

„Und dann sind die Bestattungsangestellten mitsamt dem Sarg verschwunden", erklärte ich. „Ich dachte, sie hätten sich besonnen und die Angelegenheit wäre erledigt."

Herr Gruber nickte nur und hielt alles schriftlich fest.

„So! Dann lese ich Ihnen das Protokoll vor und Sie müssen mir unterschreiben. Ach, da kommt ja der Kollege!"

Er begrüßte den jungen Mann, der sich mir als Polizeihauptmeister Brunnhuber vorgestellt hatte.

„Na? Ausgeschlafen?"

Der junge Mann sah noch müder aus als gestern.

„Schön wär's!", brummte er. „Wie weit bist du in dieser Sache? Schon ein Ergebnis?"

„Ich habe eben das Protokoll aufgenommen. Wenn du mich fragst, war der Arzt unfähig und dann kam eins zum andern. Unnötig, die Sache aufzubauschen."

„Meinetwegen. Aber… Sie!", sagte er zu mir in einem scharfen Ton. „Sie melden sich heute noch im Einwohnermeldeamt an und besorgen sich einen Personalausweis, verstanden? Das nächste Mal, wenn ich Sie auf einer Parkbank erwische, kommen Sie nicht mehr so glimpflich davon."

„Ja, das werde ich tun."

Ich konnte ihm gar nicht böse sein. Während er sprach, sah ich einen kurzen Moment in seine Augen. Es heißt ja, durch die Augen eines Menschen kann man in seine Seele blicken. Und was ich da sah, stimmte mich sehr traurig. Ich hätte ihn liebend gern in die Arme genommen und getröstet. Ich spürte eine starke Energie, die sich wie ein Feuer in ihm ausbreitete. Ich konnte zusehen und spüren, wie dieses Feuer alles, was an Liebe in ihm vorhanden war, verbrannte. Ich litt mit ihm. Daher musste ich sofort handeln. Ich musste das Feuer löschen. Aber wie?

Besser und wirksamer als das Feuer zu löschen, war es, die Liebe in ihm neu zu entfachen. Dort, wo sich die Liebe ausbreitet, ist kein Raum mehr für Negatives.

Ich gab vor, sehr müde zu sein und mir den Schlaf aus den Augen zu wischen. Dann gähnte ich und stütze meinen Kopf auf meine Hände. Währenddessen konzentrierte ich mich auf das, was Brunnhuber am meisten liebte, und das war seine kleine Tochter. Ich fühlte sie sehr lebendig im Herzen ihres Vaters – ein Gefühl unendlicher Liebe und Unschuld, einen strahlenden Lichtpunkt, der einen zu Tränen rührt, sobald man ihm zu nahe kommt. Ich ließ meinen Geist ausschweifen und nach wenigen Sekunden sah ich sie deutlich vor mir, an dem Ort, wo sie in diesem Augenblick war.

Sie saß am Boden und malte etwas mit Filzstiften. Sie hatte langes, hellblondes Haar trug ein hübsches rotes Kleid mit weißen Punkten. Ich spürte, dass auch sie traurig war, aber bei weitem nicht so verzweifelt wie ihr Vater. Ich brauchte irgendetwas von ihr, was ihren Vater trösten konnte. Ich beobachtete sie eine Weile, während die beiden Beamten etwas besprachen.

Da kam die Mutter der Kleinen zur Tür herein.

„Hallo, mein Schatz! Was machst du denn Schönes?"

„Ich male ein Bild vom Papa! Schau!"

Sie hielt das Bild hoch, damit es die Mutter betrachten konnte.

„Schön! Und was macht der Papa da?"

„Er arbeitet. Es ist Nacht. Er geht durch die Stadt und tut alle Bösen verhaften. Darum können die Menschen alle ruhig schlafen."

„Das ist aber wirklich ein schönes Bild! Willst du das dem Papa geben, wenn er heimkommt?"

Da zog das Mädchen eine Schnute und maulte: „Der Papa kommt ja immer erst, wenn ich schon schlafe! Und dann tust du ihn schimpfen."

Dabei zerknüllte es das Bild und warf es in die Ecke.

„Aber das stimmt doch gar nicht, mein Liebling!", sagte die Mama und nahm das Mädchen auf den Arm. „Der Papa hat dich doch trotzdem sehr lieb. Und ich auch! Ich bin nur manchmal traurig, dass ich ihn so selten sehe."

„Dann darfst du ihn aber nicht schimpfen!"

„Da hast du recht. Er kann ja nichts dafür, dass er immer so viel zu tun hat im Büro."

Das Mädchen drückte seinen Kopf an die Schulter seiner Mutter und schluchzte. Die Mutter jedoch hatte Sorgenfalten auf der Stirn.

Das war meine Chance! Ich musste für eine Sekunde meinen Körper verlassen und das Bild holen. Wundert euch nicht darüber, was ein Geistwesen alles kann! Wenn ihr wüsstet, wer ihr wirklich seid, hättet ihr keinen Zweifel daran, dass physikalische Gesetze auf der höheren, geistigen Ebene ihre Gültigkeit verlieren. Meinen Körper zu verlassen, das zerknüllte Bild vom Boden aufzuheben und wieder zurückzukehren, nahm mein Körper schlimmstenfalls als kurzes Herzstolpern war.

Das alles ging so schnell, dass die beiden Beamten nicht einmal einen Lufthauch davon spürten. Ich ließ das Blatt mit der Zeichnung schnell fallen und bückte mich, um es aufzuheben.

„Entschuldigen Sie!", sagte ich. „Das hier lag auf dem Fußboden. Gehört das jemanden von Ihnen?"

Der Kollege Brunnhuber wurde weiß im Gesicht, als er das Bild sah.

„Ich würde sagen, das auf dem Bild ist ein Polizist auf Nachtstreife", sagte ich und deutete auf die Details.

Dem Polizisten schossen Tränen in die Augen. Ich spürte sofort, wie sich die Liebe wie ein kühlender Sturm in ihm ausbreitete und das zerstörerische Feuer erstickte.

„Das ist ein Bild von meiner Tochter. Sie schreibt immer LEA drauf, wenn sie mit einem Bild fertig ist. Das kann sie schon, obwohl sie erst drei ist."

„Wie kommt das denn hierher?", fragte Gruber.

„Vielleicht hat sie es mir in meine Uniformjacke gesteckt und jetzt ist es rausgefallen. Gut, dass Sie es gefunden haben, Herr Engel!"

Er wischte sich mit einem Taschentuch die Tränen aus den Augen und sah beinahe glücklich aus. Sein Kollege klopfte ihm aufmunternd auf die Schulter.

„Ich mach das hier schon fertig. Bestimmt willst du das Bild in deinem Büro aufhängen."

Als wir allein waren, seufzte Gruber einmal schwer und sagte: „Kinder sind doch wirklich manchmal wahre Engel, nicht?

„Ganz sicher! Es müsste nur viel mehr davon geben. Ist aber auch traurig, wie es ihm das Herz zerreißt..."

„Ja. Er würde alles tun, um sein Kind nicht zu verlieren. Aber als Mann hast du vor Gericht keine Chance, das Sorgerecht zu bekommen. Das ist dann der Lohn dafür, dass er 10 Stunden täglich in seinem Job festhängt."

„Aber was hätte das für einen Sinn, das Sorgerecht zu erstreiten? Das Kind möchte doch auch ihre Mutter bei sich haben."

„Ja, sicher! Aber wenn's nicht geht, geht's nicht. Was soll's? Wir werden das Problem heute auch nicht mehr lösen können. Meine Schicht ist zu Ende. Auf Wiedersehen, Herr Engel! Behüt' Sie Gott!"

Ich war völlig verwirrt, als ich wieder draußen an der Straße stand, und zusah, wie die Autos vorbeirasten wie eh und je. Funktionierte denn auf der Welt überhaupt nichts mehr? „Behüt' Sie Gott!" hatte er gesagt. Wussten denn die Menschen nicht, dass sie in jedem Augenblick von Gott behütet wurden? Als ob sie auch nur eine Millisekunde lang überleben könnten ohne Gott!

Ich konnte es nicht fassen, dass die Menschen so verblendet waren, dass sie das Naheliegende nicht sehen konnten. Ohne den göttlichen Funken in sich würden sie nicht leben! Sie wären tote Materie. Oder glaubten sie gar, sie könnten alle biochemischen Reaktionen in ihren Zellen, und das waren laut Wissenschaft 10.000 in jeder Sekunde, bewusst steuern? Dachten sie am Ende, dass sie sich aus dem erdumspannenden Beziehungsgeflecht, gewoben aus den Gedanken und Gefühlen aller Lebewesen, ausklinken könnten und in der Lage wären, isolierte Entscheidungen zu treffen? Was war so erstrebenswert daran, sein „persönliches" Leben völlig autark zu bestimmen?

Wie paradox ihr Verhalten doch war! Einerseits dachten sie, sie könnten alles kontrollieren, andererseits konnten sie Ereignisse, auf die sie sehr wohl Einfluss nehmen könnten, mit einer Bemerkung wie „Wenn's nicht geht, geht's nicht!" abtun. Ich fürchtete zu diesem Zeitpunkt, dass mein Aufenthalt hier auf der Erde noch geraume Zeit in Anspruch nehmen würde.

Kapitel 5 – Denksysteme

Ich musste mich nun entscheiden, ob ich der Empfehlung der Polizei folgen und mich schnellstmöglich um eine Wohnung und einen Ausweis kümmern sollte oder ob ich mein Veronika gegebenes Versprechen nun doch einlösen sollte, wenn auch um einen Tag verspätet. Die Entscheidung fiel mir leicht; Veronika zu helfen, sie aus ihrem verhängnisvollen Denksystem herauszuführen, war mir ein Herzensanliegen. Die behördlichen Vorschriften zu erfüllen, war nichts, wonach es mich drängte. Es war wohl auch nichts, was einen Menschen besser oder schlechter machte.

Dennoch musste Veronika noch ein bisschen warten. Gestern noch war Essen ein beinahe exotisches Abenteuer, heute wurde es zu einer Notwendigkeit. In meinem Bauch rumorte es gewaltig. Das, was unter Menschen als Hunger bezeichnet wurde, quälte mich so sehr, dass ich mit Schwindel zu kämpfen hatte. Meine Zunge war trocken und klebte am Gaumen, in meinem Kopf spürte ich einen unangenehmen Druck. Jetzt fühlte ich am eigenen Leib, warum es den Menschen so wichtig war, regelmäßig zu essen, und hatte Mitleid mit ihnen, dass sie in so hohem Maße auf die Nahrungsaufnahme angewiesen waren. Es war kurz vor Mittag; ich ging in das erste Gasthaus, das mir ins Auge fiel. Als ich die Gaststube betrat, wurde mein Schwindel so schlimm, dass ich mich sofort setzen musste, um nicht ohnmächtig zu werden. Abgesehen von dem üblen, abgestandenen Geruch aus Küchendunst und Zigarettenrauch herrschte hier eine Atmosphäre voll von Niedergeschlagenheit und Gleichgültigkeit, die mir alle Kraft aus dem Leib zog. Es war dunkel, da vor den Fenstern schwere Vorhänge und vergilbte Gardinen hingen. Ob sie schon jemals zum Lüften geöffnet wurden? Der Wirt sah selbst aus wie die wabbeligen Fleischbrocken, die hier größtenteils serviert wurden. Gesprochen wurde kaum. Die Gäste schauten vollkommen apathisch drein, als wären sie dazu verdammt, ihre verbliebenen Lebensjahre in diesem Raum verbringen zu müssen. Einer hielt sein Bierglas ständig umklammert, auch in den Trinkpausen, so als wäre das Getränk ein kostbares Lebenselixier und er würde sofort tot umfallen, wenn es ihm weggenommen würde.

Ich schlug die Speisekarte auf und begann zu lesen. Ich kam aber nur bis zu dem ungarischen Saftgulasch, dann fiel mein Blick auf eine Frau mit Bartstoppeln auf der Oberlippe und am Kinn, die sich soeben ein großes Stück eines Kartoffelkloßes in den Mund stecken wollte, dieses jedoch verlor, so dass es in die Bratensoße zurückfiel und ihre Bluse bespritzte. Derart überrascht hielt sie in ihren Kaubewegungen inne, wodurch auch aus ihrem Mund Soße tropfte, über ihr Kinn lief und in der Hautfalte, unter der sich der Hals verbarg, verdunstete. Ein spontaner Würgereiz zwang mich dazu, das Lokal unverzüglich zu verlassen.

Ich atmete ein paar Mal tief aus und ein; selbst die abgasgeschwängerte Luft war noch erträglicher als der Wirtshausmief. Warum machten die Menschen so etwas?

Wussten sie denn nicht, dass sie nur in den nächsten Wald zu gehen brauchten und sie hätten frische Luft und gesunde Nahrung im Überfluss? Ein paar frische Wildkräuter, ein paar junge frische Blatttriebe, Pilze und Beeren, und sie hätten Energie für den ganzen Tag. Wie konnten sie nur zulassen, dass ihre Sinne so abstumpften und nicht mehr erkennen konnten, was es bedeutet, Lebens-Mittel zu sich zu nehmen? Ich hätte nie geglaubt, dass Menschen dazu fähig wären, sich den Tod einzuverleiben. Nein, ich übertreibe nicht! Ich sah und fühlte in jenem Gasthaus keinerlei Leben. Was veranlasste die Menschen dazu, zu glauben, sie wären auf diese destruktive Art der Nahrungsaufnahme angewiesen?

Nun zögerte ich keine Minute mehr - ich wusste, wohin ich gehen musste, um meine geistige und körperliche Gesundheit wieder zu erlangen – in Veronikas Garten!

Einen Augenblick später stand ich dort in der Himmelstorgasse 15 und umarmte einen Holunderbusch. Ich atmete ihn ein, berührte seine kühlen Blätter und kostete seine Blüten. Oh ja! Es mochte verrückt aussehen, aber für mich war es das Normalste, Logischste und Vernünftigste, was ein Mensch tun konnte. Schon wenige Minuten später fühlte ich mich wieder eins mit meinem Schöpfer. Ich fühlte mich, als wäre eine Zentnerlast von meinen Schultern gefallen. Mein Magen beruhigte sich wieder. Ich pflückte Löwenzahnblätter, Giersch, Gänseblümchen, Spitzwegerich, Gänsefingerkraut, Schafgarbe und alles, was ich an essbaren Kräutern fand. Gerade als ich meinen Mund damit gestopft hatte und zu einem grünen Brei zerkaute, rief eine Stimme: „Halt dich ja von meinen Blumenbeeten fern! Die sind zur Zierde, nicht zum Essen!"

Ich schaute nach oben und sah Veronika aus dem Fenster winken.

„Verpfeih! Ich hatte folchen Hunger...", entgegnete ich schuldbewusst.

„Du hättest auch bei mir was bekommen. Aber dazu musst du mich halt besuchen."

„Entschuldige bitte! Ich bin von der Polizei aufgehalten worden."

„Von der Polizei? Ach, darum haben die mich heute angerufen... Hast du was ausgefressen?"

„Ausgefressen? Haha! Nein, damit habe ich erst von einer Minute angefangen." Ich zeigte auf meinen immer noch vollen Mund. „Ich habe auf einer Parkbank geschlafen; das ist verboten."

„Was bist du nur für ein eigenartiger Mensch! Jetzt komm erst mal rauf, ehe du meinen Garten aufisst!"

„Danke! Sehr gerne!"

Das Knarzen der Treppe war mir inzwischen vertraut; ich verknüpfte es mit guten Erinnerungen.

„Ist Eva heute gar nicht da?"

„Nein. Heute ist Papa-Tag. Willst du noch was essen oder bist du von dem Grünzeug satt geworden?"

„Nicht ganz", sagte ich schmunzelnd. „Es dauert, bis man mit Kräutern einen Magen füllt."

Sie gab mir ein paar Scheiben Brot, Butter und Wurst. Als mir der Geruch der Wurst in die Nase stieg, fühlte ich mich an das Wirtshaus in der Stadt erinnert.

„Bist du mir böse, wenn ich die Wurst nicht esse?"

„Bist du Vegetarier?"

„Ich denke schon. Ich sehe dabei immer das Tier, das noch leben würde, wenn…"

„Schon klar. Ist aber vom Bio-Metzger."

„Trotzdem musste es getötet werden."

„Trotzdem macht das Fleisch satt, im Gegensatz zu dem Grünzeug."

„Da sind die geschlachteten Tiere bestimmt anderer Meinung."

„Dafür müssen sie zwölf Stunden täglich fressen."

„Ich ziehe es vor, mich an Brot und Butter satt zu essen."

Sie zuckte die Achseln.

„Bist du mit Wasser aus der Leitung einverstanden?"

„Ja. Ich liebe Wasser. Auch wenn es nicht mehr so rein ist, wie Wasser aus einer Bergquelle. Aber es hilft, wenn man es vor dem Trinken segnet."

„Im Ernst?"

„Ja, das ist wichtig!"

„Warum?"

„Weil Wasser Informationen speichert, positive wie negative. Wasser ist etwas sehr Lebendiges. Ein Mensch besteht zu 80 % aus Wasser. Die Welt besteht zu 80 % aus Wasser. Da kann es doch nur gut sein, wenn man das Wasser, das man trinkt, segnet."

„Und wie geht das – segnen?"

„Ich entspanne mich, lenke meine Aufmerksamkeit auf das Wasser und danke dafür, dass es klar und rein ist. Dadurch erhält es eine positive Schwingung."

„Wem dankst du? Gott oder so?"

„Ja, Gott oder so. Wobei das kein Unterschied ist. Denn Gott ist ohnehin überall. Ich könnte auch dir danken. Das ist dasselbe."

„Bin ich denn Gott?" Veronika lachte unsicher.

„Ja. So wie ich und wie Eva."

Veronika kniff kurz die Augen zu.

„Vor 500 Jahren hätten sie dich für so eine Aussage auf dem Scheiterhaufen verbrannt."

Ich freute mich darüber, dass wir auf das Thema zusteuerten, das mir am Herzen lag. Ich zwang mich, meine Begeisterung im Zaum zu halten.

„Das stimmt. Damals kannte man nur den Rachegott aus der Bibel, der sich einen Kampf mit dem Teufel liefert. Heute weiß man, dass diese Vorstellung falsch ist."

„Aber die Bibel ist seitdem nicht geändert worden."

„Die Bibel darf eben nicht wortwörtlich verstanden werden. Sie muss im reinen Geiste interpretiert werden."

„Und wann ist der Geist rein?"

„Jeder trägt diesen Geist in sich. Du bist dieser Geist! So wie ich und alle anderen Menschen. Doch die wenigsten Menschen wissen das."

„Ach, du sprichst von der Seele!"

„Man könnte Seele dazu sagen, aber der übliche Seelenbegriff ist eine Quelle von Missverständnissen. Viele glauben, wir hätten einen Körper, in dem eine Seele sitzt. Dabei ist es genau umgekehrt. Unsere Seele, unser reiner Geist, erschafft unseren Körper."

„Und woher weißt du das so genau?"

„Hmm... Du erinnerst dich an unseren gemeinsamen Abend? Ich habe, glaube ich, zu leuchten begonnen, oder?"

„Ja! Und wie ich mich erinnere! Es war schon ein bisschen unheimlich."

„Dieses Leuchten kam daher, dass ich meinen reinen Geist nicht mehr in meinem Körper halten konnte. So wie ein Glas Sekt, das man zu hastig einschenkt."

Veronika spielte nervös mit ihren Fingern.

„Meinst du, du könntest das noch einmal machen?"

„Es heißt eigentlich: ‚Selig sind die, die nicht sehen und doch glauben'."

„Bitte!"

„Na gut!"

Es fiel mir gar nicht schwer, meinen Geist austreten zu lassen, weil ich mich in Veronikas Gegenwart so wohl fühlte, dass mein Herz freier und kräftiger als irgendwo sonst schlug. Ich wusste damals noch nicht, was das zu bedeuten hatte.

Veronikas Augen begannen zu leuchten. Sie klatschte vor Freude in die Hände.

„Das ist wirklich phantastisch! Das ist kein Trick oder so?"

Es tat mir weh, dass sie so etwas fragte. Wie konnte sie nur die Wahrheit so verzerren?

„Nein, Veronika. Das bin ich. So, wie ich tatsächlich bin. Das sind wir alle."

„Ich könnte das bestimmt nicht."

„Natürlich könntest du das. Aber nur, wenn du begreifst, dass das, was ich gesagt habe, die Wahrheit ist."

„Ich denke, das tu ich."

Sie nickte, aber ich wusste, dass sie sich selbst nicht glaubte. Sie wäre nicht bereit gewesen, ihren Körper zu verlassen, um ganz ihrem Geist zu vertrauen. Jetzt noch nicht.

Ich schwieg. Im Augenblick hätten Worte mehr zerstört als genützt.

Veronika schien mein Schweigen zu verunsichern.

„Und jetzt?", fragte sie.

„Ich habe gesagt, dass ich dir helfen will, den Konflikt zwischen dir und Peter zu bereinigen. Darum bin ich gekommen."

„Mhm..."

„Das wäre jedenfalls das, was ich mir für Eva wünschte."

„Ja, natürlich."

Ich beobachtete, wie ihre Augen flackerten. Irgendetwas beunruhigte sie.

In diesem Moment hupte unten auf der Straße ein Auto.

„Das ist Peter", erklärte Veronika. „Er bringt Eva zurück."

„Ah! Soll ich gehen? Ich meine – "

„Neinnein! Er kommt nicht herauf. Das will ich nicht."

Sie lief hinunter und öffnete die Tür. Ich erhaschte einen Blick auf Peter, als er Eva zum Eingang begleitete. Er war so groß wie ich, aber kräftiger gebaut. Ein rotblonder Bart umrahmte sein Gesicht. Seine Augen waren eigenartig starr und grau, soweit ich das von hier oben sehen konnte.

Eva rannte die Treppe hinauf und kam außer Atem in die Küche.

„Hallo, Bernhard!"

„Hallo, Eva! Du hast dir meinen Namen gemerkt?"

„Du hast dir doch auch meinen gemerkt."

„Richtig."

„Spielen wir wieder Kaufmann?"

„Wenn du willst? Aber zuerst solltest du noch was essen, oder?"

„Okay."

Während wir gemeinsam am Tisch saßen, wurde kaum gesprochen. Das wunderte mich, denn Eva hatte sonst immer etwas zu erzählen. Ich ahnte, dass es zwischen Mutter und Kind ein Abkommen gab, ein bestimmtes Thema auszusparen. Es hatte mit ihrem Vater zu tun. Aber dieses Thema war nicht totzuschweigen. Es lag schwer auf den Herzen der beiden. Es lag im ganzen Raum und drohte, eine Atmosphäre der Angst aufzubauen, die alles Glück ersticken könnte.

„Ich habe in drei Tagen Geburtstag!", platzte Eva plötzlich heraus. „Dann bin ich vier."

„So groß schon!", sagte ich. „Hast du denn einen Wunsch zu deinem Geburtstag?"

Da lachte sie wieder so wie früher.

„Ich wünsche mir von Mama eine Riesentorte!"

„Eine Riesentorte! Wie groß ist die denn?"

„Soooo groß!", sagte Eva und breitete ihre Arme zu beiden Seiten aus.

„Isst du die dann ganz alleine?"

„Nein. Wenn du willst, kannst du ja mitessen."

„Oh! Das würde ich gerne!"

Ich war nicht sicher, ob das jetzt eine offizielle Einladung war, und Veronika half mir auch nicht weiter. Irgendetwas Störendes lag heute in der Luft. Ich hatte eine Vermutung und fragte: „Was hast du denn heute mit deinem Papa gemacht, Eva?"

Die Kleine blickte zuerst zu ihrer Mutter, die wiederum ihrem Blick auswich.

„Wir haben ein Spiel gespielt."

„Was für ein Spiel?", fragte Veronika.

„Es heißt ‚Drecksau'". Eva lachte in sich hinein.

„Was soll denn das für ein Spiel sein?"

„Da muss man seine Schweinchen dreckig machen, dann kann man einen Stall bauen. Aber wenn man keinen Blitzableiter hat, verbrennt der Stall. Und wenn es regnet, wird das Schweinchen gewaschen. Aber nur wenn es ganz dreckig ist, ist es eine glückliche Sau."

„Das hört sich ja lustig an!", sagte ich.

„Vielleicht ein bisschen schweinisch", bemerkte Veronika.

„Und wie war es sonst beim Papa?", fragte ich.

„War okay. Wir haben dann was im Fernseher angeschaut. Papa ist dann eingeschlafen."

Veronika verkniff sich eine bissige Bemerkung und schüttelte nur den Kopf.

Nach dem Essen spielte ich mit Eva noch das Kaufmann-Spiel.

Dann sagte ich zu Eva: „Ich muss heute noch was erledigen. Ich gehe dann. Bis bald!"

Dabei zwinkerte ich Veronika zu. Sie verstand, dass ich sie unter vier Augen sprechen wollte, und begleitete mich zur Haustür.

Veronika platzte ohne Umschweife heraus:

„Wenn ich dich mit deinen ganzen Zauberkunststücken, deiner seltsamen Kleidung, mit der du offensichtlich auch schläfst, mit deinem übernatürlichen Einfühlungsvermögen und deiner was-weiß-ich-Vergangenheit mit Vorstrafenregister oder was zur Hölle du bei der Polizei gemacht hast, noch länger mit meiner Tochter spielen lasse, möchte ich, dass du mir etwas über dich erzählst, was mich einigermaßen gut schlafen lässt. Ich höre!"

Sie verschränkte die Arme vor der Brust und sah mich durchdringend an.

„Ich verstehe. Fangen wir von hinten an! Ich war bei der Polizei, weil ich keinen Ausweis bei mir hatte und keinen Wohnsitz nachweisen konnte. Um das in Ordnung zu bringen, will ich heute Nachmittag losgehen und mir eine Wohnung suchen. Aber du willst wahrscheinlich wissen, warum ich umher ziehe wie ein Obdachloser."

Sie nickte. Ich beschloss, alles auf eine Karte zu setzen und die Wahrheit zu erzählen.

„Auch das kann ich erklären. Ich bin sozusagen vom Himmel gefallen. Ich habe dir doch von dem reinen Geist erzählt, der in uns allen ist..."

„Jetzt wird es spannend. Red' weiter!"

„Nun – wenn der Geist seinen Körper aufgibt, ist er nicht mehr daran gebunden und kann im Grunde überall sein; im Himmel, auf der Erde oder sonst wo. Ob er sich eine Gestalt gibt oder nicht, entscheidet er selbst. Mit Körper oder ohne, das spielt für ihn keine Rolle. Verstehst du?"

„Jaja, ein Geist eben."

„Wichtig ist, dass er sich zu allen Wesen hingezogen fühlt, weil sie sind wie er. Und darum kann er nicht dulden, dass sie sich selbst quälen. Auch ich will nur, dass sich alle ihrer Großartigkeit bewusst sind – "

„Halt! Du willst mir allen Ernstes sagen, dass du so ein Geist bist?"

„Ja! Ein Geist, der einen Körper angenommen hat, um mit euch Erdenmenschen zu kommunizieren."

„Entschuldige, aber das ist mir zu hoch. Du sitzt mit mir an meinem Tisch, du isst und trinkst dieselben Sachen wie ich, du bist müde und hast Hunger und ich wette, du wirst auch ab und zu mal kacken. Wo bitte bist du etwas anderes als ein ganz normaler Scheiß-Mensch?"

Ich spürte, wie die Wut in ihr aufstieg und von ihr Besitz ergriff. Es wäre klüger gewesen, ihr in diesem Moment Recht zu geben.

„Du siehst eben nur diesen Menschen, die Hülle, die ich mir gegeben habe. Mein wahres Ich ist unsichtbar, so wie dein wahres Ich unsichtbar ist. Aber man kann es fühlen, das weiß ich jetzt, seit ich diesen Körper habe."

„Ja, ich fühle auch so einige Dinge. Unter anderem fühle ich, dass ich mir diesen Unsinn nicht mehr anhören will. Du bist ein Geist? Na großartig! Dann versuch mal, geistig zu überleben in dieser Welt, aber ohne mich!"
Sie drehte sich um und schlug die Tür vor meiner Nase zu.

Diese Reaktion war ernüchternd. Irgendwie hatte ich damit gerechnet, ich könnte die Menschen mit wenigen Worten aufklären und ihnen die Schuppen von den Augen nehmen. Ich hatte Begeisterung, zumindest aber Neugier erhofft. Dass die frohe Botschaft auf zornige Ablehnung stieß, überraschte mich.
Die Wahrheit schien nicht in das Glaubenssystem der Menschen zu passen. Sie sind wohl schon zu weit von ihrem Ursprung entfernt, als dass sie von heute auf morgen begreifen könnten, dass ihr Bild von der Welt ein riesengroßer Irrtum ist.
Ich begann zu verstehen, wie es Jesus vor 2000 Jahren ergangen sein mochte. Die Botschaften, die er verkündete, mochten noch so großartig sein, die Menschen konnten sie nicht begreifen, weil sie sie aus der Sicht ihres damaligen Denksystems verstanden. Die Juden akzeptierten nur, was mit ihren Schriften übereinstimmte, die Zeloten konnten an nichts anderes denken als an einen politischen Führer und alle anderen erhofften sich einen Messias, der ihnen ganz persönlich das Leben erleichterte. Daher musste Jesus Wunder tun, um überhaupt gehört und ernst genommen zu werden.
Ich dachte, die Menschen wären begierig darauf, eine spirituelle Botschaft zu hören, die sie von jeder Ideologie befreit. Ich war darauf gefasst, mit meinen Fähigkeiten offene Türen einzurennen, aber das war ein Irrtum.
Etwas stimmte nicht. Ich war ein Geistwesen, ich sollte mich nicht irren. Ich sollte es besser wissen. War ich dabei, mich zu verlieren? Nun – es gehörte zum Menschsein dazu, Dinge zu vergessen und Fähigkeiten zu verlernen... Ich nahm mir vor, dem nicht zu viel Bedeutung beizumessen.

Was mich gegenwärtig mehr als meine Mission beschäftigte, war der Bruch zwischen Veronika und mir. Sie war enttäuscht von mir, sie verstand mich nicht, sie vertraute mir nicht. In mir stieg ein Gefühl auf, das Macht über mich gewann. Ungeduld war ein großer Teil davon. Am liebsten wäre ich sofort wieder umgekehrt, um alle Missverständnisse zwischen Veronika und mir auszuräumen. Es tat mir weh, dass das, was zwischen uns stand, nur Gedanken und Überzeugungen waren, die für den Moment nicht in Einklang zu bringen waren.

Ihre wütenden Blicke, ihre zornige Stimme waren nur Abwehrmechanismen. Etwas von dem, was ich zu ihr sagte, hatte sie an eine Situation erinnert, in der sie sehr verletzt wurde. Die damals erlittenen Schmerzen waren so schlimm, dass ihre Seele alles tat, um sie künftig vor ähnlichen Schmerzen zu schützen.

Aber trotz meiner brennenden Ungeduld musste ich akzeptieren, dass ich im Augenblick nichts tun konnte, um sie davon zu überzeugen, dass ich keine Gefahr für ihr Leben darstellte.

Ungeduld war das eine, was einen übermäßig großen Raum in mir einnahm, das andere war eine ungeahnte Sehnsucht nach Nähe. Wie wundervoll waren die kleinen Unterhaltungen in ihrer Wohnung, wie aufregend war es, ihre Gesten und ihre Mimik zu beobachten, die Bewegungen ihrer Hände, wenn sie ein Brot schmierte, mit einem Wasserglas spielte, ihrer Tochter über die Haare strich, den Tisch mit einem Tuch abwischte. Wie erregend war es, wenn sich ihr Denken und Fühlen in ihrem Gesicht widerspiegelte, wenn die feinsten Muskelbewegungen so unendlich viel ausdrückten, dass man gar nicht satt wurde, sie zu betrachten! Alles das wird mir entsetzlich fehlen, dachte ich. Nie hätte ich geahnt, wie faszinierend ein Mensch sein konnte!

Ich redete mich selbst in eine wahre Euphorie hinein, bis mir bewusst wurde, dass ich nicht vom Menschen an sich sprach, sondern von einem bestimmten Menschen – von Veronika.

Diese Erkenntnis beunruhigte mich zutiefst. Ich war ein Geistwesen, vereint mit allen anderen Schöpfungen Gottes.

Individuen gab es nur in der Vorstellung des menschlichen Verstandes. Ich wusste, dass außerhalb der Liebe Gottes nichts existierte. Es gab nur diese eine allumfassende absolute Liebe. Daher konnte und durfte es nicht sein, dass ich ein menschliches Wesen mehr liebte als andere. Woher stammte diese Liebe, wenn sie nicht von Gott stammte?

Mein Kopf schmerzte vom Nachdenken. Die Unruhe in mir trieb mich dazu, etwas zu tun. Ich musste mich ablenken, um nicht verrückt zu werden. Ich musste mich meiner Mission zuwenden, alles andere war bedeutungslos.

Was war zu tun? Ich beschloss, mir eine neue Persönlichkeit zu verpassen. Die Menschen sollten bekommen, was sie respektierten. Ich besorgte mir Geld, dieses Mal Euros sowie eine Kreditkarte. Damit war ich ein anerkanntes Mitglied der Gesellschaft. Und noch etwas brauchte ich: eine Visitenkarte. In meiner Fantasie entstand ein Schriftzug:

Bernhard Engelbrecht
Unternehmensberater
Dipl.Kfm., M.Sc.

In einer Sekunde hielt ich zwanzig Stück davon, gedruckt auf edlem Papier, in der Hand. Ich kaufte mir einen teuren Anzug und ließ mich von einem guten Friseur umstylen. Mit glattrasiertem Gesicht und Kurzhaarfrisur stellte ich mich bei einem Wohnungsmakler vor und in wenigen Stunden hatte ich eine Penthouse-Wohnung in einem Hochhaus. Dann meldete ich mich ordnungsgemäß im Einwohnermeldeamt an und beantragte einen Personalausweis.

In dieser Nacht saß ich auf meiner eigenen Dachterrasse und sah auf die vielen Lichter der Großstadt hinunter. Was für ein mitleiderregendes Gewusel!, dachte ich. Was ist bloß aus euch geworden, ihr Brüder und Schwestern? Ihr glaubt nicht daran, dass ihr ein anderes Leben wählen könnt? Ihr zieht ernsthaft dieses Leben dem Paradies vor, das eure angestammte Heimat ist? Ihr werdet wütend, wenn man euch daran erinnert, wer ihr wirklich seid? Was hält euch fest? Woran klammert ihr euch?

Kapitel 6 – erste Erfolge

Ich wusste, wann Peter Pokorny seine Baggerfahrer-Schicht beendete. Es war wichtig, dass ich ihn antraf, wenn er nüchtern war und müde. Gegen einen zu starken, widerspenstigen Geist war nicht leicht anzukommen.

Ich lieh mir einen schnittigen Sportwagen, von dem jedermann wusste, dass er unter 100.000 Euro nicht zu bekommen war, und wartete am Haupteingang des Betriebsgeländes. Auch wenn ich es albern fand, so setzte ich doch eine Sonnenbrille auf und lehnte mich lässig an die Motorhaube meines Luxuswagens. Eine Sirene verkündigte mit durchdringendem Geheule das Schichtende und die Werkstore wurden geöffnet. Die Mehrzahl der Männer, die an mir vorübergingen, konnte ich mit meiner Show beeindrucken, ihre neidvollen Blicke sprachen Bände. Ich erfasste ihre Stimmungen genau; manch einer wäre vor mir auf die Knie gefallen und hätte meine Schuhe geputzt, nur um ein kleines Bisschen von meinem Reichtum abzubekommen, für andere wiederum war ich der Klassenfeind und Ausbeuter, einer spuckte gar vor mir auf den Boden. Es war eine interessante Erkenntnis für mich, dass in den Köpfen dieser Leute eine Klassifizierung bereits stattfand, ehe auch nur einer ein Wort mit mir sprach. Die Möglichkeit beispielsweise, dass ich jeden einzelnen mit einem großzügigen Scheck beschenken könnte, schien nicht im Entferntesten in ihrem Möglichkeiten-Pool vorhanden zu sein.

Endlich schlenderte Peter Pokorny an mir vorbei. Wie alle anderen warf auch er einen flüchtigen Blick auf meinen edlen Wagen, seine Augen verfinsterten sich kurz, dann folgte er den anderen Arbeitern in Richtung U-Bahn-Station. Er sah wirklich sehr müde aus. Ich ging ihm nach. Als ich ihn eingeholt hatte, sagte ich zu ihm so leise, dass nur er mich hören konnte: „Herr Pokorny! Hätten Sie mal fünf Minuten für mich?"
Er blieb stehen und sah mich überrascht an.

„Was wollen Sie? Ich habe keine Zeit. Ich muss zur U-Bahn."
„Kein Problem. Ich fahr Sie nach Hause, wenn Sie möchten. Dabei schielte ich kurz zu meinem Sportwagen. Die Aussicht auf eine Fahrt in meinem Luxusschlitten schien ihm zu gefallen.
„Okay. Worum geht es? Aber eines sag ich Ihnen gleich: Bei Gaunereien mache ich nicht mit."
„Ich versichere Ihnen, dass es um das ehrlichste Geschäft Ihres Lebens geht. Wollen wir in ein Café gehen? Gleich da drüben vielleicht?"

Als wir an einem ruhigen Tisch abseits von den anderen Gästen saßen, zog er einen Flachmann aus der Jackentasche und trank hastig ein paar Schlucke.
„Ich hab nicht immer getrunken", sagte er. „Aber zurzeit bin ich enorm unter Stress. Der Cognac hilft, das alles zu ertragen."
„Das ist schon in Ordnung. Aber vielleicht möchten Sie doch einen Kaffee trinken. Es ist wichtig, dass Sie mir genau zuhören."
Er nickte und ich bestellte für uns zwei Kaffee.

„Wie ich höre, sind Sie mit Ihrem Leben nicht zufrieden..."
Er lachte, als ob ich einen Witz gemacht hätte.
„Wer sagt das?"
„Das spielt erst mal keine Rolle. Es ist doch so? Habe ich recht?"
„Ja – klar! Ist wohl auch nicht schwer zu erraten. Ich könnte mir schon ins Gesicht kotzen, wenn ich am Morgen in den Spiegel schaue. Geht wahrscheinlich anderen auch so, wenn sie mich sehen."
Ich fragte mich, was passieren musste, dass man sich so sehr in seine Leidensgeschichte verliebte. Ich fühlte, dass der Alkohol viel dazu beitrug. Er lähmte jeden Antrieb in ihm, sich aus eigener Kraft aus seinem Tief herauszuarbeiten. Er vernebelte die Sinne und gaukelte ihm vor, ein Opfer seines Schicksals zu sein. Doch es hätte zu nichts geführt, ihn jetzt darauf anzusprechen.
„Stress in der Arbeit?"

„Das dürfen Sie laut sagen. Ich weiß nicht, wie lange ich den Schichtdienst noch durchhalte. Dabei hat der Capo schon angedeutet, dass ich auf der Abschussliste stehe, wenn Sie verstehen, was ich meine."

„Natürlich. Und ein anderer Job, in dem Sie weniger unter Druck stehen, findet sich nicht, nehme ich an."

„Ich war früher Vorarbeiter und Gewerkschafter mit eigenem Büro. Ich habe mein Möglichstes getan, um mich hochzuarbeiten, aber da hab ich mir wohl zu viel zugemutet. Als meine Freundin schwanger wurde, haben wir uns gefreut. Wir hatten Pläne für die Zukunft! Als das Kind dann kam, brauchten wir eine größere Wohnung und mehr Geld... Sie glauben ja gar nicht, wie die Mieten in den letzten Jahren nach oben gegangen sind! Und dann... dann habe ich es irgendwie nicht mehr gepackt, gesundheitlich und psychisch und so..."

„Mehr kann man von einem Menschen nicht verlangen, als dass er sein Bestes gibt, finde ich."

„Sehen Sie! Das habe ich Veronika – meiner Freundin – auch immer gesagt. Aber sie war nicht zufrieden damit. Das Kind war von Anfang an kränklich und hat viel geweint; das geht einem an die Nerven. Wir haben uns das beide anders vorgestellt – Familie und so. Irgendwann haben wir uns nur noch angeschrien, dann haben wir uns getrennt. Hm... Und jetzt... Man hätte sich doch mehr erwartet vom Leben."

„Was hätten Sie sich denn erwartet?"

„Naja – " Plötzlich war er um Worte verlegen. „Ein kleines Häuschen mit Garten, Frau und Kind, Zeit für die Familie, einen Job, der auch ein bisschen Spaß macht, ab und zu mal raus und was sehen von der Welt... ja, so hätte man sich seine Zukunft in etwa vorgestellt. Aber das sind halt nur Träumereien."

„Warum glauben Sie, dass das nicht möglich ist?"

Er sah mich entgeistert an.

„Was für eine Frage! Sieht man doch an mir, was aus den Träumen geworden ist. Obwohl ich jede freie Minute dafür geackert habe, ist nur Schrott dabei herausgekommen. Ich kann ihnen zehn, zwanzig Kollegen nennen, die noch beschissener dran sind als ich. Das sind körperliche Wracks, sag ich Ihnen! Kaputte Hüften, kaputte Knie; ohne Schmerztabletten halten es die gar nicht mehr aus im Betrieb. Viele von ihnen haben Schulden... Da vergeht einem die Lust am Träumen, das dürfen Sie glauben."

Er nahm noch einen kräftigen Schluck Cognac.

„Aber das können Sie wahrscheinlich nicht nachvollziehen. Da muss man erst mal ganz unten angekommen sein, um das zu verstehen."

„Ich verstehe Sie sehr gut, Herr Pokorny, glauben Sie mir! Auch wenn es nicht so aussieht, so weiß ich doch, wie es sich anfühlt, arm zu sein. Aber lassen Sie mich Ihnen eine andere Frage stellen: Als ihr Kind geboren wurde, waren Sie da mit dabei im Kreißsaal?"

„Ja. Ich konnte doch meine Freundin das nicht alleine durchstehen lassen."

„Und bestimmt können Sie sich noch an das Gefühl erinnern, wie das war, als Sie Ihr Kind zum ersten Mal im Arm hielten?"

Herr Pokorny schluckte und seine Augen röteten sich.

„Und ob ich das noch weiß! War eine tolle Erfahrung! Das Schönste, was es auf der Welt gibt, würde ich sagen."

„Genau! Aber wie sehen Sie das – als das Kind gezeugt wurde, hatten Sie da auch nur eine ungefähre Vorstellung, wie sich aus so einem kurzen, simplen Vorgang etwas so Wundervolles entwickeln könnte?"

Ich sah ihm an, wie er über diesen Satz nachdachte.

„Nee. Sicher nicht."

„Aber trotzdem vertrauen die meisten Menschen darauf, dass aus einem kleinen Zellhaufen in neun Monaten etwas Einmaliges entstehen wird, etwas, das so großartig ist, dass es uns alle zu Tränen rührt. Woher nehmen die Menschen wohl dieses Vertrauen?"

„Naja – man weiß halt, dass es so sein wird. Es werden ja genug Kinder geboren, wo man das beobachten kann."

„Stimmt! Und ebenso können Sie beobachten, dass es jede Menge Leute gibt, die teure Autos fahren, so wie ich, die mit ihren Familien glücklich und sorglos zusammenleben. Und trotzdem glauben Sie nicht, dass das Ihnen auch passieren könnte."

„Aber – "

„Es gibt kein Aber, Herr Pokorny! Sie können sich nicht darauf hinausreden, dass das Glück oder der Zufall darüber entscheiden, was aus Ihrem Leben wird. Wenn Sie der Meinung sind, ein Unglücksrabe zu sein, dann hätten Sie auch nicht das Glück haben dürfen, Vater eines gesunden Kindes zu werden. Es läuft alles gemäß Ihres Denkens, das müssen Sie sich merken! Sie glaubten daran, Vater zu werden, und es geschah! Sie glaubten daran, dass Sie nur mit äußerster Anstrengung genügend Geld verdienen können, um Ihre Familie zu ernähren, und so kam es. Sie sehen Kollegen, bei denen alles schief läuft, und fürchten sich davor, ebenso zu scheitern, und so wird es kommen. Erkennen Sie den Mechanismus, der dahintersteckt? Jeder, absolut jeder, kann das bekommen, was er sich wünscht! Aber nur, wenn hinter dem Wunsch ein starker Glaube steckt."

Ich sah und spürte, wie Peter Pokorny sich bemühte zu verstehen. Ich wusste, dass es noch einer Zutat bedurfte, ihn zu überzeugen; Worte allein hätten nicht ausgereicht.

„Hören Sie mir genau zu!", sagte ich. „Sie müssen sich zuerst im Glauben üben. Daher möchte ich Sie bitten, aus allen Ihren Wunschträumen einen einzigen herauszunehmen, einen richtigen Herzenswunsch. Welcher könnte das sein?"

„Wer sind Sie eigentlich? Was läuft hier?" Er sah sich nach allen Seiten um und versuchte zu lachen.

„Bin ich in einer Fernsehshow gelandet?"

„Nein. Es ist nichts dergleichen. Gehen Sie einfach davon aus, dass ich eine gute Tat tun will, um in den Himmel zu kommen. Also, was wäre Ihr größter Wunsch?"

Er überlegt lange, dann sagte er: „Ich würde mir wünschen, wieder mit Veronika zusammen zu sein."

„Sehr gut!", sagte ich. Aber das war nicht ganz ehrlich. Etwas in meinem Bauch wehrte sich gegen diese Aussage, ein indifferentes Gefühl, dem ich in diesem Moment nicht nachgehen wollte.

„Und jetzt?", fragte er.

„Jetzt? Jetzt erinnern Sie sich an die schönsten Momente, die Sie mit Veronika zusammen hatten. Ja? Schließen Sie ruhig die Augen! Haben Sie das? Gut. Stellen Sie sich nun so lebhaft wie möglich vor, wie das aussehen könnte, zusammen mit ihr zu leben. Lassen Sie Bilder in Ihrer Vorstellungswelt entstehen wie aus einem Fotoalbum, Bilder, die, wenn Sie sie in einem Jahr anschauen würden, erneut Glücksgefühle in Ihnen wachrufen würden."

Peter Pokorny war nun ganz bei mir. Ich war mir sicher, dass ihm gelang, was ich von ihm forderte. Der Rest war ganz einfach. Ich besann mich auf den reinen Geist in mir und stellte eine Verbindung zwischen ihm und Veronika her. Die intensiven Wünsche kamen eins zu eins bei Veronika an und erweckten Gefühle in ihr, die sie schon lange herbeisehnte. Ich wusste, dass sie eine intakte Familie wollte. Wenn es Peter Pokorny war, mit dem sie zusammen sein wollte, dann würde sie jetzt handeln. Ich wusste, dass Pokorny sein Handy bei sich trug. Veronika würde sich in Kürze melden.

Pokorny öffnete die Augen und sah sich erneut um.

„Konnten Sie das Glücksgefühl erzeugen?", fragte ich.

„Ja. Es war für einen Moment sehr intensiv. Und jetzt?"

„Warten Sie's ab!"

Etwas vibrierte in seiner Jackentasche.

„Entschuldigen Sie!", sagte er, holte sein Handy hervor und sah auf die angezeigte Nummer. Sein Gesichtsausdruck veränderte sich drastisch. „Das ist Veronika!"

„Gehen Sie ruhig ran!"

„Hallo!..."

Ich genoss den Moment, als Pokorny ganz weich wurde. Seine Stimme war nicht mehr dieselbe wie vor einer Minute. Aus dem rauen Bass wurde ein sanfter Bariton. Seine Augen leuchteten. Als das Gespräch beendet war, sagte er mit zittriger Stimme: „Sie möchte sich mit mir treffen."

Er saß da, hielt immer noch das Handy umklammert und bewegte den Mund stumm auf und zu. „Ich hätte das nie geglaubt..."

„Das sollten Sie aber! Das war nur eine Übung. Stellen Sie sich vor, was aus Ihrem Leben werden kann, wenn sie diese Methode auf alle Bereiche anwenden."

Er nickte und wischte sich mit dem Hemdsärmel die Tränen weg. „Würden Sie mich jetzt bitte nach Hause bringen?"

„Sehr gerne!"

Ich lieferte Peter Pokorny am Eingang zu einem anonymen Hochhaus in der Paul-Heyse-Straße ab. Fürs Erste sollte das genügen, sagte ich mir.

Es war zwölf Uhr mittags und ich hatte heute noch mehr zu tun. Mein neues Image des erfolgreichen Unternehmensberaters kam mir dabei gerade recht. Die nächste verirrte Seele, die ich auf den richtigen Weg zurückbringen wollte, wohnte in einem anderen Stadtviertel, dort, wo die „Besseren" sich zusammenfanden, wie es allgemein hieß. Es war mir unverständlich, warum man sie „besser" nannte – „reicher" wäre korrekter gewesen. Ich würde sie weder so noch so bezeichnen; es waren halt Leute, die daran glaubten, dass sie immer genügend Geld zur Verfügung haben würden, um sich teurere und schönere Wohnungen als der Durchschnitt leisten zu können.

Die Dame, die ich besuchte, hieß Carolin Brunnhuber. Sie war die Ehefrau von Hauptwachtmeister Brunnhuber. Sie war mir als „verwöhntes junges Ding" beschrieben worden, aber ich hielt von Vorverurteilungen nicht viel, so wie ich Urteile generell für schädlich, nutzlos und eigentlich für komplett überflüssig hielt, eine typisch menschliche Erfindung eben. Obwohl Jesus ausdrücklich gesagt hatte, dass jeder sich an dem Urteil messen lassen muss, das er über andere fällt, ließen die Menschen diesen Unsinn nicht bleiben. So viele von Jesus' Wahrheiten sind zu reinen Lippenbekenntnissen geworden. Abgesehen davon hatte ich Frau Brunnhuber schon einmal kurz gesehen, als ich das Bild ihrer Tochter teleportierte, und mein Eindruck deckte sich nicht mit dem des Polizeibeamten Gruber.

Die Menschen in dieser Wohnanlage waren tatsächlich anders als die, die ich in dem Block traf, in dem Peter Pokorny wohnte. Letztere waren mutlos, ohne Erwartungen an das Leben, aber sie waren leicht zu durchschauen, denn sie trugen ihr Herz offen vor sich her. Hier schienen die Menschen auf den ersten Blick gepflegter und freundlicher zu sein, doch inwendig waren sie noch verzweifelter als die erste Kategorie. Wenn ich in ihren Herzen nach ihrem ursprünglichen Wesen suchte, musste ich mehrere Mauern durchbrechen, Mauern aus Eitelkeit, Angst und Traurigkeit. Peter Pokorny wusste trotz seiner Trinkerei, wer er war und wozu er lebte, diese Menschen hier waren ebenso austauschbar wie ihre Wohnungen und Autos, wie ihre Kleidung, ihr Schmuck und ihre Interessen. Sie glaubten tatsächlich, sie seien das, was sie im Spiegel sahen.

Nein, ich verurteilte weder den einen noch den anderen. Ich stellte nur fest. Das war notwendig, um die geeignete Methode zu finden, um ihnen dabei zu helfen, ihre wahre Identität wiederzufinden.

Ich fuhr von der Parkgarage mit dem Aufzug nach oben in den 12. Stock. Ich drückte die Klingel, setzte die Sonnenbrille auf meinen gegelten Scheitel und öffnete den obersten Knopf an meinem hellgrünen Hemd.

Frau Brunnhuber sah durch das Guckloch und öffnete die Tür einen kleinen Schlitz weit.

„Guten Tag, Frau Brunnhuber! Mein Name ist Engelbrecht. Ich bin ein Bekannter ihres Mannes."

Sie öffnete die Tür nun weit genug, dass ich ihr Gesicht sehen konnte.

„Ja?", sagte sie beinahe ängstlich.

„Darf ich einen Moment hereinkommen?"

„Bitte. Entschuldigen Sie bitte, dass es so unordentlich aussieht. Ich habe gerade mit meiner Tochter gespielt – "

„Mama?", rief eine Mädchenstimme. „Ist Papa da?"

„Nein, Lea! Es ist jemand anderes."

Carolin Brunnhuber war Anfang zwanzig, aber sie sah aus, als wäre sie erst sechzehn. Sie war klein und zart gebaut und trug ein T-Shirt und Leggins. Das einzig Voluminöse an ihr waren die schwarzen Haare, die beinahe in alle Richtungen von ihrem Kopf abstanden. Ihre Tochter hingegen hatte die blonden Haare ihres Vaters.

Frau Brunnhuber bot mir keinen Platz an, wohl weniger aus Unhöflichkeit, denn aus Unsicherheit.

„Ich war gestern in seinem Büro – hier übrigens meine Karte; hätte ich beinahe vergessen – und da hat er mich gebeten, das hier für Lea abzugeben, wenn ich zufällig in die Richtung käme."

Ich zog ein buntes, glitzerndes Plüsch-Einhorn unter meinem Sakko hervor.

Lea sah mich mit großen Augen an. Ihre Mutter durchbohrte mich schier mit ihren Blicken; verständlich, mein Auftritt war der eines Blenders, eines Mannes, der mit allen Mitteln manipulierte. Aber ich durfte mich nicht ablenken lassen, sondern meine Rolle weiterspielen.

„Das ist ja so mit den Einhörnern – sie erfüllen jeden Wunsch. Nicht für sich selbst, sondern solche Sachen, die man sich für andere wünscht. Wusstest du das, Lea?"

Lea nahm das Kuscheltier in die Hände und schüttelte den Kopf.

„Du kannst das gerne ausprobieren. Möchtest du? Wem möchtest du denn etwas wünschen?"

„Meinem Papa", flüsterte die Kleine.

„Schön! Was wünschst du dir denn für deinen Papa?"

„Dass er nicht so viel arbeiten muss und öfter zu Hause ist."

„Gut! Dann sag das deinem Einhorn. Flüstere es ihm ins Ohr, dass es deinen Wunsch auch genau hört."

Lea drückte das Einhorn an den Mund und flüsterte etwas, das sich umfangreicher anhörte als der eben genannte Wunsch.

„Jetzt bin ich aber gespannt", sagte ihre Mutter. Ihre Skepsis war unüberhörbar. Offensichtlich hielt sie mich für einen Aufschneider, und das war genau das, was ich wollte.

„Das Einhorn ist nicht wirklich von meinem Mann, oder?", sagte sie so leise, dass es Lea nicht hören konnte.

„Nein. Ist es nicht. Aber Hauptsache, sie hat Spaß damit, finden Sie nicht?"

„Sie sind also Unternehmensberater...", sagte sie mit Blick auf meine Karte.

„So ist es, Frau Brunnhuber. Ich arbeite mit Konzernen in aller Welt zusammen, aber auch mit staatlichen Unternehmen, wenn ich so sagen darf. Auch die Behörden müssen sich langsam, aber sicher daran gewöhnen, wirtschaftlich und innovativ zu denken. Daher kenne ich Ihren Mann. Eine hübsche Wohnung haben Sie übrigens."

„Danke. Kostet auch."

„Ein kleiner Nebenverdienst wäre hilfreich, nicht wahr, Frau Brunnhuber?"

„Klar. Ist aber nicht so einfach."

„Verstehe. Die Kinder gehen vor. In diesem Alter sind sie einfach zu goldig. Die Zeit muss man bewusst erleben, sie kommt nie mehr wieder."

Wie ich es hasste, mich mit diesen Gemeinplätzen anzubiedern!

„Aber vielleicht kann ich Ihnen ja ein paar nützliche Tipps geben; kostet auch nichts."

„Vielleicht…"

„Wieviel kostet Ihre Wohnung, wenn ich fragen darf?"

„Ehrlich gesagt, mehr als wir uns leisten können - im Moment. Ich sollte arbeiten, aber das bisschen, was ich dazu verdienen würde, ist kaum mehr als die Kosten für den Kinderhort."

„Das käme drauf an, wie viel Sie verdienen. Es gibt Teilzeitjobs, die mehr abwerfen als man glaubt."

„Und außerdem will ich Lea nicht bei fremden Leuten lassen; jetzt noch nicht. Dazu ist sie noch zu klein."

„Ja, natürlich. Wobei es heutzutage ja nicht mehr so ist, dass man ein schlechtes Gewissen haben müsste, wenn man sein Kind in die Obhut einer geeigneten Einrichtung gibt. Die haben inzwischen überall gut ausgebildetes Personal. Den meisten Kindern macht's großen Spaß, wie man hört."

„Kann sein, aber – "

„Und – Hand aufs Herz – eine junge hübsche Frau wie Sie möchte doch auch zeigen, was sie kann, nicht wahr? Und nicht die besten Jahre am Herd verbringen. Was haben Sie denn für Qualifikationen, wenn ich fragen darf?"

„Ich habe Kauffrau für Bürokommunikation gelernt und zwei Jahre bei BMW gearbeitet…"

„Mit Berufserfahrung! Klasse! Da haben wir es doch schon, Frau Brunnhuber! In diesem Beruf werden Sie mit Handkuss genommen, überall! Glauben Sie mir, ich weiß, wovon ich spreche. Ich kenne da einige Personalchefs. Wenn Sie wollen, kann ich ja mal vorfühlen."

„Nein. Danke. Gut gemeint, aber – wie gesagt: Es ist mir wichtig, die ersten Jahre bei meinem Kind zu sein."

„Das ist doch auch ganz verständlich. Aber ein paar Hundert Euro mehr im Monat wären auch nicht zu verachten, nicht wahr?"

„Schon. Aber Geld ist nicht alles. Und wenn Sie mich jetzt bitte entschuldigen würden. Ich sollte jetzt kochen. Meine Tochter hat Hunger."

Sie drängte mich mit unerwarteter Entschlossenheit zur Türe, so dass ich keine Gelegenheit mehr hatte, mich zu verabschieden.

Ich rieb mir zufrieden die Hände. Es war so gelaufen, wie ich es geplant hatte. Carolin Brunnhuber war nicht die verwöhnte geldgierige Zicke, als die sie beschrieben wurde. Sie war sich ihrer Verantwortung als Mutter bewusst. Und wenn ich nicht völlig danebenlag, dann hatte sie soeben beschlossen, nicht um jeden Preis Karriere zu machen. Wahrscheinlich würde sie sich auch nicht von reichen Schnöseln wie mir um den Finger wickeln lassen. Leas Wunsch, ihren Vater öfter um sich zu haben, würde durch die „Unterstützung" des Einhorns noch verstärkt werden und dieser würde spüren, wie sehr ihn seine Tochter brauchte. Alle diese Faktoren zusammengenommen sollten die Familienharmonie wiederherstellen. Aber das Kapitel war noch nicht abgeschlossen. Meine Mission war erst am Anfang.

Kapitel 7 – Gier und Menschlichkeit

Ich legte mein Business-Image ab; es machte mir keinen Spaß mehr. Nein – es war mir richtig zuwider! Wenn ich bei einem Geschäft so viel Geld „verdiene", dass ich mir davon einen nutzlosen teuren Sportwagen kaufen kann, dann hat dabei irgendjemand einen schlechten Deal gemacht, um nicht zu sagen, es ist jemand über den Tisch gezogen worden. Und der Nutznießer stolziert herum wie ein Pfau und denkt: „Schaut mich an! Ich bin jemand!" Als ob es nicht bereits das Größte ist, ein Mensch zu sein, der sich Kind Gottes nennen darf!

Ich schlüpfte in eine Durchschnittskleidung, kleingemustertes Hemd, Jeans, für einen Mann meines Alters weder zu bieder noch zu frech.

Ich setzte mich auf eine Bank im Englischen Garten und dachte nach. Meine bisherigen Bemühungen, den Menschen das Wesen des Göttlichen zu erläutern, waren zwar erfolgreich, aber nur für Einzelpersonen geeignet. Wollte ich alle 7 ½ Milliarden Menschen auf diese Weise belehren, müsste ich mich auf einen sehr langen Aufenthalt auf der Erde einstellen! Solange ich mich darum bemühte, meine Mission zu erfüllen, würde es eine mühevolle Angelegenheit sein. Möglicherweise gab es hier und dort Erleuchtungsmomente, aber ich fürchtete, dass diese nicht zur Erhellung der Beziehung zwischen Gott und den Menschen beitrugen. Meine ursprüngliche Idee, einzelne Menschen mit Wundern, die sie selbst bewirkt haben, aus ihrem Tiefschlaf zu wecken und dadurch einen Stein ins Rollen zu bringen, der eine Lawine auslösen sollte, hatte sich als Fehlschlag erwiesen. Wenn ich so weitermachte wie bisher, würde ich in den nächsten zwei Wochen maximal zehn Personen glücklich machen, von denen vielleicht, mit viel Glück, eine begreifen würde, worin ihre Rettung bestand. Die Menschen steckten viel zu tief in ihrem gewohnten Denken fest, als dass sie nur wegen einer kurzen glücklichen Episode etwas daran verändern

würden. Um ihr Denken von Grund auf zu verändern, bedurfte es mehr als ein paar netter Gefälligkeiten.

Ich fühlte mich an diese alttestamentarische Geschichte
erinnert, in welcher der ägyptische Pharao nicht einmal
durch die zehn furchtbarsten Plagen zum Einlenken ge-
zwungen werden konnte. Die Menschheit war immer schon
stur. Was sie sich angewöhnt hatten, war für sie festzemen-
tiert. Was konnte ich als Einzelner schon dagegen ausrich-
ten?

Mit Drohung, Bestrafung, mit Krankheit und Tod konnten sie
nicht geläutert werden, vielleicht aber mit dem Gegenteil.
Was wäre, wenn man ihnen gibt, was sie mehr wollen als
alles andere? Und zwar so viel davon, bis es ihnen gleich-
sam zu den Ohren wieder herauskommt?

Ich hatte eine Idee! Man könnte es als Erpressung bezeichnen, aber irgendwie auch als Erziehungsmaßnahme.

Ehe ich zur Durchführung meines Planes schritt, musste ich
einen Testlauf durchführen. Dazu verpasste ich mir vo-
rübergehend ein neues Outfit: Psychologie-Student: Wirres
Haar, Nickelbrille, Cordsakko, Laufschuhe. Ich suchte nach
einem großen Seniorenheim und vereinbarte telefonisch
einen Gesprächstermin.

Der Heimleiter fühlte sich geehrt, Teil einer groß angeleg-
ten Studie zu sein, in der Zusammenhänge zwischen Ar-
beitsmotivation und Belohnung dargestellt werden sollten.
Er erlaubte mir, unter allen Heimbewohnern eine Wahl zum
freundlichsten Pfleger/zur freundlichsten Pflegerin auszu-
schreiben. Die Wahl sollte natürlich geheim stattfinden und
sich über einen Zeitraum von drei Wochen erstrecken. Der
Wahlsieger sollte eintausend Euro erhalten.

„Ich wusste gar nicht, über welche finanziellen Mittel die
Universitäten verfügen", meinte der Heimleiter.

„Das Geld stammt von einem privaten Sponsor", erklärte
ich, „jemandem, der ein höchstpersönliches Interesse an
einem guten Service in den Seniorenheimen hat."

Damit waren alle Fragen geklärt und ich brauchte nur noch
auf das Ergebnis zu warten. Mich interessierte dabei weniger die Person des Gewinners als vielmehr, ob sich eine

grundsätzliche Veränderung in der Arbeitsatmosphäre ergeben würde.

Bis die drei Wochen vorüber waren, hatte ich noch viel zu tun.

Was hat ein Geistwesen schon groß zu tun?, fragt nun der eine oder andere Leser. Nun - er kann sich alles erschaffen, was er will, und wenn ich sage alles, dann meine ich auch alles. Fantasie ist gefragt! Ob ein Geistwesen Langeweile kennt? Mitnichten! Solange wir uns in der geistigen Welt befinden, haben wir viel Spaß miteinander. Wir können uns auch hier eine menschliche Gestalt geben. Aber das ist nicht dasselbe wie auf der Erde. In der geistigen Welt, die ich der Einfachheit halber Himmel nenne, gelten die geistigen Gesetze, auf der Erde gelten die Gesetze, die sich die Menschen geben. Ihr werdet nun fragen: Warum ist das so? Warum verändern sich die Menschen, sobald sie auf der Erde sind? Die Antwort darauf ist klar: Es liegt immer am Glauben der Menschen, welche Gesetze sie für sich akzeptieren. Würden sie glauben, dass die Erde zum Himmel gehört, könnten sie auch alles tun, was sie im Himmel können. Da sie aber im Allgemeinen nur das glauben, was sie sehen, büßen sie den größten Teil ihrer Fähigkeiten ein.

Ein Geistwesen wie ich, das aus der unendlichen Stille, Klarheit, Weisheit und Reinheit der Gottesfamilie stammt, riskiert eine Menge, wenn es sich auf die Erde unter die Menschen begibt. Es weiß, dass es seine reine Seele den Schwingungen der Menschen aussetzt, die alles andere als rein und klar sind. In den menschlichen Seelen hat sich viel geistiger Müll angesammelt, der eine unschöne Ausdünstung hat. Wie bei allen üblen Gerüchen geschieht es auch hier, dass eine Gewöhnung stattfindet, bis man irgendwann nichts mehr davon riecht. Wie aber sieht eine Seele aus, die sich an Schmutz und Gestank gewöhnt hat? Mit Sicherheit nicht mehr rein und klar! Dabei ist es nun einmal diese wundervolle unbeschmutzte Seele, mit der wir von Geburt an ausgestattet sind, die ein Geistwesen mit göttlichen Fähigkeiten ausstattet. Wenn ich also ein strahlendes wunderwirkendes Geistwesen bleiben will, muss ich meine

Seele reinigen. Der geringste Schmutz muss sogleich entfernt werden. Je länger er auf ihr liegt, umso schwerer ist die Reinigung.

Obwohl es mich in dieser Zeit sehr zu Veronika und Eva hinzog und obwohl die Geschichte mit den Brunnhubers noch nicht abgeschlossen war, musste ich zuallererst eine unangenehme Sache bereinigen. Ich suchte das Bestattungsinstitut auf, das mich angezeigt hatte.

Der Firmensitz des Instituts war ein unscheinbarer Laden in der Nähe des Ostfriedhofs. Ein großes Schaufenster, in dem ein besonders schöner und teurer Sarg mit schneeweißen Rüschenkissen und allen denkbaren Schmuckartikeln ausgestellt war, konnte einen unbedarften Menschen glauben machen, dass es sich bei einer Bestattung um eine ausgesprochen erbauliche Angelegenheit handelte.
Ich betrat den Laden, wo ich mit sanfter, ruhiger Musik empfangen wurde. Eine Dame in dunkler Kleidung saß hinter einem Schreibtisch, der mit Prospekten und Preislisten bedeckt war.
„Entschuldigen Sie bitte, wenn ich Sie störe – "
„Nein, Sie stören gar nicht. Was kann ich für Sie tun?", flötete die Dame.
„Es geht um einen Einsatz Ihres Instituts am vergangenen Montag. Die Herren, ihre Mitarbeiter, wurden irrtümlich gerufen und es ist daher noch eine Rechnung offen."
„Wo war denn der Einsatz?"
„In der Kirche – jetzt weiß ich gar nicht, wie sie heißt…"
„Ah ja! Sankt Nikolaus! Ich kann mich erinnern."
„Genau. Es wären 120 Euro zu zahlen. Das wollte ich hiermit erledigen."
„Und Sie sind…"
„Bernhard Engel, mein Name. Der Verursacher sozusagen. Die Polizei hat meine Personalien bereits festgestellt."
„Und jetzt möchten Sie, dass wir die Anzeige zurückziehen?"
„Ja, denn wenn ich bezahle, besteht wohl kein Grund mehr für eine Anzeige."

„Das ist sehr lobenswert von Ihnen. Aber – ehrlich gesagt – wenn Sie nicht gezahlt hätten, wäre auch nichts passiert. Was glauben Sie, wie viele Anzeigen wir bei der Polizei schon eingereicht haben? Das ist halt so üblich, wenn sich jemand weigert zu zahlen. Aber, wie Sie wissen, hat das letzte Hemd keine Taschen und Alleinstehende haben in der Regel auch sonst nirgendwo Geld versteckt. Wir machen die Anzeigen pro forma, aber in den allermeisten Fällen kommt nichts dabei heraus. Und 120 Euro... dafür lohnt es sich nicht, eine Inkasso-Firma zu beauftragen."

Sie lachte, aber ich wusste nicht worüber.

„Außerdem kommen in solchen Fällen immer lästige Fragen vom Finanzamt. Ist schwer zu erklären, woher das Geld kommt, wenn wir keine Leistung erbracht haben. Also lassen Sie's mal gut sein und stecken Sie Ihr Geld wieder ein."

„Ich möchte ja nur nicht, dass die Sargträger um Ihren Lohn gebracht werden."

„Pah! Glauben Sie, die bekämen was ab von den 120 Euro?" Sie beugte sich nun zu mir und sprach flüsternd weiter. „Das sind Gelegenheitsarbeiter ohne Vertrag. Der Chef hat jedem 10 Euro in die Hand gegeben, und das war's dann."

„Wenn das so ist, dann würde ich Sie bitten, das Geld direkt diesen Leuten zu geben."

„Gut. Wenn Sie das so möchten, dann mach ich das."

Ich gab ihr die Scheine und sie ließ sie in einer Schublade verschwinden. Auf meinen fragenden Blick hin sagte sie: „Eine Quittung kann ich Ihnen nicht geben, das ist keine Sache fürs Finanzamt."

„Schon gut. Aber sie geben das Geld weiter?"

„Aber ja doch", sagte sie fast ärgerlich.

„Dann ist die Sache jetzt erledigt. Keine Anzeige?"

„Wird von uns nicht weiter verfolgt. Ende."

„Gut. Dann..."

„Auf Wiedersehen, Herr..."

„Engel. Auf Wiedersehen."

Ich verließ den Laden mit einem unguten Gefühl. Ich wollte doch nur, dass alles bereinigt und ausgeglichen ist und keiner jemandem etwas schuldet, eine erbrachte Leistung honorieren. Ich wollte jedem Menschen ohne ein schlechtes Gewissen in die Augen schauen können. Oft schon habe ich den Spruch gehört: „Beim Geld hört die Freundschaft auf." Doch ich hatte den üblen Verdacht, dass nicht nur die persönlichen, sondern auch die geschäftlichen Beziehungen auf eine seltsam unverbindliche und nebulöse Art geführt wurden. Das Finanzamt schien der böse Feind zu sein, von dem man sich besser nicht in die Karten schauen ließ. Ich verstand die Gesetze der Menschen nicht. Bei der Polizei standen die Gesetze über allem, in der Geschäftswelt bog man sie sich so zurecht, wie es einem gefiel.

Während ich das kurze Gespräch von eben noch einmal durchspielte, begann mein Herz schneller zu schlagen, gleichzeitig spürte ich einen Druck im Kopf, als ob sich dort etwas ausdehnte und meine Augen nach vorne drückte. Ich war in diesem Moment unfähig, an jemand anderen zu denken als an mich. Zwar nahm ich die Welt um mich herum wahr, aber komplett verzerrt wie durch eine Leselupe. Ich konnte nur noch zusammenhangslose Einzelbilder erkennen; der Blick für das große Ganze fehlte mir komplett. Obwohl es mir schwer fiel, mich ruhig zu verhalten, zwang ich mich dazu, mich auf die Bank eines Buswartehäuschens zu setzen. Ich wollte herausfinden, warum ich mich so schlecht fühlte, obwohl ich doch nichts Falsches getan hatte. Als ich das Bestattungsinstitut betrat, war doch alles in Ordnung, und dann...
Langsam begriff ich, was mit mir geschehen war. Ich war wütend geworden. Wut war bislang für mich etwas völlig Abwegiges. Ich hatte noch nie verstanden, warum und zu welchem Zweck es dieses Gefühl überhaupt gab. Jeder, der unter Gottes Himmel lebte, hatte doch alles, was er benötigte, im Überfluss! Und nun war ich selbst darauf hereingefallen. Ganz vorsichtig pirschte ich mich in Gedanken noch einmal an die Situation heran, die dieses Gefühl in mir ausgelöst hatte. Ich ging in dieses Bestattungsbüro in der guten Absicht, eine Schuld zu begleichen, die nicht ich alleine zu verantworten hatte. Die Angestellte belächelte mich und riet mir, das Geld wieder einzustecken... Ich glau-

be, was ich bei diesen Worten empfand, war zum einen Unverständnis. Doch viel schwerer wog die fehlende Wertschätzung, die ich insgeheim erwartet hatte. Ich war, um es kurz und knapp zu sagen, beleidigt. Wütend darüber, dass meine großzügige Tat nicht gewürdigt worden war.

Mein Gang ins Bestattungsinstitut war ursprünglich aus dem Grund geschehen, um meine Seele rein zu waschen. Doch die Absicht hatte sich gewandelt. Als ich das Geschäft betrat, wollte ich Lob und Dankbarkeit. Ich wollte mir quasi einen Orden erkaufen, ihn an meine Brust hängen und damit vor allen herumstolzieren wie ein eitler Pfau.

Vielleicht hätte ein Mensch, ein quasi durch und durch vermenschlichtes Geistwesen, für diese Reaktion Verständnis empfunden. Aber für mich, das reine Geistwesen, das auf die Erde gekommen war, um die Menschen wachzurütteln, war es eine Katastrophe. Die ernüchternde Einsicht, dass ich kurz davor war, denselben Fehler zu begehen, wie all die Milliarden anderer Geistwesen, die sich eine menschliche Gestalt gegeben hatten, führte zwangsläufig dazu, dass ich mich schämte. Und schon war ich in die nächste Falle geraten; Scham war kein edleres Gefühl als Stolz oder Wut. Es ist ganz egal, ob ich Stolz, Wut oder Scham empfand, oder Hass, Trauer, Zweifel und Angst, alle diese Emotionen stehen im Widerspruch zur Liebe. Und sie, die Liebe allein ist es, die mich mit meinem Schöpfer verbindet, mich eins mit ihm sein lässt. Mein Vorhaben, meine Seele rein zu waschen, war gründlich gescheitert. Ich musste die Liebe wiederfinden, das hatte Priorität, noch vor allen anderen Plänen. Wenn ich in meiner momentanen Gestimmtheit Maßnahmen ergriff, um die Menschheit zu läutern – was sollte anderes dabei herauskommen als menschliches Stückwerk?

Ich floh weit weg von den Menschen. Meine Gedankenkraft trug mich tief in den Wald hinein. Dort legte ich mich ins weiche Moos und hörte auf zu denken. Schon nach kurzer Zeit verlangsamte sich mein Puls und mein Kopf fühlte sich leichter an. Eine Handbreit von meinen Augen entfernt sah ich die feinen, hellgrünen, wässrigen Zotten des Mooses, an denen winzige Tautropfen klebten, die im Sonnenlicht in allen Regenbogenfarben schillerten. Einige Ameisen kämpften sich durch altes Laub, schwer beladen mit allerlei organischen Baumaterialien. Wohin ich meinen Blick auch richtete – im Wald regte sich das Leben. Langsam breitete sich Frieden in mir aus und ich begann die Welt wieder zu lieben. Eine grün schillernde Fliege setzte sich auf meinen Arm; ich widerstand dem Impuls, sie zu verscheuchen und genoss stattdessen den Juckreiz auf meiner Haut.

Ich war ein Mensch mit vielen sensorischen Wahrnehmungsorganen und dadurch fähig, viele Facetten der Außenwelt zu erforschen. Doch meine Innenwelt war ungleich geheimnisvoller. Seit ich auf der Erde weilte, hatte sich etwas Wesentliches verändert. Ich betrat den Planeten neugierig, wachsam, bereit für neue Erfahrungen. Ich freute mich darauf, neue, überraschende Aspekte des Gottseins zu erleben. Doch schon nach einer Stunde veränderte sich alles. Ich fühlte eine permanente Bedrohung. Nicht, dass ihr meint, es würde mir etwas ausmachen, eine Nacht im Gefängnis zu verbringen oder auf einer Parkbank. Die Bedrohung, die mir zu schaffen machte, waren die dunklen Emotionen, die sich an mich hefteten und in mich eindrangen. Ich musste zusehen, wie sich meine reine Persönlichkeit veränderte; mehr und mehr wurde sie unter dem Einfluss ständiger Angst gebaut. Mein Geist wurde ein Instrument zur Verschleierung der Unvollkommenheit.

Ich sah nun klar: Fehler, Zweifel, Schmerzen, Ängste, Schuldgefühle waren die Baumaterialien, aus denen die Menschen maskenhafte Persönlichkeiten errichteten, die vorgaben, in einer Welt ohne Gott bestehen zu können. Aber was kann das Ziel einer solchen Persönlichkeit sein? Natürlich die Erlösung aus der Angst. Angst war der Teufel, der sich auf der Erde ausgebreitet hatte und die Menschen knebelte und quälte. Wenn die Menschen doch nur wüssten, dass ihre wahre Persönlichkeit keiner Erlösung bedarf, weil sie als untrennbarer Teil Gottes gar keine Angst kennt! Wenn in allem der Geist Gottes herrscht, wo sollte dort noch Raum für Angst sein? Angst ist eine Illusion, nichts weiter. Wenn sich die Menschen daran erinnern könnten, wären sie dann bereit, ihre Maske abzulegen? Würden Sie erst einmal erkennen, dass Angst nur ein Fantasieprodukt eines kranken Gehirns ist, das ihnen weismacht, von Gott getrennt und auf sich allein gestellt zu sein, dann wäre ihr Schöpfergeist wieder frei. Viele glauben, sie müssten sich bei Gott anbiedern, ihm mit frommen Gebeten huldigen, um seine Gunst zu gewinnen. Welch ein Unsinn! Als ob Gott ein Wesen wäre, dessen Ego umschmeichelt werden will! Gott ist die Liebe, durch alle Zeiten hindurch, und kein Mensch kann beeinflussen, ob diese Liebe größer oder kleiner ist. Er kann sich nur selbst von dieser Liebe abschneiden oder sich ihr hingeben.

Ein Reh stand zwanzig Meter vor mir. Sein hellbraunes Fell glänzte im Sonnenlicht als wäre es vergoldet. Seine Ohren standen zu mir hin ausgerichtet. Seine schwarze Nase suchte nach dem Ursprung einer Witterung. Ich ließ meinem reinen Geist freien Lauf. Er breitete sich aus und verband sich mit dem Geist des Rehs. Nun war ich es, der unbeweglich zwischen den Bäumen stand und die Umgebung mit seinen Sinnesorganen abtastete. Ich sah einen Menschen im Moos liegen und sah den Lichtkranz, der blendend hell von ihm abstrahlte. Zwischen uns standen die alten Fichten, die in einem tiefen Blau erstrahlten und wie mächtige Wächter zur Stelle waren, um unsere liebenden Seelen gegen den Wahnsinn der Trennung zu verteidigen. Das Bewusstsein der Einheit kehrte zurück. Jetzt war ich wieder so, wie Gott mich schuf.

Ich liebte die Menschen so, wie ich mich selbst liebte. Es war mir ein Bedürfnis, sie zu beschenken und ihnen eine Freude zu machen, zu helfen, wo sie sich nicht selbst helfen können. Aber wo sollte ich damit anfangen?
Ich begab mich wieder in die Stadt, in dieses unüberschaubare, lärmende Gewimmel, das mich in kurzer Zeit so sehr verwirrt hatte, dass ich beinahe vergaß, wer ich wirklich war. Aber dieses Mal war ich auf der Hut. Ich suchte nach Leuten, die mein Herz anrührten, um die Kraft der Liebe in mir lebendig zu halten.

Da war eine alte, gebeugte Frau, die sich auf der einen Seite auf ihren Stock stützte, auf der anderen Seite zwei große Plastiktaschen voll mit Einkäufen trug. Ich bot ihr an, ihr die Taschen abzunehmen, doch da wurde sie wütend, weil sie dachte, ich wollte sie ihr stehlen.

Ich ging in den Park, in dem ich selbst vor kurzem genächtigt hatte, und bot den Obdachlosen Geld an, um sich Essen und Kleidung kaufen zu können. Der Erste nahm es an. Der Zweite auch. Der Dritte war mir gegenüber skeptisch und meinte, er wolle sich nicht kaufen lassen. Dann kamen immer mehr, aus allen Richtungen. Ich gab jedem Geld, solange ich etwas hatte. Als mein Portemonnaie leer war, bedrängten sie mich und redeten auf mich ein, warum so viele andere etwas bekamen, die gar kein Recht darauf hätten, während sie selbst immer benachteiligt würden. Inzwischen saßen andere schon lustig zusammen und tranken Wein aus einer Flasche. Der ungewöhnliche Menschenauflauf rief die Polizei auf den Platz und nun war es auch für mich an der Zeit, das Weite zu suchen.

Ich wollte Geld für ein Waisenhaus spenden, doch dafür hätte ich eine Steuernummer nennen müssen, und wie hätte ich erklären sollen, woher mein Geld stammt? Das Geld einfach so zu nehmen, darauf ließ sich keiner ein.

Das war generell ein Problem, dass jeder Geldfluss lückenlos nachgewiesen werden musste.

Ich erinnerte mich an das Hochhaus, in dem Peter Pokorny wohnte, und dachte, dass dessen Bewohnern bestimmt geholfen wäre, wenn ich ein Bündel Geldscheine in jeden Briefkasten steckte. Natürlich hatte es mich interessiert, wofür das Geld verwendet worden war, und stattete Herrn Pokorny ein paar Tage später einen Besuch ab.

Er erzählte mir, dass der Hausmeister, nachdem er in seinem Briefkasten Geld gefunden hatte, sofort die Polizei informierte, weil er sich keinesfalls dem Verdacht aussetzen wollte, mit Falschgeld zu handeln. Als die Polizei dann im ganzen Block Fragen stellte, rückten alle Bewohner die Scheine heraus, die sie in ihrem Briefkasten gefunden hatten. Das Geld ist wahrscheinlich jetzt noch bei der Polizei.

Da auch dieser Versuch, die Menschen mit Geld zu beglücken, gescheitert war, suchte ich eine Kirche auf. Da ich sonst keine Kirche kannte, ging ich in dieselbe Kirche, in der ich seinerzeit für tot erklärt worden war. Ich dachte, das wäre eine gute Gelegenheit, mit dem Mesner Frieden zu schließen.

Wie damals herrschte Totenstille unter der hohen Kuppel. Ich klopfte an die Tür, hinter der ich den Mesner vermutete. Heraus kam nicht der Mesner, sondern der Pfarrer selbst.

„Ja bitte?", fragte er, groß und streng, mit hagerem Gesicht, vollkommen schwarz gekleidet.

„Ich hätte gerne etwas für die Armen gespendet."

„Sie können es in die Urnen an jedem Eingang stecken."

„Es ist doch eine etwas größere Summe."

„So? Wie groß denn?"

„10.000 Euro."

Der Pfarrer pfiff leise durch die Zähne.

„Das ist natürlich etwas anderes. Aber wer soll diese großzügige Spende bekommen? Es gibt viele caritative Einrichtungen in der Kirche."

„Ich weiß nicht... Am liebsten wäre es mir, die Allerärmsten würden es erhalten."

„Dann würde ich es doch an Misereor geben. Misereor unterstützt Projekte in der Dritten Welt, vor allem in den Gegenden, wo die Hungersnot am Größten ist."

„Na gut..."

„Aber, wenn Sie so freundlich sein wollen, mir Ihren Namen zu nennen. Ich kann Ihnen dann eine Quittung ausstellen, damit Sie etwas fürs Finanzamt haben."

„Nein, das brauche ich nicht. Ich will ja nur ein paar Menschen glücklich machen."

„Das haben Sie bereits. Mich jedenfalls. Wir würden Sie dann auch gerne über die Arbeit von Misereor informieren. Es dürfte Sie interessieren, wohin Ihr Geld fließt und welche Projekte damit finanziert werden. Vielleicht können wir Sie auch als regelmäßigen Unterstützer in unseren Reihen begrüßen – "

„Danke. Schon gut. Nehmen Sie das Geld und ich freue mich, wenn ich ein paar Menschen damit geholfen habe. Danke. Danke."
Ich drückte dem Pfarrer ein dickes Kuvert in die Hand und verließ eiligst die Kirche.

Nach einer Woche zog ich ein Resümee; was hatte ich mit meiner Geldspendenaktion erreicht? Nichts! Es war ganz eindeutig der falsche Weg.
Was hatte ich mir auch dabei gedacht? Ich wollte doch den Menschen nicht einfach ein Bündel Banknoten in die Hand drücken und zum Tagesgeschäft übergehen! Ich wollte mit den Menschen reden, an ihrem Leben teilhaben, sie allein durch meine Anwesenheit von Herzen glücklich machen. Doch das Leben dieser Stadtmenschen ließ keinen Raum für Menschlichkeit. Es war alles durchorganisiert. Der Staat kassierte von der Ober- und Mittelschicht Geld, das er an die Unterschicht weitergab. Er honorierte freiwillige Spenden mit einem Steuernachlass. Er förderte soziale Einrichtungen für alle denkbaren Notfälle. Ein wunderbares System! Nächstenliebe war in Sozialhilfe übersetzt worden. Man hatte gar keine andere Wahl, als dem Nächsten zu dienen. Es funktionierte tatsächlich! Niemand, der in das System integriert war, musste sich Sorgen um seine Existenz machen. Zugegeben – es gab Sorgen; solche um den sozialen Rang, um die Gesundheit, um die erforderliche Freizeit...
Ich stellte mich auf den Marienplatz, schloss die Augen und dachte: „Hier bin ich, ihr Notleidenden, ihr Bedürftigen, ihr die ihr nach Wärme und Gerechtigkeit dürstet! Ruft mich an und ich werde euch geben, was ihr braucht!"
Meine Gedanken und mein inniger Wunsch zu helfen breiteten sich nach allen Seiten aus. Ich spürte, wie eine liebevolle Welle den ganzen Platz überspülte. Hunderte von Menschen wurden gleichzeitig davon erfasst.
Wer noch ein wenig Kontakt zu seiner Seele hatte, musste verstehen, warum ich hier stand.
Der Eine oder andere warf eine Münze vor mir auf den Boden, wieder andere sahen mich scheu von der Seite her an.

Aber niemand bat mich um Hilfe. Ich begriff allmählich, dass es hier nicht üblich war, um Hilfe zu bitten. Es war nicht einmal üblich, etwas Sinnfreies zu tun, was den üblichen Geschäftsgang unterbrochen hätte. Sinnvoll war an diesem Ort ganz eindeutig alles, was mit Einkaufen und Verkaufen zu tun hatte.

Ja, ich gebe zu, ich war mangelhaft vorbereitet in meine Mission gestartet. Ich hätte mich vorher in die ausgetrockneten Seelen der Menschen einfühlen müssen. Ich war hochmütig geworden, weil ich wie meine Brüder und Schwestern vor mir der Versuchung erlag, die Gesetze der Welt anzuwenden, um Probleme zu lösen. Daher hatte ich mich von Gott getrennt. Aber noch hatte ich eine Chance, es besser zu machen. Mein ursprünglicher Plan, die Menschen mit ihren eigenen Waffen zu schlagen, war gar nicht so falsch...

Kapitel 8 - Das Projekt beginnt

Drei Wochen waren um. Mein Testprojekt war nun abgeschlossen. Ich legte wieder meine Studentenkluft an und suchte den Heimleiter auf. Der schien gar nicht sonderlich erfreut, mich zu sehen.

„Nun? Raus damit! Wer hat denn nun die Wahl zum freundlichsten Pfleger gewonnen?", fragte ich.
Der Heimleiter sah mich finster an. „Sie haben uns da vielleicht was eingebrockt", entgegnete er brummig. „Ja, wir haben tatsächlich eine Siegerin! Nur weiß ich nicht, ob wir ihr die Siegerprämie aushändigen sollen."
„Warum denn nicht?"
„Es handelt sich um eine ältere Pflegekraft, die seit gut zwanzig Jahren bei uns gearbeitet hat. Eine eindeutige Wahl, das muss ich zugeben. Wobei sich die anderen Pfleger und Pflegerinnen in den letzten drei Wochen ordentlich ins Zeug gelegt haben, auch das muss ich anerkennen."
„Das ist doch großartig! Und wo ist dann der Haken?"
„Der Haken ist der, dass die Siegerin schon seit zwei Monaten nicht mehr bei uns beschäftigt ist. Wir mussten sie entlassen. Hat sie sich selbst zuzuschreiben! Sie weigerte sich schlichtweg, ihre Arbeit vorschriftsgemäß zu erledigen."
„Oh! Hat sie denn die Heimbewohner vernachlässigt?"
„Nein... das kann man so nicht sagen. Aber wir haben in den letzten Jahren viele neue Vorschriften bekommen. Mir gefällt auch nicht alles, was da verlangt wird. Trotzdem müssen wir uns daran halten. Es kann doch nicht jeder sein eigenes Süppchen kochen! Aber die Marietta, die hat das gemacht! Denken Sie zum Beispiel an die Dokumentationspflicht! Nichts! Hat in den Pflegebericht reingeschrieben: Mit Frau X geratscht! Mit Herrn Y Fotos angeguckt. Ich frage Sie: wo sind wir denn? Sie wird doch nicht fürs Plaudern bezahlt! Die hatte schon Nerven. Hat ihren Einsatzplan einfach ignoriert."

„Und trotzdem war sie laut Umfrage die beliebteste Pflegerin."

„Ja und? Für's Ratschen bezahlt uns die Pflegekasse nicht. Das Beste kommt aber noch. Nachdem der Belegschaft zu Ohren gekommen ist, wie beliebt die Siegerin ist, haben alle begonnen, es ihr gleich zu tun. Das war, gelinde gesagt, Meuterei! Also seien Sie mir nicht böse, aber solche Experimente helfen uns bestimmt nicht weiter. Fehlte nur noch, dass über den Unsinn hier eine Doktorarbeit veröffentlicht wird. Nun geben Sie schon das Geld her und dann will ich Sie hier nicht mehr sehen!"

„Tut mir leid, dass Sie meinetwegen Schwierigkeiten haben. Aber ich hätte dann gerne die Adresse der Siegerin. Ich gebe ihr den Preis lieber selbst. Wenn sie arbeitslos ist, kann sie das Geld gut gebrauchen."

Widerwillig rückte er die Adresse heraus.

„Vielleicht hat das Experiment höhere Wellen geschlagen als vermutet. Dann wäre es klug, wir würden langsam damit anfangen, schwimmen zu lernen", sagte ich.

„Wie meinen Sie das?"

„Gesetze sollten zum Wohle der Menschen erlassen werden, nicht, um einem schlechten Finanzsystem zu dienen."

Der Heimleiter zuckte mit den Achseln.

„Das zu beurteilen steht mir nicht zu. Ich werde von einer Stiftung bezahlt und muss dem Vorstand für meine Arbeit Rechenschaft ablegen. So ist das nun mal. Guten Tag!"

Dieses Gespräch war die Ursache für eine Emotion, die ich bislang auf der Erde noch nicht gespürt hatte: Ich begann zu lachen. Zu Lachen aus reiner Freude! Der Schöpfergeist lebte noch in den Menschen und manchmal blitzte er auf und schaffte Wunder. Nun war ich zuversichtlich, dass die Menschheit noch zu retten war.

Ich war gespannt, diese mutige Frau zu sehen, die sich geweigert hatte, ihren Dienst vorschriftsmäßig zu erfüllen. Noch am selben Tag besuchte ich sie.

Sie hieß Marietta Miller und kam ursprünglich aus Polen. Sie bewohnte eine Zwei-Zimmer-Wohnung in einem Hochhaus, vergleichbar mit dem, in dem Herr Pokorny wohnte. Sie empfing mich sehr freundlich in einem altmodisch eingerichteten Wohnzimmer und bot mir Kaffee an.

„Ich kann Ihnen gar nicht sagen, wie gut ich das Geld gebrauchen kann!", sagte sie. „Ich habe noch keine Arbeit bekommen. Und Arbeitslosengeld gibt es erst einmal nicht, weil ich selbst gekündigt habe. Ich musste das machen, weil ich sonst überhaupt keine Chance mehr gehabt hätte, eine neue Arbeit zu finden."

Ich betrachtete die kleine, dünne Frau, die wohl schon in den frühen Sechzigern war, und fragte mich, wie das sein konnte, dass jemand, der seit Jugend an gearbeitet hatte, auf Almosen angewiesen war, um seinen Lebensunterhalt zu bestreiten. Irgendwie hatte das Sozialsystem deutliche Schwächen.

„Haben Sie denn eine neue Stellung in Aussicht?"

„Ich habe ein Angebot draußen in Sendling bekommen, als private Haushalts- und Pflegehilfe. Das wäre ideal für mich. Nette Leute. Aber da muss ich jederzeit abrufbereit sein. Und von hier aus dauert es zu lange; mit dem Bus brauche ich eine halbe Stunde. Ich weiß nicht, ob das geht."

„Frau Miller, Sie haben mir eine so große Freude gemacht. Ich habe Tränen gelacht, nachdem ich mich mit dem Heimleiter unterhalten habe. Es schaut ganz danach aus, als hätten Sie eine Revolution entfacht."

„Ach, ich war doch nur freundlich zu den alten Leuten und hab mir Zeit für sie genommen. Früher hat das jeder so gemacht."

„Obwohl es Ihre Pflicht war, ihren Dienst zu dokumentieren…"

„Von dieser blöden Dokumentationspflicht ist noch kein Mensch gesund geworden. Da braucht man sich nicht zu wundern, wenn aus unseren Heimen keiner lebend herauskommt. Die meisten Menschen sind nicht krank, sondern einsam. Und Einsamkeit ist schlimmer als jede Krankheit."

„Ja, da haben Sie wohl recht. Keiner hat mehr Zeit für ein Gespräch. Jeder ist auf sich selbst fixiert."

„Und warum? Weil jeder mit solch unsinnigen Vorschriften gegängelt wird. Schauen Sie sich doch mal um! Das ist mittlerweile in allen Berufen so. Allein dieser hanebüchene Datenschutz! Kein Mensch kennt sich mehr aus, aber alle sagen, der Bürger wird dadurch geschützt. Wovor? frage ich mich. Von was für einer Bedrohung reden die? Wissen Sie das?"

„Hmm... Es kommt mir so vor, als müsste sich der Bürger vor sich selbst schützen."

„Genauso ist es! Als ob hinter jedem Bürger schon ein Anwalt mit einer Klage lauern würde. Das ist doch krank."

„Das ist es wohl. Aber was soll man tun? Alleine ist man ziemlich machtlos."

„Mir geht es nicht um Macht oder Revolution. Ich tue, was ich für richtig halte und wo ich zu stehen kann. Und das werde ich so beibehalten, ganz gleich was kommt." Dazu schlug sie mit der Hand auf den Tisch.

„Und vielleicht kommen die guten alten Zeiten wieder! Ich möchte mich erkenntlich zeigen und Ihnen etwas schenken."

„Aber Sie haben mir schon so viel gegeben..."

Sie sah mich an, als würde der Schöpfergeist in ihr jeden Moment nach außen dringen.

„Ich möchte Ihnen so viel Geld geben, dass Sie sich eine Wohnung in Sendling leisten können. Am besten so nahe an ihrer Arbeitsstelle, dass Sie zu Fuß dorthin gehen können."

Ich rechnete schon mit einem Einwand, doch dann sah ich den Strahlenkranz um sie herum und wusste, dass sie annahm, was ich ihr von Herzen gab. Ich sah, wie sich ihr Licht nach allen Seiten ausbreitete und mich berührte. Wir waren verbunden in einem Energiefeld, das aus uns selbst kam. Es war ganz einfach und doch unbeschreiblich wohltuend. In diesem Moment fühlte ich mich so gut wie nie zuvor, seit ich auf der Erde war. Jetzt fühlte ich mich wahrlich wie ein Engel auf Erden.

Es war nicht wirklich das Geld, das ich ihr schenkte, sondern eine Energieform des Überflusses, die sich in Geld ausdrücken durfte. Sie wusste - wir wussten - dass durch dieses Geschenk niemandem etwas weggenommen wurde. Durch ihre Menschlichkeit im positiven Sinn, durch ihre Nächstenliebe und Aufrichtigkeit hatte sie weit mehr erworben als ein paar Tausend Euros. Sie war bereit, die ganze Fülle des Universums zu empfangen, weil die Fülle aus ihrem Herzen geströmt war.

Es war für uns beide nicht nötig, zu danken oder Glück zu wünschen, wir hatten uns an die Einheit mit Gott erinnert und waren bar jeglicher Bedürftigkeit.

Mein Test im Seniorenheim hatte also tatsächlich eine Veränderung im Verhalten der Angestellten bewirkt, und zwar genau in die gewünschte Richtung: mehr Menschlichkeit, mehr Zufriedenheit, mehr Mut.

Wenn es im Kleinen funktionierte, warum dann nicht im Großen? Im ganz Großen...?

Wie groß müsste wohl die Summe sein, für die der Durchschnittsmensch bereit wäre, sein Leben zu ändern?

Diese Frage war von entscheidender Bedeutung für mein Vorhaben. Bei einer zu geringen Summe würden sich zu wenige daran beteiligen. Bei einer zu hohen Summe wäre die Glaubwürdigkeit nicht gegeben. Ich beschloss, es mit einer Milliarde Euro zu versuchen - für den ersten Platz. Die Plätze zwei bis 10 sollten noch jeweils 100 Millionen bekommen. Gewinner sollte derjenige sein, der die meisten Unterstützungsunterschriften weltweit bekommt.

Es kam mir bei der Durchführung des Projektes sehr entgegen, dass es auf der Erde etwa genauso viele Mobilfunkanschlüsse wie Menschen gibt. Ist die Vorstellung nicht faszinierend, dass theoretisch jeder mit jedem auf dem gesamten Planeten miteinander kommunizieren könnte? Dann könnten sich immer dann, wenn ein Krieg auszubrechen drohte, die Bewohner der betreffenden Länder eine SMS schicken, wie: „Ich bin nicht dein Feind. Ich werde mich nicht an den kriegerischen Handlungen beteiligen." Oder wenn in einem Land große Not herrschte, könnten die bedrohten Menschen um Hilfe bitten: „Wir haben seit 3 Tagen nichts mehr zu essen. Bitte schickt uns Lebensmittel, die ihr entbehren könnt." Wenn dann nur 1 Milliarde Handynutzer jeweils 1 Euro spenden würden, könnte man allerhand bewegen. Wenn über die sozialen Netzwerke Revolutionen in Gang gesetzt würden, warum sollte es dann nicht möglich sein, Kriege und Hungersnöte zu beenden? Ich weiß, das klingt utopisch, aber ihr habt selbst erfahren, wie enorm sich bei euch die Kommunikationstechnik in wenigen Jahren entwickelt hat. Wenn man daran glaubt, dass etwas geschieht, dann ist das Ziel schon halb erreicht.

Ich als Geistwesen brauche keine solchen technischen Geräte, um mit allen zu kommunizieren, ebenso wenig, wie ihr es nötig hättet, diese Sachen zu benützen, wenn ihr euch darüber klar würdet, dass ihr wie ich Geistwesen seid. Ich kann mich problemlos in alle Netze einloggen und dort in jeder beliebigen Sprache Nachrichten hinterlassen. Ihr habt gelernt, Sprache in Zeichen und Codes zu übersetzen und diese wieder in Funksignale. Ein Geistwesen geht nicht den Umweg über die Sprache, es kann Gedanken und Absichten unmittelbar in die Energieform verwandeln, die nötig ist.

Mein Bewusstsein ist mit allen Wesen verbunden, weil es mit derselben Quelle verbunden ist, die alles und jeden erschafft und nährt. Daher weiß ich zu jeder Zeit (wie gesagt: mit dieser Bezeichnung habe ich meine Probleme) welche Informationen überall vorhanden sind. Es ist also kein Problem, meine Intention so in das Mobilfunknetz einfließen zu lassen, dass jeder dieselbe Nachricht empfängt, und umgekehrt kann ich natürlich alle Antworten empfangen und einordnen.

Aber da die Akzeptanz meines Projektes von seiner Glaubwürdigkeit abhängt, musste ich der menschlichen Logik so weit wie nötig entgegenkommen. Auch bei meinem Test im Seniorenheim musste ich vorgeben, eine wissenschaftliche Arbeit zu verfassen, um als seriös zu gelten. Ich stellte also folgenden Text in das Netz:

ACHTUNG! Dies ist kein Fake!
*Du hast die einmalige Gelegenheit, **1 Milliarde Euro** zu gewinnen (1.000.000.000 €)!*
*Du hast den 1. Preis gewonnen, wenn du **innerhalb der nächsten 3 Monate** die meisten Unterstützungsunterschriften gesammelt hast. Es geht darum, zum **BESTEN MENSCHEN** weltweit gewählt zu werden.*

Du darfst 1 Vorschlag abgeben. Wer die meisten Vorschläge erhält, hat gewonnen. Stimmberechtigt ist jeder, der diese SMS bekommt.
Das Ganze funktioniert wie folgt:
Schicke eine SMS mit deinem Namen und deiner Adresse an die 88888888. Kurz darauf erhältst du eine SMS. Wenn du sie öffnest, erscheint ein Formular, in das du deinen Favoriten eintragen kannst. Wenn du innerhalb der nächsten 3 Monate keinen Favoriten einträgst, verfällt dein Vorschlagsrecht.
Die vorgeschlagenen Personen, die bei der Auszählung der Stimmen die Plätze 2 bis 10 erreicht haben, erhalten jeweils einen Trostpreis in Höhe von einhundert Millionen Euro (100.000.000 €).
Die Gewinner werden unmittelbar nach Ablauf der Eintragungsfrist per Post informiert.
<u>DIES IST KEIN FAKE!</u>
<u>Die Frist beginnt JETZT zu laufen!</u>

Kaum hatte ich die Information abgeschickt, registrierte ich eine Veränderung im Schwingungslevel, dezent zwar, doch unüberfühlbar. Als hätte jemand Sand in das öffentliche Getriebe gestreut, so dass es eine Sekunde lang stillgestanden und nur sehr langsam wieder angelaufen wäre. Eine Minute später registrierte ich die ersten 10.000 Anmeldungen. Ich verzichtete darauf, mich jetzt schon auf die Datenflut zu konzentrieren. Für einen Menschen ist das schwer vorzustellen, aber ein Geistwesen braucht keine Daten zu speichern oder sich etwas aufzuschreiben. Nach Ablauf der drei Monate würde ich alles wissen, was nötig ist.
Viel interessanter war für mich nun die Beobachtung des Alltagslebens. Wenn die Reaktionen ähnlich wären wie beim Testlauf im Seniorenheim, dann sollten die Menschen gegen zu starre Vorschriften, die sie davon abhielten, gut zu sein, rebellieren. Ich ging jeden Tag zu einem anderen Ort, um zu beobachten. Ich besuchte eine Messe in der Kirche, ich ging zur Pforte der Fabrik, in der Pokorny arbeitete, um die Mimik in den Gesichtern der Arbeiter zu studieren, ich stellte mich an Verkehrsknotenpunkte, ich setzte mich in

Gasthäuser, in Wartezimmer und bei schönem Wetter auch mal in ein Café.

So saß ich fünfzig Tage nach meinem Eintreffen auf der Erde wieder an dem Café, bei dem ich zum ersten Mal das Geschmackswunder einer Sachertorte erleben durfte. Um dieses Jubiläum würdig zu begehen, bestellte ich mir wieder so ein Stück Torte. Damals waren meine Sinne hellwach, neugierig auf alles gerichtet, was mich auf der Erde erwartete und überraschen könnte. Nun war meine Aufmerksamkeit eingeschränkter als es im Sinne meines Experiments nötig gewesen wäre. Ich konnte nicht ignorieren, dass ich inständig hoffte, Veronika würde meine Bestellung entgegennehmen. Mit Adleraugen spähte ich in die Menschenmenge, um sie zu entdecken. Schließlich musste ich zu meinem Bedauern akzeptieren, dass es nicht Veronika war, die meine Bestellung entgegennahm. Als ich das erste Kuchenstück auf meine Zunge legte, erlebte ich erneut eine ungeahnte Gefühlsexplosion. Nicht nur der verführerische Geschmack der Torte war schuld daran, sondern eine Vielzahl von Erinnerungen, die zeitgleich mit dem ersten Bissen auf mich einströmten: Die Peinlichkeit, mit dem falschen Geld bezahlen zu wollen, das Prickeln im Bauch, als ich in Veronikas dunkle Augen sah, die Panik, die mich ergriff, als mich der Verkehrslärm aus dem Gleichgewicht warf, der dumme Vorfall in der Kirche…
Und plötzlich stand sie doch wieder vor mir, Veronika, und sah noch hübscher aus als in meiner Erinnerung.

„Guten Tag, der Herr!", sagte sie streng. „Darf ich Ihnen noch etwas bringen?"
„Veronika! Danke! Ein zweites Stück Torte wäre wunderbar."
Aber, anstatt die Bestellung weiterzugeben, setzte sie sich zu mir an den Tisch.
„Das musst du meiner Kollegin sagen. Ich bin heute privat hier."
„Oh! Umso besser! Und Eva?"
„Ist bei ihrem Vater."

Ich nickte.

„Wir verstehen uns jetzt wieder besser. Er hat zu trinken aufgehört und sich auf seine alte Stelle zurück beworben. Irgendetwas ist mit ihm passiert."

„Das ist doch schön."

„Mhm." Sie sah mich auf eine Art an, die ich zwischen wütend, dankbar und zweifelnd einordnen würde. „Kann es sein, dass... Ich meine, du bist doch nicht ganz unschuldig daran, oder?"

„Ich habe Peter mal besucht und mit ihm geredet. Aber nur er allein konnte etwas daraus machen."

„Er bemüht sich wirklich. Er hat auch schon davon gesprochen, dass wir wieder zusammen ziehen könnten... Aber das will ich noch nicht."

„Ich verstehe."

„Nein, ich glaube nicht, dass du das verstehst. Peter ist Evas Vater, klar. Sie liebt ihn und er liebt sie. Und für beide wäre es schön, wieder ganz eng zusammen zu leben."

Ich sah, wie sie nach Worten rang.

„Als ich 19 war, lernte ich einen Mann kennen. Er war zehn Jahre älter als ich, aber er konnte gut mit Worten umgehen. Er hieß Roman und machte Eindruck auf mich, weil er viel in der Welt herumreiste und ein paar Sprachen beherrschte. Ich dagegen kam frisch aus der Schule und wusste nichts vom Leben. Ich erzählte ihm von meinem Wunsch, Künstlerin zu werden, worauf er sagte, er kenne sich aus in der Kunstszene und könne da und dort ein gutes Wort für mich einlegen. Ich war so naiv damals und dachte, dieser Mann sei mir vom Himmel geschickt worden. Ich vertraute ihm und willigte ein, mit ihm nach Berlin zu reisen. Dort stellte er mich ein paar Leuten vor, die angeblich wichtig für meine Karriere wären. Wir gingen in ein Künstlerlokal, dort saßen lauter kaputte Typen herum. Es wurde viel getrunken, Drogen waren auch dabei und schließlich wachte ich in einem fremden Bett auf und wusste nicht, wie ich da hingekommen war. Roman aber war weg und keiner wusste, wohin. Einige meinten, er sei auf der Flucht vor Gläubigern. Ich fuhr dann per Anhalter nach Hause."

„Danach hattest du wohl die Nase voll von Männern."

„Vor allem von Männern, die mir etwas weismachen wollen, was ich nicht verstehe. Entschuldige bitte, dass ich das letzte Mal so ausgerastet bin. Wahrscheinlich hast du es ehrlich mit mir gemeint, aber die Situation damals erinnerte mich lebhaft an die Begegnung mit Roman."

„Schon klar. Ist auch nicht leicht zu glauben, das mit den Geistern und Engeln."

„Sicher nicht. Ich dachte tagelang darüber nach und fragte mich immer wieder, was wäre, wenn du nun tatsächlich ein Engel bist und mir helfen willst und ich bin vielleicht nur zu dumm, um die Hilfe anzunehmen."

„Ob ich die Wahrheit sage oder nicht, musst du fühlen."

„Ach! Gefühle... Wann kannst du ihnen schon vertrauen? Heutzutage spricht man so schnell und gerne von Gefühlen, als ob es etwas bedeuten würde, darüber zu reden. Gefühle werden doch heutzutage schon im Keim erstickt. Wer nimmt sich schon Zeit zum Fühlen, wenn ihm das nichts einbringt? Und dann noch diese seltsame SMS. Du hast sie doch sicher auch bekommen? Passt total in diese Zeit. Eine Milliarde! So ein Quatsch! Wer kann schon sagen, ob ein Mensch gut ist oder nicht? Bin ich eine schlechte Mutter, weil ich meinem Kind das Glück verweigere, das ihm zusteht? Natürlich habe ich ein schlechtes Gewissen. Aber was hätte ich anders machen sollen? Was hätte ein ‚guter' Mensch an meiner Stelle getan? Vielleicht mache ich alles falsch, was man nur falsch machen kann. Die entscheidenden Dinge laufen bei mir nie so, wie sie laufen sollten. Vielleicht, wenn du Eva zum Geburtstag gratuliert hättest... Ach, ich rede Unsinn."

Es traf mich wie ein Schlag in die Magengrube. Als ich das letzte Mal bei ihr war, hatte sie mir erzählt, dass Eva nun bald vier würde. Ich hatte es vergessen. Ich vergrub das Gesicht in meinen Händen.

„Tut mir furchtbar leid. Ich versteh gar nicht, wie ich das vergessen konnte."

„Was soll's? Es ist menschlich, etwas zu vergessen. Aber wenn ich ein Engel wäre, gäbe mir das zu denken."

Sie sagte das mit einer unergründlichen Miene, so dass ich nicht wusste, ob es ein Vorwurf oder ein Witz sein sollte. Ich versuchte, den Gesprächsfaden wieder aufzunehmen.

„Aber – abgesehen davon, dass Eva nun enttäuscht von mir ist, was hätte es geändert, wenn ich ihr gratuliert hätte?"

Sie hatte feuchte Augen, als sie weitersprach.

„Wie ich euch so zusammen spielen sah, in der kleinen Wohnung... Du machst das sehr einfühlsam. Du hast selber keine Kinder, oder? Seltsam. Vielleicht liegt es daran, dass du ein Geistwesen bist... Ich fühlte mich zum ersten Mal in meinem Leben ganz. Verstehst du? Da waren Eva und du und ich, und nichts war zwischen uns, und wenn einer sich freute, freuten sich alle drei, und wenn einer traurig war, fühlten alle mit. Und wenn ich mit anderen Leuten Stress hatte, dann wusste ich, dass ich nicht weniger wert bin als die anderen. Weil ich nicht allein war, weil jemand da war, der mich kennt und sagte: Du bist gut so, wie du bist! Mit Peter ist das anders. Wir haben viel Porzellan zerschlagen. Dafür verbindet uns das Kind. Aber es ist anders zwischen uns. Wir haben unsere Unschuld verloren. Verstehst du, was ich meine?"

Ich schwieg, weil ich mich weigerte, zu akzeptieren, was ich fühlte.

„Wenn du an Evas Geburtstag gekommen wärst, dann wäre meine Welt heil gewesen. Vielleicht nur für ein paar Stunden oder weniger, aber ich hätte erleben dürfen, wie es ist, das Leben zu feiern. Diese Stunde hätte mir für mein ganzes restliches Leben genügt..."

Nun liefen Tränen über ihr Gesicht. Ich glaubte mich wieder im Himmel, schwerelos, mit Gott vereint, dort wo alles gut ist. Und doch war dieser Moment etwas Besonderes, weil ich erleben durfte, wie ein Mensch mit seinen wenigen Möglichkeiten, mit seinem Verstand, seiner Sprache, seinem Leib perfekt beschrieb, was weder ich noch irgendein anderes Geistwesen zu beschreiben imstande gewesen wäre: Das Wesen der Göttlichkeit.

Ich stand auf und nahm sie in die Arme. Ich ließ alles zu, was aus mir fließen wollte. Ich fühlte die Vereinigung unserer Seelen so stark, dass ich fürchtete, wir könnten unsere

Körper verlassen. Diese kleine mentale Äußerung der Angst reichte aus, um uns wieder zurückzuholen an den kleinen Cafétisch.

„Komm mit mir, Veronika! Ich muss dir etwas zeigen."

Sie reichte mir ihre Hand und ich verband mich mit ihrem Schöpfergeist. Gemeinsam entglitten wir dem Raum- und Zeitgefüge und begaben uns an einen Ort, an dem wir lernen durften, wie der göttliche Geist wirkt.

Wir standen mitten im Englischen Garten, aber niemand konnte uns sehen. Wenige Meter von uns entfernt spielten Eva und Peter mit einem großen aufblasbaren Ball. Eva rannte wie wild hinter dem Ball her und hüpfte vor Freude, wenn sie ihn vor Peter erwischte. Beide sahen sehr glücklich aus.

Veronika sah mich fragend an.

„Schau einfach nur hin", sagte ich.

Die beiden wurden nicht müde in ihrem Ballspiel. Immer lustiger wurde es, immer kräftiger wurde der Ball in die Luft geschlagen. Schließlich wollte Peter Eva mit einem Fallrückzieher imponieren. Er konzentrierte sich genau auf die Flugkurve, ließ sich nach hinten fallen und kickte den Ball genau in das Gesicht einer Frau, die gerade in diesem Moment vorüberging.

Peter rappelte sich eilig auf.

„Entschuldigen Sie bitte tausend Mal. Ich habe Sie gar nicht kommen sehen. Habe ich Sie verletzt?"

Die Frau hielt sich die Nase und schüttelte den Kopf.

„Alles gut! Nichts passiert. Donnerwetter! Sie haben ja einen strammen Schuss drauf."

„Ich war mal in der Jugendauswahl bei den Sechzigern. Technisch hätt' ich es schon noch drauf…"

„Soso. Wer hätte das gedacht. Ich bin C-Jugendtrainerin, beim FC Bayern übrigens. Ich glaube, ich könnte Ihnen noch eine Menge beibringen."

„Ach, du Sch…"

„Und das ist wohl der Fußballnachwuchs!", sagte sie zu Eva. „Meinst du, ich könnte mitspielen?"

„Klar!", sagte Eva. „Papa macht eh schon schlapp."

„Was!? Ich bin topfit!"
Und nun rannten sie zu dritt hinter dem Ball her, immer darauf bedacht, dass Eva das Gefühl hatte, ein bisschen besser zu sein. Es hatte ganz den Anschein, als hätten sie einen Riesenspaß. Als sie alle außer Atem waren, setzten sie sich zu dritt auf die Picknickdecke und aßen die mitgebrachten Brote und Kräcker.

Ich nahm Veronika an der Hand und führte sie zurück an unseren Platz im Café.
Veronika hatte die Augen geschlossen und die Hand an die Stirn gelegt.
„War das real?"
„So real wie du und ich hier auf der Terrasse. Es geschieht in diesem Moment."
„Du wusstest, was da passiert?"
„Ich hatte eine Art sicheres Gefühl. Ich sehe keine Bilder, aber ich nehme eine bestimmte Schwingung wahr, die genau das wiedergibt, was wesentlich passiert."
„Wesentlich?"
„Ja. Wesentlich sind alle Energieströme, solche, die sich abstoßen oder verschmelzen. Bei verschmelzenden Energieströmen erfolgt eine deutliche Erhöhung der Frequenz. Diese ist gleichbedeutend mit den Begriffen ‚Freude' und ‚Liebe'."
„Was nimmst du wahr, wenn du Eva betrachtest?"
„Ich spüre eine gute, kraftvolle Schwingung. Sie ist dabei, ihre eigene Energie auszubreiten."
„Du willst damit sagen, dass sie ihre Liebe auf andere Menschen ausdehnt?"
„So könnte man es nennen, ja."
„Auf diese Fußball-Tussi etwa?"
„Bist du eifersüchtig?"
„Phh! Ich wusste ja nicht, dass Peter auf so etwas steht. Kein Wunder, dass wir nicht zusammenpassen."
„Wärst du nicht froh, wenn er jemanden gefunden hätte, bei dem er so sein kann, wie er ist?"
„Doch. Irgendwie schon und irgendwie wieder nicht... Ihn einfach so abzulegen wie einen gebrauchten Gegenstand,

das fühlt sich nicht richtig an. Wenn ich daran denke, welche Kämpfe wir ausgefochten haben, um zu einem Konsens zu kommen; das ging schon bei den unwichtigsten Sachen los! Was wir im Fernsehen anschauen, wohin wir in den Urlaub fahren, wen wir zu uns einladen, welche Spielsachen Eva bekommt – alles war ein Kampf. Und die Ergebnisse waren nur Kompromisse. Und das alles soll umsonst gewesen sein?"

„Das Richtige ist meistens einfach. Und wahrscheinlich waren diese Kämpfe zwischen euch nötig, damit ihr herausfindet, wer ihr seid."

„Und diese nervige Arbeit, die vielen Jobs, die ich gleichzeitig mache, um uns über Wasser zu halten, ist das auch einfach?"

„Manchmal ist man nur blind für die Chancen, die sich einem bieten."

„Was meinst du damit?"

Sie war extrem angespannt. Ich spürte, wie sehr sie in der letzten Zeit gelitten hatte.

„Du hast ein Leben geführt, in dem für Freude kein Platz mehr war. Das ist gar nicht gut. Du hast zwei Möglichkeiten: Entweder, du suchst bewusst nach den schönen Momenten, die sich zwischen den mühsamen Pflichten auftun, oder du suchst dir eine Beschäftigung, die dich glücklich macht."

Veronika beruhigte sich wieder. Ihr Blick schweifte ab so wie ihre Gedanken. Mehr zu sich selbst sagte sie: „Ich möchte wieder Kind sein. An einem schönen Tag hinausgehen, mich auf eine Blumenwiese legen und ein Bild malen. Mich auf jeden neuen Tag freuen, weil ich angefüllt bin mit Ideen, die ich verwirklichen will. Ich habe die Nase voll von Pflichten und Terminen und Mahnungen und Streit und Diskussionen. Ich will frei sein, um zu leben."

„Dann soll es so sein", sagte ich. Diese Worte kamen mir in den Sinn, ohne darüber nachgedacht zu haben, als hätte jemand anders durch mich gesprochen.

„Was hast du eben gesagt?", fragte Veronika.

„Ich sagte: Dann soll es so sein."

Ihre Augen wurden zu schmalen Schlitzen.

„Hast du Macht über mein Schicksal?"

„Nein. Ich nehme nur deinen festen Entschluss wahr. Wenn du etwas von Herzen willst und dein Wunsch führt dich zur Freude, dann ist es bereits geschehen."

Veronika lächelte ungläubig.

„Wie kannst du da so sicher sein?"

„Alles, was ist, zieht es hin zur Freude. Das ist ein göttliches Gesetz."

„Und was ist mit der Liebe?"

„Liebe und Freude sind ein und dasselbe. Du kannst nicht vollkommen lieben und dich nicht freuen. Umgekehrt kannst du dich nicht freuen, wenn keine vollkommene Liebe in dir ist."

Sie schüttelte den Kopf.

„Das klingt alles so schön, was du sagst. So perfekt. Und dennoch muss ich jetzt dann wieder los und Eva abholen. Dann muss ich mit ihr Schuhe kaufen gehen. Sie wächst so schnell. Ich hoffe nur, dass wir etwas Günstiges finden, denn das Geld ist knapp am Monatsende. Dann sollte ich noch Lebensmittel kaufen und weiß nicht, womit. Siehst du? Das ist die Realität für mich. Was nützt es mir zu träumen?"

„Du missverstehst mich. Du glaubst, deine Träume sind weniger real als das, was du jetzt wahrnimmst. Das ist ein Irrtum. Bleib bei deinen Träumen und Wünschen. Du bist nicht schwach. Du kannst das Universum beeinflussen. Du bist ein Geistwesen wie ich. Vergiss das nicht!"

„Na gut..." Ihre Augen blitzten auf. „Vielleicht sollte ich ja doch an diesem Wettbewerb teilnehmen und eine Milliarde gewinnen!"

„Ja, warum nicht? Du bist doch ein guter Mensch, oder etwa nicht?"

„Nun – wenn sogar Engel bei mir ein- und ausgehen, kann ich nicht so übel sein!"

Sie lachte. „Ähm... besuchst du uns mal wieder?"

„Natürlich. Aber schaffe zuerst Klarheit mit Peter. Dann will ich mit Freuden bei euch sein."

„Abgemacht!"

Sie stand auf und warf mir eine Kusshand zu.

Kapitel 9 - Überraschungen

Wahrscheinlich gab es nie zuvor in der Geschichte der Menschheit so viele freundlich lächelnde Menschen. Wer in diesen Tag eine Auskunft brauchte oder nach dem Weg fragte, war sogleich von hilfsbereiten Leuten umringt, die sich darum stritten, wer von ihnen die besten Tipps gab. Die Spenden an gemeinnützige Einrichtungen erreichten Rekordzuwächse. Die Kirchen freuten sich über volle Gotteshäuser. Die Regierungen stampften neue Sozialgesetze aus dem Boden, während eine große Zahl von Politikern auf ihre Diäten verzichtete. Bischöfe waren sich nicht zu schade, sich in Vorstadt-Slums und Elendsvierteln in Afrika zu zeigen. Familien aus begüterten Familien stellten nun vermehrt Anträge auf Übernahme von Patenschaften oder gar Adoptionsgesuche von Waisenkindern aus aller Welt. Flüchtlinge wurden ohne Entgelt in den eigenen vier Wänden aufgenommen. Ja, es war eine Welt voller guter Absichten! Dennoch fühlte es sich für mich nicht gut an. Ich vermisste einen Zuwachs an glücklichen, fröhlichen, befreiten Menschen. Wenn geben seliger als nehmen ist – wo blieb dann die Seligkeit, die große Kehrtwende im Denken?
Ich wollte nicht untätig auf das Ende der drei Monate warten, sondern weiterhin meine Mission erfüllen. So besuchte ich Carolin Brunnhuber. Nicht in der Verkleidung des versnobten Jungunternehmers, sondern wieder in meinem Jesus-Look, ein bisschen unordentlich mit Bart und lockigem Haar. So durfte ich sicher sein, dass sie mich nicht erkannte.

Als die Tür zur Wohnung der Brunnhubers aufging, war ich meinerseits überrascht. Carolin Brunnhuber sah nicht mehr aus wie ein unreifer Teenager, sondern wie eine erwachsene Frau. Ihre Haare trug sie kürzer und ordentlicher, ihrer Kleidung nach hätte sie als Abteilungsleiterin einer großen Firma durchgehen können; ein beiger Hosenanzug ließ ihre zarte Statur kaum mehr erkennen. Auch ihr Mann war zu

Hause. Ich stellte mich ihm gleich vor, für den Fall, dass er sich nicht mehr an mich erinnern konnte.

Herr Brunnhuber – können Sie sich noch an mich erinnern? Ich war mal eine Nacht bei Ihnen zu Gast."

„Jaja! Herr Engel, nicht wahr?"

„Ja… Ich wollte nur mal bei Ihnen vorbeischauen, um mich bei Ihnen zu bedanken, dass Sie meinen Fall so schnell erledigt haben. Ich habe natürlich jetzt eine Wohnung und einen Ausweis, alles vorschriftsgemäß."

Ich schüttelte ihm die Hand gab ihm eine Flasche Wein. „Es würde einen falschen Eindruck vermitteln, wenn ich damit im Büro – Sie verstehen. Ihr Kollege hat mir Ihre Adresse verraten."

„Ah! Ich versteh schon, die Milliarde! Alle sind hinter ihr her, nicht wahr? Nein, Scherz beiseite! Wollen Sie nicht reinkommen? Es ist noch etwas Essen übrig."

„Vielen Dank! Sehr nett von ihnen. Aber nur kurz!"

Auch Herr Brunnhuber sah in Zivil völlig verändert aus. Vor allem wirkte er völlig entspannt, als wäre er erst aus dem Urlaub zurückgekommen.

Seine Frau trug das Essen auf – Gemüsepflänzchen mit Kartoffelbrei. Es schmeckte ausgezeichnet. Lea beobachtete mich genau. Ich wusste, dass sie mich wiedererkannte. Aber sie sagte nichts und saß nur still am Tisch.

„Hast du denn keinen Hunger?", fragte ich sie.

„Nein. Ich hab heute Bauchweh."

„Oh! Das ist aber schade."

„Sie hat gestern zu viele Süßigkeiten gegessen", sagte ihre Mutter. „Kein Wunder, dass sie heute keinen Appetit hat."

Ich konnte immer noch nicht fassen, wie sie sich in so kurzer Zeit so sehr verändern konnte. Die Kleidung allein war es nicht.

Ich fühlte mich in Lea ein. Bei Kindern ist das einfacher als bei Erwachsenen, weil sie ihr Herz stets geöffnet haben. Hinter Bauchschmerzen steckt immer etwas anderes, als man meint, so viel wusste ich über Menschen, und so war es auch bei Lea. Und tatsächlich: sie machte sich Sorgen! Sie vertraute ihrem Vater nicht und sehnte sich nach der innigen Zuwendung durch ihre Mutter. Sie erkannte mich als den Mann, der ihrer Mutter etwas eingeredet hatte, was die Ursache für diese ungewollten Veränderungen war. Ihre Seele fragte mich: „Wozu das Ganze?" Ich antwortete: „Ich wollte eure Familie retten. Ich weiß nicht, ob mir das gelungen ist, aber sei unbesorgt. Du kannst dich auf deine Mutter verlassen." Sie antwortete: „Ich weiß." Das alles erfuhr ich in wenigen Sekunden.

„Es hat sich eine Menge getan bei uns", erklärte Herr Brunnhuber. „Nachdem die Kleinkriminellen so gut wie ausgestorben sind – also, ich meine, sie haben es nicht mehr nötig, ein paar Euros wegen einzubrechen, weil alle Welt nun ihr Geld verschenkt – bin ich in ein anderes Ressort versetzt worden: Scheckbetrug. Ist sehr interessant und viel gemütlicher! Kein Schichtdienst mehr! Keine langen Verhöre! Ich kann viel öfter zu Hause sein. Ja, und dann hat es sich ergeben, dass meine Frau wieder zu arbeiten begonnen hat."

„Das war schon ein seltsamer Zufall" sagte Carolin Brunnhuber. „Eines Tages läutete so ein aufgeblasener Wichtigtuer an der Tür. Er sagte, er sei ein Bekannter von Hans, meinem Mann. Moment – hieß der nicht auch Engel? Nein! Engelbrecht! Na, egal! Jedenfalls brachte er mich auf die Idee, in meinem Beruf als Bürokauffrau wieder einzusteigen. Zuerst hielt ich nichts davon, doch die Idee ging mir nicht aus dem Kopf. Als dann Hans sagte, er sei versetzt worden und könne öfter zu Hause sein, hab ich mich einfach mal beworben, auf eine Halbtagsstelle. Und prompt wurde ich genommen!"

„Jetzt haben wir mehr Zeit für uns und mehr Geld! Und Lea ist froh, mehr von ihrem Papa zu haben, nicht wahr, mein Schatz?"

Lea kuschelte sich an sein Bein.

„Das freut mich für Sie!", sagte ich. „Aber - entschuldigen Sie meine neugierige Frage – wenn diese Lotterie vorüber ist, dann könnte es ja sein, dass viele enttäuschte Teilnehmer verärgert sind und nicht mehr so sozial denken, also, dass dann die Kleinkriminellen wieder Grund haben zu stehlen."

„Ich verstehe Ihren Einwand! Könnte sein, durchaus! Aber ich lass mich da nicht mehr wegversetzen. Da können die sich auf den Kopf stellen! Geht halt einfach nicht, was? Ich hab ein Kind, meine Frau arbeitet. Das sollen dann andere machen, die keine Familien haben."

„Noch ein Dessert?", fragte Carolin.

„Nein, danke! Das Essen war sehr gut. Jetzt bin ich satt. Ich will mich dann wieder verabschieden. Alles Gute für sie alle! Hat mich sehr gefreut!"

Ich verließ das Wohnviertel mit einem Kloß im Hals. Ich wusste, das kam nicht von dem üppigen Essen der Brunnhubers, sondern von einer Regung meines Schöpfergeistes. Immer wenn ich etwas erlebte, das nicht im Einklang mit dem Willen des Schöpfers ist, wurde dies von meinem Schöpfergeist in eine körperliche Regung übersetzt.

Die Familienidylle der Brunnhubers war zerbrechlich, labil; sozusagen auf Sand gebaut. Leas Seele hatte viel verraten. Sie war nicht glücklich darüber, dass sie nun zwar mehr von ihrem Vater hatte, aber dafür weniger von ihrer Mutter. Carolin Brunnhuber und ihre Tochter waren früher ein gutes Team. Nun wandte sich die Mutter mehr ihren beruflichen Möglichkeiten zu und das Kind verlor einen großen Teil ihrer Aufmerksamkeit. Der Vater genoss seine zugewonnene Freizeit, war aber nicht imstande oder willens, sich ganz auf Lea einzulassen. Er war anwesend, ja, aber ihre beiden Seelen waren an verschiedenen Orten. Sollte Hans Brunnhuber eine andere Stelle übernehmen müssen, würde die Situation für alle drei schlimmer als zuvor.

Aber diese Einschätzung war nur eine Momentaufnahme. Lea würde wachsen und reifen. Sie war nicht nur die Summe der Entscheidungen ihrer Eltern, sondern ein eigenständiges Wesen, geführt von dem reinen Geist. Sie war geschützt, solange sie nicht daran zweifelte, dass ihr Anrecht auf ein glückliches Leben niemals verloren ging.

Was mich traurig stimmte, war etwas anderes. Die Liebe, die Bereitschaft einander mit ganzer Hingabe zu lieben und mit Freuden zu geben, was man hatte, war unverändert schwach. Bei allem, was man tat, wurde eine Gewinn- und Verlustrechnung aufgestellt: Wie viel Zeit bringt mir das? Wie viel Geld bringt das ein? Das waren und blieben die entscheidenden beiden Fragen, auf denen sich das gesamte System stützte.

Und selbst für den, der weniger materiell eingestellt war, ergab sich eine Frage, die ihn daran hinderte, glücklich zu sein: Wo liegt meine Schuld? Veronika zum Beispiel schien von dieser Frage durchdrungen zu sein. Da sie keine Antwort darauf fand, war sie nicht bereit, vollkommenes Glück für sich in Anspruch zu nehmen. Nur ein einziges Mal, als sie mir, ohne groß darüber nachzudenken, ihre Träume verriet, war sie glücklich. Die Menschen glaubten tatsächlich, sie könnten allein auf ihren Verstand vertrauend ein unschuldiges Leben führen. Das ist vollkommen unmöglich! Niemand kann das! Sind die Menschen deshalb Sünder? Aber nein! Niemand spricht denjenigen für schuldig, der an einem unmöglichen Vorhaben scheitert. Ich hätte ihnen so gerne gesagt: Glaubt nicht, was ihr seht! Es ist nur ein winziger Teil der Wirklichkeit, verzerrt durch eure falsche Wahrnehmung. In Wahrheit ist alles gut, weil alles eins ist. Begreift das und ihr seid im Himmel!

In diesem Augenblick vernahm ich einen schmerzhaften Stich in meinem Herzen. Alles ist eins? Will ich das so stehen lassen? Wenn ich an Veronika und Eva denke – bin ich bereit, alles, was mich und Veronika verbindet, zu teilen? Bin ich willens, meine geheimsten Gefühle auf dem Marktplatz auszubreiten? Nein, auf keinen Fall! Es gibt etwas, was ich als mein Eigentum betrachte und vor dem Zugriff der Welt schützen möchte. Ich möchte mich mit Veronika und Eva in eine Höhle zurückziehen und den Eingang mit einem schweren Stein verschließen.

Ich suchte den nächsten Wald auf, um mein Herz aus dem Würgegriff unseliger Gedanken zu befreien und mich wieder auf meine entscheidenden Fragen zu konzentrieren: Wie kann ich die Menschen daran erinnern, wer sie wirklich sind? Wie schaffe ich es selbst, immun gegen die mächtigen Glaubenssätze der Menschen zu bleiben? Vielleicht war es ein Fehler, sich auf die trügerische Realität der Menschheit einzulassen und es ihnen gleich zu tun und mit der Macht des Geldes zu spielen. Ich wusste, ihre Welt war eine Illusion. Menschen sehen nur einen Bruchteil der gesamten Schöpfung, weil sie nur ihren physischen Sinnen Glauben schenken. Ich hatte nicht vergessen, wer ich wirklich war und wer alle diese Menschen wirklich waren – göttliche Wesen. Aber solange sie ihre weiteren Sinne aus der geistigen Welt nicht aktivierten, musste ich sie in der physischen Welt ansprechen. Meine Zweifel kamen ohnehin zu spät. Der Pfeil war abgeschossen, jetzt musste ich zusehen und abwarten, wo er landete.

Der Wald empfing mich mit einem berauschenden Konzert; die Vogelstimmen brachten mein Herz mit ihren Arien und Duetten zum Lachen. Das Brummen und Summen der Insekten waren die Basstöne, die die funkelnden exaltierenden Sopranstimmen der Vögel wieder auf die Erde brachten. Dazwischen lag nichts Störendes, nur die tiefe Stille des reinen Seins. Die Bäume neigten sich mir zu, als wollten sie sagen: Sei willkommen in der Welt der Harmonie! Der Wind blies durch ihre Kronen und brachte die Blätter zum Singen. Genussvoll atmete ich die Düfte von Blüten und Holz ein. Ja, hier war ich Gott näher als irgendwo sonst auf der Erde!

Als ich mich genügend gestärkt fühlte, verließ ich den Wald wieder. Zurück in der Stadt registrierte ich eine enorme Zunahme der Vorschläge zum besten Menschen der Welt. Es wurden immer mehr, die Teilnehmerzahl stieg exponentiell an. Das war nicht unbedingt zu erwarten, da ich annahm, es gäbe bestimmte weltbekannte Persönlichkeiten wie den Dalai Lama, Papst Franziskus, Muhammad Yunus, Malala Yousafzai und andere Friedensnobelpreisträger, die mehr Vorschläge als andere auf sich vereinen konnten. Der Trend ließ jedoch vermuten, dass sich die große Mehrheit selbst vorschlug. Wenn das Experiment so weiterlief, könnte es mehr als einen Sieger geben.

Ich wollte wissen, wie andere über die Aktion dachten. Ich war drauf und dran, Veronika zu besuchen. Doch etwas hielt mich davon ab. Mein Körper zeigte mir an, was ich nicht mehr leugnen konnte. Es äußerte sich in zeitweisen Schmerzen in der Brust und einem Mangel an Appetit. Ich fühlte mich angespannt und gereizt. Auf jede Mahlzeit folgte ein Unwohlsein, das mir neu war und das ich nicht deuten konnte. Ich erkannte einen Zusammenhang zwischen den körperlichen Symptomen und dem, was ich tun wollte. Meine Reaktion darauf lehrte mich etwas sehr Wichtiges über die menschliche Psyche: Ich entschied mich gegen jede Vernunft dazu, an meinem Ziel festzuhalten! Ich wusste mit nahezu tödlicher Sicherheit, dass ich mich dadurch selbst in eine tiefe Krise stürzen würde, und dennoch konnte ich nicht von meinem Vorhaben ablassen. Ich redete mir ein, dass die Warnsignale meines Körpers noch nicht eindeutig genug seien. Also ging ich – anders als üblich, wo ich mich mit Visionskraft dorthin „gezaubert" hatte – zu Fuß zur Himmelstorgasse, um mir Zeit zu geben, eine Erklärung für mein Unwohlsein zu finden – eine Erklärung, die schon längst offenkundig war, aber die ich solange wie möglich leugnete.

Je näher ich meinem Ziel kam, umso heftiger wurde der Druck auf meinen Körper. Meine Brust schien sich in einer eisernen Rüstung zu befinden. Mein Magen verursachte Übelkeit und ein leichter Schwindel hielt mich davon ab, klare Gedanken zu fassen. Als ich in die Himmelstorgasse einbog, zitterte ich am ganzen Leib und blieb stehen.

Jetzt war es nicht mehr zu leugnen; es waren Angstsymptome. Und es hatte mit Veronika zu tun. Ich hatte Angst vor der Begegnung mit ihr!

Das war eine erstaunliche Erfahrung, denn Angst, das wusste ich, war das Gegenteil von Liebe. Alle Dummheiten, die die Menschen begingen, hatten auf irgendeine Weise mit Angst zu tun. Als Geistwesen war mir dieses Gefühl ganz und gar unbekannt. Denn wovor sollten wir Geistwesen

Angst haben, wo es doch nichts gab, was uns Schmerzen zufügen könnte? Wir waren eins - Brüder und Schwestern - wir liebten einander so, wie wir uns selbst liebten. Wir mussten uns einfach lieben, weil wir nach Gottes Ebenbild geschaffen waren. Es war für uns unvorstellbar, dass es so etwas wie Angst gab. Doch nun erinnerte ich mich an eine prägende Begegnung aus der „Zeit" in der Unendlichkeit Gottes, als mir der Charakter des Menschen noch völlig fremd war.

Damals kam eine Gruppe von Geschwistern, die wie ich für lange Zeit einen menschlichen Leib besessen hatten, zurück und berichteten von ihren Eindrücken auf der Erde. Mehr als einmal brachen sie in Tränen aus, besonders dann, wenn sie über ihre Gefühle sprachen. Sie beschrieben die Angst als ein entsetzliches Gefühl der Einsamkeit. Nie zuvor, berichteten sie einstimmig, hätten sie so sehr unter der Trennung von Gott gelitten. Obwohl ihnen die Unmöglichkeit, nicht eins mit Gott zu sein, immer klar vor Augen war, wurden sie von der Angst in ihren Bann gezogen. Sie hielt sie umklammert und zog sie immer tiefer in die Dunkelheit hinein, in eine Höhle der Schmerzen, die selbst das Licht der Liebe nur schwer durchdrang.

Jetzt spürte ich am eigenen Leib, was es bedeutet, Angst zu haben. Alle Freude, die ich vor wenigen Minuten noch verspürte, als ich mit den Bäumen vereint war, war verschwunden. Obwohl es mir schwerfiel, meine Gedanken zu kontrollieren, bemühte ich mich um eine Analyse meines Zustandes. Ich schaffte das nur, indem ich meine Freunde, die Bäume, um Hilfe bat. Fünfzig Meter vor Veronikas Haus waren junge Ahornbäume gepflanzt worden, die in einigen Jahren zu einer Allee heranwachsen sollten. Ich umfasste einen der Bäume und flüsterte ihm zu: „Gib mir etwas von deiner Weisheit. Erinnere mich daran, wer ich wirklich bin!"

Sofort spürte ich, wie sich mein Pulsschlag verlangsamte. Nach und nach klärte sich das Chaos in meinem Kopf und ich begann die Ursache meiner Angst zu ergründen...

Ich fürchtete, es könnte etwas geschehen sein, was einen Keil zwischen mich und Veronika trieb, etwas, was ich nicht kontrollieren konnte. Veronika war schon einmal wütend geworden, als ich meine Versprechen gebrochen hatte. Das Gefühl, sie enttäuscht zu haben, war immer noch lebendig in mir. Es lähmte mich, sobald ich nur daran dachte. Und noch etwas anderes war Nahrung für meine Angst.

Nach unserer letzten Begegnung verabschiedete ich sie mit den Worten „Schaffe zuerst Klarheit mit Peter". Dieser Satz steckte wie ein Stachel in meinem Herz. Ich wollte nicht, dass sie sich mit Peter versöhnte! Ich wollte sie für mich haben! Diese Erkenntnis war ein deutliches Zeichen dafür, dass mein Ego die Oberhand über meine Gedanken gewonnen hatte. Ich war weit mehr Mensch geworden, als ich es hätte zulassen dürfen. Etwas für sich haben zu wollen, um eine Sehnsucht zu befriedigen, war nicht der Weg eines Geistwesens. Ein reiner Geist braucht absolut nichts, weil er bereits alles hat und ist, was er jemals brauchen und sein könnte. Die Wahrheit war: Ich, der Mensch Bernhard Engel, sehnte mich danach, eine Frau zu haben, weil sie mir gefiel. Ich war vernarrt in die Vorstellung, zusammen mit dieser Frau und ihrer Tochter zu leben. Es war mir egal, ob ein anderer dies ebenfalls wollte! Es war mir egal, dass ich diese Frau kaum kannte! Es war mir egal, dass mein Aufenthalt auf der Erde nur von kurzer Dauer sein sollte! Ich wollte es und alles, was mir die Erfüllung dieses Wunsches zunichtemachen könnte, würde ich bekämpfen! Jegliche Abweichung von dieser fixen Idee bereitete mir Schmerzen!

Dies war die Art und Weise, auf die das menschliche Ego zu denken pflegte. Es war nicht die Stimme meines Schöpfergeistes, die mich so sehr bedrängte, dass mir der Angstschweiß auf der Stirn stand.

Wenn ich in dieser Stimmung mit Veronika sprechen würde, konnte nur Unheil daraus entstehen. Ich musste zuerst meine Angst überwinden und alle falschen Stimmen in meinem Kopf zum Schweigen bringen. Doch es war zu spät. Veronika wollte gerade das Haus verlassen und trat auf den gepflasterten Weg vor ihrem Haus, als ich die Gartentür wieder schließen wollte.

„Bernhard?", rief sie. „Wolltest du zu mir?"

„Ja, ich…"

„Ist etwas?" Natürlich sah sie mir an, dass ich nicht in der besten Verfassung war.

„Nein. Ich wollte nur fragen, ob… ob du an diesem Rennen um die Milliarde schon teilgenommen hast."

„Ja. Und du?"

„Ja, natürlich."

„In zwei Monaten wissen wir mehr."

„Genau! Ähm… Was meinst du? Ob sich jeder selbst vorschlägt? Dann wird es schwierig mit der Verteilung der Prämie."

„Das ist gut möglich. Hmm… wenn man das mal durchrechnet… Wenn die gesamte Gewinnsumme von einer Milliarde und neunhundert Millionen auf sieben Komma fünf Milliarden aufgeteilt wird, bekommt jeder… naja, so etwa 25 Cent. Und dafür die ganze Aufregung."

„Am Ende gewinnt jemand, der nur zwei Mal vorgeschlagen wurde!"

„Eben! Also – wir wär's? Wie viel gibst du mir von deiner Milliarde ab, wenn ich dich vorschlage?"

„Ha! Klar! Auf die Idee bin ich noch gar nicht gekommen!"

„Ich biete dir – sagen wir mal zehn Millionen. Das wäre ein Freundschaftspreis."

„Haha!"

Ich wusste nicht, ob ich darüber lachen sollte. Eben kam mir schmerzhaft in den Sinn, dass Veronika bestimmt nicht die Einzige war, die auf die Idee kam, sich Nominierungen zu kaufen.

„Aber eigentlich", sagte ich, um nicht weiter darüber nachdenken zu müssen, „sollte sich jeder bemühen, ein guter Mensch zu sein, oder?"

„Ja, eigentlich schon", erwiderte sie achselzuckend. „Aber nur noch zwei Monate lang. Hinterher können wieder alle übereinander herfallen. Dann wird wieder um jeden Cent gefeilscht. Haha! Ähm… du, ich hab's leider eilig, muss Eva vom Kindergarten abholen. Sehen wir uns am Abend? Hättest du Lust auf – auf ein stilles Wasser?"

„Ich weiß nicht… Wie… wie steht's denn jetzt mit Peter?"

„Keine Ahnung. Hab ihn noch nicht erreicht. Also – bis dann!"

Sie stieg in ihr altes Auto, schlug die verbeulte Tür zu und fuhr davon.

Wie soll ich meine Stimmung in diesem Augenblick beschreiben? Wo nichts übrig bleibt, woran man sich festhalten könnte, wenn alles ringsherum zusammenfällt, wo man von Gefühlen überwältigt wird, wo sich vage Hoffnungen in Luft auflösen, wo man ahnt, dass alles noch schlimmer wird?

Ich dachte mir: Wenn es das ist, was Mensch sein bedeutet, dann gehört allen Menschen mein Mitgefühl!

Meine Idee, die Menschen durch mein Gewinnspiel besser zu machen, entpuppte sich als Rohrkrepierer. Anstatt sich selbst zu betrachten, Einsichten zu gewinnen und zu begreifen, dass Geben glücklicher macht als Nehmen, erfanden die Menschen neue Möglichkeiten, aus dem Spiel Kapital zu schlagen. Wie befürchtet, wurden bald überall Prämien für eine Nominierung versprochen, Prämien, die von 1000 Euro bis zu mehreren Millionen Euro reichten. Wer eine Chance sah, den Hauptpreis für sich zu erringen, gab Schuldverschreibungen auf den möglichen Gewinn aus. Diese Papiere wurden dann wieder weiterverkauft, teilweise für viel Geld. Niemand, der einen Favoriten mit Geld unterstützte, dachte noch daran, ein besserer Mensch zu werden. Er taktierte, bluffte, korrumpierte und tat alles Mögliche, um vom großen Kuchen ein Stück abzubekommen.

Ich wagte gar nicht, mir vorzustellen, was in zwei Monaten geschehen würde, wenn es nichts mehr zu verteilen gab und Millionen von Spekulanten feststellten, dass sich ihre Investitionen in Luft aufgelöst hatten. Ob dann an das gute Herz des Gewinners appelliert werden wird, sich der Betrogenen zu erbarmen und Schadensersatz zu leisten?

Ich hatte nicht vor, die Gewinner geheim zu halten, aber so wie die Lage war, würde ich es tun müssen, um sie zu schützen. Ich hatte gehofft, die Menschlichkeit würde sich durchsetzen und der Erde ein neues, mildes Antlitz verleihen. Stattdessen musste ich befürchten, dass die Menschen aus dem Gewinnspiel nur eine einzige Schlussfolgerung ziehen würden: Es lohnt sich nicht, ein guter Mensch zu sein! Gewinner ist immer der mit den raffiniertesten Tricks und den wenigsten Skrupeln!

Ich war ratlos und zog mich in meine Wohnung zurück. Ich genoss es, zu wissen, dass ich von vier dicken Mauern umgeben war und mit niemandem reden musste. Was für ein eigenartiges Verhalten! Es sah ganz danach aus, als würde ich immer mehr Mensch und immer weniger Geistwesen. Stundenlang lag ich auf meinem Bett und starrte die Decke an. Was die Menschen wohl mit ihrer Zeit anfingen, wenn es Nacht ist und sie noch nicht müde genug sind, um zu Bett zu gehen? Wann immer ich abends durch die Straßen ging und durch die Fenster lugte, sah ich dieses flimmernde Leuchten der Fernsehgeräte. Diese nahmen nicht nur einen großen Platz in der Freizeitgestaltung ein, sie waren die Freizeitbeschäftigung schlechthin! Ich hatte auch so ein Gerät in meiner Wohnung, es stand schon dort, als ich die Wohnung kaufte, aber ich schaltete es nur selten ein. Was mich an den Sendungen an meisten überraschte, war die bedeutsame Schwere, mit der die Informationen überbracht wurden. Es wurde der Eindruck vermittelt, die Menschen, die durch den Bildschirm zu anderen Menschen sprachen, diese endlos plaudernden Moderatoren und ihre gewichtigen Interviewpartner, die mit einer Infozeile am unteren Bildschirmrand vorgestellt wurden, seien mit einem Übermaß an essentiellem Wissen ausgestattet, so dass es beinahe zu einer Lebensnotwendigkeit wurde, diesen Menschen zuzuhören. Für mich als Geistwesen ist es schwierig, diese Haltung nachzuvollziehen, da ich weiß, dass Wissen immer nur ein winziges Bruchstück der gesamten Wahrheit sein kann, und dass die Wahrheit nicht in Buchstaben, Formeln oder Aufzeichnungen zu finden ist, sondern nur von dem Schöpfergeist in uns als Ganzes gefühlt werden kann. Der Heilige Geist ist der einzige Führer, der Weisheit besitzt. Wen also nach Wissen dürstet, der solle besser in sich selbst nachforschen und die gesamte Ernte einfahren, anstatt mit seinem Verstandes-Vehikel nach Fallobst zu suchen.

Es läutete. Ich brauchte einige Zeit, um das durchdringende Geräusch zu orten, weil in den sechs Wochen, in denen ich hier wohnte, noch nie jemand geläutet hatte. Ich öffnete die Türe. Veronika!
Sie musste mir meine Überraschung angesehen haben, weil sie sagte: „Du darfst den Mund wieder zumachen. Essen gibt's erst später. Darf ich reinkommen?"
„Natürlich! Bitte!"
Sie trug ein rotes Kleid, das für sie maßgeschneidert schien. Bisher war mir noch nicht aufgefallen, wie wohlgerundet ihr Körper war. Alles an ihr passte perfekt zusammen. Ihre Arme und Beine waren weich und stark zugleich, Kopf und Schultern schienen auf dem biegsamen Rücken zu schweben, Po und Oberschenkel bildeten die Form eines Herzens, die Gelenke und die Taille waren schmal und elastisch. Alle Teile passten irgendwie perfekt zusammen. Gott ist ein Künstler!, dachte ich in diesem Moment.
„Was ist?", fragte sie. „Überrascht? Ich hatte dich gefragt, ob wir uns am Abend sehen, aber du hast weder mit ja noch mit nein geantwortet."
„Das stimmt..."
„Willst du mir nicht einen Platz anbieten? Komme ich etwa ungelegen?"
„Nein nein! Bitte, setz dich doch. Ich – es ist nur – ich hatte noch nie Besuch."
„Was?", fragte sie und ließ sich auf einen Sessel fallen.
„Was tust du denn die ganze Zeit über?"
Ich konnte ihr die Frage nicht beantworten.
„Aber Weingläser hast du hoffentlich?" Sie schwenkte eine Flasche Rotwein vor meinem Gesicht hin und her.
„Weingläser? Ich seh mal nach."
Zum Glück hatte ich die Wohnung möbliert gekauft. Tatsächlich standen in einem Küchenregal ein paar Gläser.
„Hast du Hunger?"
„Jaaa..."

„Magst du italienische Vorspeisen? Ich war heute auf dem Markt und habe ein paar Spezialitäten mitgenommen."

„Gerne."

Sie packte aus ihrer Tasche verschieden Döschen mit allerlei Köstlichkeiten aus; Artischocken, Oliven, Pilze, Weinblätter, Schafskäse, Kapern.

„Dazu etwas Weißbrot. Ich liebe es!" Sie klatschte vor Freude in die Hände.

„Ich auch."

Es roch wirklich verführerisch.

Veronika entkorkte die Flasche und füllte die Gläser.

„Auf – hmm... einen schönen Abend!"

Ich wagte nicht zu widersprechen und sagte: „Darauf trinke ich gerne!"

Ich war es nicht gewohnt, Wein zu trinken, und war überrascht, welch eine Geschmacksvielfalt sich in meinem Mund ausbreitete und welche Wärme in meinem ganzen Leib. Zusammen mit dem Wein schmeckten die Leckereien noch besser. Nach kurzer Zeit wusste ich nicht mehr, welche schweren Gedanken ich zuvor in meinem Kopf hin und her gewälzt hatte, sie hatten sich in Luft aufgelöst.

Veronika erzählte allerlei lustige Anekdoten aus ihrem Beruf, von Leuten, die sich über zu heißen Kaffee beschwerten oder Kindern, die zu viel Kuchen gegessen hatten und sich an Ort und Stelle übergaben. Wir lachten viel und die Flasche Wein war bald leer. Im Überschwang meiner durch den Alkohol angeheizten Gefühle sagte ich: „Das Leben ist doch immer für Überraschungen gut! Vorher noch zweifle ich an der Zukunft dieser Welt und nun sitze ich hier mit der schönsten Frau der Welt zusammen und genieße gutes Essen und Wein."

„Das stimmt doch gar nicht, Bernhard! Ich bin nicht so schön. Du willst mich nur so sehen."

„Und wenn schon? Wenn ich dich so sehen kann, was kümmert's mich, wie dich andere sehen?"

„Die Schönheit im Herzen ist erhabener als diejenige, die man mit den Augen sehen kann; das hat Khalil Gibran gesagt. Was nützt es mir, wenn mich jemand mag, nur weil ihm mein Körper gefällt? Schönheit ist vergänglich. Das müsstest du als Engel eigentlich wissen."

„Ich bin wohl ein Engel, aber ich habe den Körper eines Menschen und fühle wie ein Mensch. Das ist etwas, was ein Engel nicht kann."

„Gut. Versteh ich. Aber Gefühle können sich ändern. Sehr schnell sogar."

Ich fragte mich in diesem Augenblick, worauf sie hinauswollte.

„Ich kann mir nicht vorstellen, dass das, was ich jetzt empfinde, jemals schwächer werden könnte", flüsterte ich ihr zu. Meine Stimme hörte sich an, als käme sie nicht aus meinem Mund, sondern aus einer Quelle einen Meter über mir.

„So?" Veronika kräuselte die Stirn. „Was empfindest du denn?"

„Ich... ähm... das ist nicht so leicht auszudrücken. Ich bin glücklich, dass du da bist, und..."

„Und...?"

„Ich würde was drum geben, wenn es immer so wäre."

„Weißt du, Bernhard, das hier, das gute Essen, der Wein, die Abendstunde, das alles ist ein kurzer Moment in unserem Leben. Wir dürfen es genießen. Vielleicht ist es das Beste, was wir an diesem Abend machen können. Morgen ist ein neuer Tag. Ich muss zur Arbeit, du musst - was weiß ich – Menschen glücklich machen vielleicht? Wir haben unsere Verpflichtungen, unsere täglichen Arbeiten, Waschen, Putzen, Kochen, Einkaufen und Hunderte anderer Kleinigkeiten, die uns immer begleiten werden, ob wir zusammen sind oder nicht. Wenn wir dann einen Abend wie diesen wiederholen möchten, werden wir sagen: ,Du, Schatz? Weißt du, ich bin heute hundemüde. Ich geh schlafen. Morgen muss ich früh raus.' So sieht der Alltag aus. Dann werden wir uns gegenseitig bedauern, weil wir es nicht mehr schaffen, die schönen Stunden früherer Tage zu wiederholen und werden unzufrieden. Bis uns irgendwann ein schöner Mensch über den Weg läuft, der diese unbeschreiblich tollen Gefühle erneut in uns wachruft. Was folgt, ist der

Anfang vom Ende einer glücklichen Beziehung. Tja – so viel zu Gefühlen."

Mir fiel nichts ein, was ich dazu hätte sagen sollen. Also schwieg ich. Veronika trank ihr Glas leer und sagte: „Ich hoffe, ich habe jetzt deine Gefühle nicht verletzt, oder so."

„Nein. Sicher nicht. Ich glaube nur, ich verstehe wirklich nicht viel von Gefühlen."

„Da gibt's auch gar nicht so viel zu verstehen. Man sollte sie nur nicht überbewerten. Es gibt anderes im Leben, Verlässlichkeit, Loyalität, Mut…"

„Und was ist mit Liebe?"

„Die gibt es auch. Aber die wenigsten wissen, was das genau ist."

„Weißt du es?"

„Hmm… Sagen wir mal so: Ich habe eine sichere Ahnung davon."

Und dann ging sie. Wir umarmten uns zum Abschied. Und ich war um ein mächtiges emotionales Erlebnis reicher.

Am Morgen danach erwachte ich mit einem Gefühl, als wäre mein Kopf mit Watte vollgestopft. Ich schlief länger als gewohnt und als ich endgültig aufstand, hatte ich Schwierigkeiten zu sortieren, was gestern alles passiert war. Ich erinnerte mich lebhaft an Veronikas Gesicht und Stimme, aber unsere Gespräche waren wie von einem Häcksler in seine Bestandteile zerschnitten. Alles, woran ich mich erinnern konnte, war Veronikas Aussage über die Liebe. Die wenigsten wissen, was das ist, hatte sie gesagt. Wusste ich es?

Ich war mir sicher, vor einigen Wochen war ich noch der Spezialist in Sachen Liebe. Liebe, das war doch die Substanz, aus der alles hervorging, der Kitt, der das Universum zusammenhält. Ohne Liebe funktioniert gar nichts…

Ich sagte das vor mich hin ohne Leidenschaft, ohne Herz, mehr wie etwas auswendig Gelerntes. Ich wollte es glauben und konnte es nicht. Oder lag es daran, dass mein Kopf so träge war?

Ich trank ein paar Tassen Kaffee und viel Wasser. Immer wieder schaute ich währenddessen auf die Stadt hinunter. Es war ein sonniger Tag, aber ich scheute mich, die Geborgenheit meiner Wohnung zu verlassen. Ich fühlte mich in meine Bestandteile zerrissen; mein Kopf steckte in der Erinnerung an die letzte Nacht fest, mein Körper war damit beschäftigt, sich von Alkohol und zu fettigem Essen zu reinigen und meine Psyche... die rannte umher wie ein aufgescheuchtes Huhn. Ich war das personifizierte Chaos. Der Gedanke, mich dort draußen in dem hektischen Getriebe mit Menschen auseinandersetzen zu müssen, jagte mir Angst ein. Bis vor wenigen Tagen dachte ich, Gefühle seien ein wundervolles Gottesgeschenk, eine perfekte Möglichkeit, eine verlässliche Orientierungshilfe für den persönlichen Lebensplan. Doch nun musste ich erfahren, dass Gefühle trügerisch waren. Woran sollte ich mich nun orientieren? Woher sollte ich wissen, was richtig und was falsch war? Wie konnte ich erahnen, was die Menschen im Schilde führten?

Ich glaubte in diesem Moment, mich in Veronika verliebt zu haben. Wenn diese romantischen Geschichten, die man hier so gerne hörte, wahr waren, dann müsste ich damit den Gipfel der Gefühle erreicht haben. Wenn aber meine Liebe nicht erhört würde, war mein Fall in die Trostlosigkeit unvermeidlich. Wie stand es nun um meine Liebe? Diese Frage setzte eine neue Denkspirale in Bewegung:
Veronika war dabei, ihr Leben zu ordnen. Sie brauchte jemanden in ihrem Leben, der auch für ihr Kind eine verlässliche Größe war. Genau! Verlässlichkeit! Das war doch etwas, was sie für wichtig hielt. Warum konnte ich nicht derjenige sein? Sie hatte mich doch besucht, ohne besonderen Grund. Das hätte sie nicht getan, wenn sie keinerlei Interesse an mir gehabt hätte. Ich darf mir Hoffnungen machen!, sagte ich mir immer wieder vor. Was quält mich nur so? Als ob ich etwas zu verlieren hätte! Hoffnung besteht...
Da ging mir ein Licht auf! Hoffnung! Was für ein schreckliches Wort! Da, wo ich herkomme, gibt es keine Hoffnung.

Es gibt nur Gewissheit. Hoffnung ist ein schwacher Trost für schlechte Kompromisse. Niemand sollte nur Hoffnung haben. In der göttlichen Unendlichkeit gibt es niemanden, der mit Hoffnung vertröstet wird. Jeder bekommt absolutes Glück!

Entweder etwas ist wahr oder es ist falsch. Was wahr ist, braucht keine Hoffnung. Wenn ich mich weigere, die Wahrheit anzuerkennen (vielleicht, weil ich meine, sie nicht ertragen zu können?), dann kommt mir die Hoffnung gerade recht. Ich klammere mich daran wie ein Ertrinkender an einen Strohhalm. Was für ein Irrtum zu glauben, der Strohhalm „Hoffnung" würde mich irgendwie tragen! Abgesehen davon, dass er dafür ungeeignet ist, ist er nicht einmal real. Er kann nur existieren, weil ich ihn mit meinen ständigen Gedanken am Leben erhalte, Gedanken wie: „Es könnte doch auch sein, dass...", „Mit etwas Glück...", „Wenn ich eine Kerze anzünde für...", „Solange Hoffnung besteht..." usw. Ich mache etwas ganz und gar Unvernünftiges: Ich stecke meine ganze Kraft in die Hoffnung, weil ich die Wahrheit für schlecht halte. Ich weigere mich, anzuerkennen, dass alles, was geschieht, zu meinem Besten sein könnte. Ich glaube nicht daran, dass Liebe die Grundlage von allem ist...

Moment! Liebe ist der Kitt, der das Universum zusammenhält... Das hatte ich doch vorhin so vor mich hingesagt. Die Bedeutung dieses Satzes war mir irgendwie abhandengekommen. Jetzt verstand ich sie wieder!

Der Gedanke an Veronika quälte mich, weil ich wusste, dass eine Beziehung zwischen uns immer ein schlechter Kompromiss sein würde; das war die Wahrheit. Die Hoffnung, in die ich mich geflüchtet hatte, versuchte mir weiszumachen, dass sich das alles irgendwie schon ergeben würde.

Bei diesen Überlegungen wurde mein Dilemma offenkundig. Ich wusste tief in mir, dass es nichts gab, was ich fürchten musste. Ich, das Geistwesen, wusste besser als jeder Mensch, dass es nichts gab, was mir Schaden zufügen könnte. Alles ist Geist und der Geist ist eins. Der Ozean kann sich nicht selbst überfluten. Andererseits beharrte mein

Ego wie ein bockiges Kind darauf, Veronika besitzen zu wollen. Die Vorstellung, auf sie verzichten zu müssen, sie vielleicht nie wieder zu sehen, bereitete mir körperliche Schmerzen.

Stundenlang verharrte ich in diesem Zustand. Ich wünschte, ich hätte Veronika jetzt bei mir, um ihr zu erklären, wie es um mich und meine Gefühle stand. Schließlich nahm ich einen Bogen Papier zur Hand und begann niederzuschreiben, was mich bewegte...

Ich schrieb lange und viel. Als ich nach drei Seiten zum Ende kam, las ich mir alles noch einmal durch. Schon nach wenigen Zeilen begann ich innerlich zu schmunzeln. Am Schluss angelangt, grinste ich breit. Es war unübersehbar, dass diese Zeilen jemand geschrieben hatte, der nicht ganz bei Trost war. Ein Liebesbrief, der vor Schmalz triefte! Ich lachte nicht nur über meine albernen Formulierungen, sondern auch über meine Blindheit. Wie konnte ich nur auf das Niveau eines pubertierenden Jünglings herabsinken? Wie konnte ich mich darin ernst nehmen, einen Körper besitzen zu wollen?

Ich nahm die Blätter in die Hand, um sie zusammenzuknüllen, da kam mir eine Idee. Ein Liebesbrief ist albern, wenn ihn der Falsche schreibt. Aber aus der Hand des richtigen Verehrers mochte er ganz anders verstanden werden. Wenn eine tiefe Verbindung zwischen zwei Menschen besteht, findet jede gute Absicht das Verständnis des anderen.

Ich formulierte ein paar Sätze um und gab den Seiten die Form eines Briefes. Dann faltete ich die Blätter zusammen und steckte sie in meine Jackentasche. Frohen Mutes machte ich mich auf zur Fabrik. Am Tor wartete ich auf Peter Pokorny.

Er begrüßte mich freudig.

„Guten Tag, Herr Engel! Wie geht es Ihnen?"

„Danke. Bestens. Wie läuft es mit Veronika?"

Er zeichnete mit der Hand eine Schlingerbewegung nach.

„So gut wie lange nicht. Aber ich weiß immer noch nicht, woran ich mit ihr bin. Sie traut mir wohl immer noch nicht.

Wenn ich nur wüsste, wie ich ihre Zweifel ausräumen könnte."

„Ich kann Ihnen sagen, was Sie tun können."

Ich zog meinen Brief heraus.

„Schreiben Sie diesen Brief ab und stecken Sie ihn bei Veronika in den Briefkasten. Schicken Sie ihn nicht mit der Post. Es ist romantischer, wenn sie weiß, dass Sie persönlich bei ihr waren."

Pokorny faltete die Blätter auseinander.

„Was steht da alles drin?"

„Es ist ein Liebesbrief. Es wird ihr gefallen. Vertrauen Sie mir."

„Warum tun Sie das für mich? Warum - "

„Weil ich es kann. Zögern Sie nicht. Machen Sie es heute noch."

„Ja. Natürlich. Danke!"

Minuten später verließ mich meine Heiterkeit. Ich begann zu zweifeln, ob ich das Richtige getan hatte. Mit diesem Brief hatte ich Veronika belogen und Peter Pokorny zu einem Menschen gemacht, der er gar nicht war. Darüber hinaus hatte ich mich selbst um die Chance gebracht, Veronika mit einem Liebesbrief zu beeindrucken. Das war ein Eigentor zu viel! So schnell ich konnte, lief ich nach Hause und warf mich auf das Bett, das Gesicht in ein Kissen gedrückt.

Als ich nach einer Stunde mit verquollenem Gesicht wieder aufwachte, hatte ich das Bedürfnis nach frischer Luft. Ich zog die Kapuze tief ins Gesicht und trat ins Freie. Wie üblich begann ich auch diesen Spaziergang ohne ein bestimmtes Ziel vor Augen. Es war Samstagabend, tagsüber waren noch einmal sommerliche Temperaturen erreicht worden und nun, da die Nacht hereingebrochen war, kühlte es schnell ab. In den Biergärten standen jetzt überall diese Heizpilze und auf den Stühlen lagen Decken, um den Gästen das Bleiben zu erleichtern. Ich kam an einem von alten Linden begrenzten Garten vorbei, in dem ein Fest in vollem Gange war. Bunte Lampions und LED-Girlanden verliehen der Szenerie ein surreales Aussehen. Die Tische waren mit weißen Tischdecken und Blumengestecken geschmückt. Aus dem Lautsprecher ertönte gerade „You are the sunshine of my life". Die Gäste wiegten sich im Takt zur Musik. In der Mitte einer langen Tischreihe saß eine Frau im Brautkleid, daneben lehnte der offenbar schon etwas erschöpfte Bräutigam; er hatte sein Sakko und die Krawatte abgelegt und drückte den Kopf an die Schulter seiner Braut. Zärtlich streichelte sie ihm über den wirren Haarschopf. Auch unter den Gästen waren viele Pärchen, die die romantische Stimmung zum Anlass nahmen, näher zusammen zu rücken und Zärtlichkeiten auszutauschen. An einem anderen Tisch saßen einige angetrunkene Junggesellen und brachten lautstark Toasts zu Ehren des Brautpaares aus. Es erweckte den Eindruck, als müssten sie aus Frustration darüber, nicht zu den kuschelnden Paaren zu gehören, ihre trüben Gedanken im Alkohol ertränken. Ich fragte mich, ob ich nun auch zu denen gehörte, die dazu bestimmt waren, allein durchs Leben zu gehen. Die Vorstellung, so richtig, mit Herz und Verstand, zu einer Frau zu gehören, ließ mich nicht mehr los. Es war klar, dass dabei immer Veronika ein Teil meiner Vorstellung war.

Nun hatte ich keine rechte Lust mehr, meinen Abendspaziergang fortzusetzen. Ich wollte nach Hause und mich wieder in meinem Bett verkriechen, allein mit meinen Gedanken. Da sah ich eine bekannte Gestalt vor mir gehen. Ich hatte sie gleich eingeholt, weil sie sehr langsam ging.
„Frau Miller?", fragte ich, als ich sie erreicht hatte.
Einen kurzen Moment überlegt sie, dann lachte sie mich an.
„Herr... Engel, nicht wahr?"
„Richtig."
„Wie könnte ich Sie nur vergessen?"
„So spät noch unterwegs?"
„Ich habe einen kleinen Einkaufsbummel in die Innenstadt gemacht. Ich habe ja jetzt Geld dazu." Sie grinste breit.
„Und jetzt fahr ich mit der S-Bahn wieder heim. Was treibt sie denn noch um?"
„Ach... nichts Besonderes."

„Wollen Sie wieder ein paar Leute glücklich machen? So glücklich, wie die beiden da?" Sie zeigte auf das Brautpaar von eben, das gerade in ein geschmücktes Auto einstieg.

„Erst mal sollte ich mich selbst glücklich machen…", sagte ich eigentlich mehr zu mir als zu Frau Miller.

Da schaute mir die alte Frau ganz fest in die Augen und fragte: „Sind Sie das denn nicht? Sie haben **mich** glücklich gemacht. Vielleicht kann ich nun etwas für Sie tun?"

„Ich frage mich nur, ob es mir vergönnt ist, auch einmal so eine schöne Braut nach Hause zu führen."

„Ach so! Darum geht es Ihnen also. Gibt es denn jemanden, der dafür in Frage käme?"

Ich nickte. „Schon. Oder auch nicht. Ich weiß es nicht."

„Dann sollten Sie es herausfinden, junger Mann! Es macht sie nur noch unglücklicher, wenn sie ewig herumrätseln."

„Ich möchte es ja herausfinden. Aber ich habe Angst davor, was herauskommen könnte."

„Ach was! Ist doch egal, was dabei herauskommt. Wollen Sie denn ewig einem Traum hinterherjagen? Sie müssen für Klarheit sorgen, sonst werden Sie noch ganz kirre im Kopf."

„Okay. Wahrscheinlich haben Sie recht. Ähm… Sie reden von diesen Dingen, als hätten Sie Erfahrung damit…"

„Allerdings!" Ihr Gesicht nahm plötzlich einen Gesichtsausdruck an, den ich nur von verliebten Teenagern her kannte. „Ich war keine Kostverächterin! Ich war in meinem Leben wohl schon ein Dutzend Mal verliebt. Die ersten Male habe ich schwer gelitten. Oh ja! Dann bin ich jedes Mal aufs Ganze gegangen. Ja oder nein!, habe ich mir gesagt. ‚Katz oder Kater! Dazwischen gibt es nichts.' Ich bin mehr als einmal auf dem Bauch gelandet. Aber ich habe es nie bereut."

„Waren Sie verheiratet?"

„Nein. Nie. Auch das habe ich nie bereut. Sie glauben gar nicht, wie viele Geschichten über Untreue, Gewalt und verschmähte Liebe ich mir von den alten Leuten im Heim anhören musste. Lauter unnötige Dramen! Ich habe fast den Eindruck, die Menschen fühlen sich bedeutend, wenn Sie Ihre eigenen Dramen schreiben."

Ich dachte darüber nach, was Marietta Miller sagte. Ist ein Mensch, dessen Leben undramatisch verläuft, unbedeutend? Kann das Leben überhaupt unbedeutend sein? Ich musste zugeben, dass mir auch schon aufgefallen war, wie sehr es Menschen lieben, über ihre Schicksale zu sprechen, über ihre Krankheiten, über ihre treulosen Ehegatten, über ihre verkorksten Kinder, über ihre finanziellen Desaster, über ihre Pechsträhnen...

„Es ist gut, einen Menschen auch einmal über schöne Erlebnisse sprechen zu hören", sagte ich.

„Naja... Ich habe es Ihnen auch erzählt, als ich pleite war. Können Sie sich erinnern?"

„Ja. Aber sie haben sich nicht darüber beklagt."

„Weil ich die Zuversicht habe, dass alles im Leben immer gut wird. Aus dieser Zuversicht heraus weiß ich auch immer, was zu tun ist."

„Oder welchen Engel Sie rufen müssen", ergänze ich augenzwinkernd.

„Ja. So ist es! Und diese Engel haben meistens eine menschliche Form. Wissen Sie, ich verstehe die Leute, die sich mit ihrem Leid an andere Menschen wenden und sich an sie klammern. Sie suchen nach Hilfe und in der Tiefe Ihres Herzens nach Liebe. Ich fürchte, dass es sehr viele Menschen gibt, die darunter leiden, nirgendwo dazuzugehören."

„Und Sie? Zu wem gehören Sie?"

„Ich gehöre zu denen, die so angenommen werden wollen, wie sie sind. Ich werde mich bestimmt nicht verbiegen, um irgendwo dazuzugehören."

„Macht Sie das bedeutend?"

Statt einer Antwort sagte sie: „Wollen Sie mich noch ein Stück begleiten? Meine Straßenbahn fährt gleich los."

Ich nickte. Wir gingen über die Straße, wo die Trambahn eben anhielt, und stiegen ein.

„Es dauert nur ein paar Minuten. Dann bin ich fast zu Hause. Sie können dann gleich mit derselben Linie zurückfahren."

Das wird nicht nötig sein, dachte ich.

„Aber zurück zu Ihrer Frage. Ich gehöre in erster Linie mir selbst. Ich habe keine Angehörigen, keine Familie. Dass ich mich trotzdem nicht einsam fühle, hab ich wohl meinem Beruf zu verdanken. Ich habe von so vielen alten Menschen immer wieder gehört, wie schön es ist, dass es mich gibt. Ja, lachen Sie nur! Wenn Sie so einen Satz immer wieder hören, wird er zur Wirklichkeit. Das macht mich bedeutend. Nicht, weil ich dafür einen Orden bekomme oder weil nach meinem Tod eine Statue von mir aufgestellt wird, sondern weil ich jetzt, in diesem Moment, die Menschen tröste und sie manchmal zum Lachen bringe. Inzwischen sage ich mir jeden Tag nach dem Aufstehen: Wie schön, dass es mich gibt. Ich bin ein Geschenk für jeden Menschen. Ist das nicht wunderbar?"

„Und wie!"

„Ich muss jetzt aussteigen. Wenn Sie auf die andere Straßenseite gehen, können Sie auf Ihre Straßenbahn warten; kommt in sechs Minuten. Alles Gute für Sie!"

„Auch Ihnen alles Gute!"

Ich sah der kleinen weisen Frau zu, wie sie in einer Nebenstraße verschwand. Über ihre Angewohnheit, sich selbst zu sagen, wie wertvoll sie ist, musste ich schmunzeln. Gut, dachte ich, das ist ihre Art, mit dem Alleinsein umzugehen. Aber ist es auch ehrlich? Sie schöpft ihre Kraft aus dem Trost, den sie anderen geben darf. Aber wer tröstet sie, wenn sie sich selbst nicht helfen kann? Von vielen Menschen gelobt zu werden, ist eine schöne Sache, aber einen Vertrauten zu haben, dem man sich in allen Belangen anvertrauen kann, mit dem man alles teilt, ist doch etwas ganz anderes. Jeder Mensch sehnt sich doch nach einem Partner, gerade den Herbst des Lebens will man doch nicht alleine verbringen.

Es war spät geworden und ich sammelte meine Gedanken, um mich nach Hause zu teleportieren. Aber irgendetwas war heute anders. Ich stellte mir meine Wohnung vor bis ins Detail, die Farbe der Haustür, die Form des Schlosses, den Flur… Ich konzentrierte mich darauf und sprach meinen Wunsch aus, mich hier aufzulösen und dort wieder zu erscheinen. Es passierte nichts! Eben fuhr die Straßenbahn vor, die mich nach Hause bringen könnte; ich zögerte... Nein! Ich weigerte mich zu akzeptieren, dass ich, das Geistwesen, meine Fähigkeit verloren haben sollte, jeden beliebigen Ort in diesem Universum nur durch meine willentliche Entscheidung aufsuchen zu können. Ich versuchte es immer wieder, aber je mehr ich mich bemühte, umso kläglicher fiel das Ergebnis aus. Am Ende überquerte ich mit hängendem Kopf die Straße und wartete auf die Straßenbahn. Doch der letzte Zug war eben abgefahren. Mir blieb nichts anderes übrig, als den Weg zu Fuß zurückzulegen.

Endlich, nach zweieinhalb Stunden, erreichte ich meine Wohnung. Während des Marsches hatte ich mir den Kopf zermartert, was mit mir geschehen sein könnte, jetzt war ich so müde, dass ich nur noch ins Bett fiel und sofort einschlief.

Ich wachte auf und fühlte mich kaum frischer als am Abend. Wie ein alter Mann schlurfte ich ins Badezimmer und stellte mich vor den Spiegel. Ich fragte mich, ob ich mich jemals zuvor schon einmal im Spiegel betrachtet hatte. Das Gesicht, das ich dort sah, war das eines Durchschnittsmenschen, eines nicht mehr jungen, müden Mannes. Die Augen waren gerötet, durch Schlafmangel überanstrengt, die scharfen Mundwinkel waren die eines Menschen, der dem Ernst des Lebens begegnet war. Hätte ich diesen Menschen in der Not um Hilfe bitten wollen? Ich glaube kaum. Lieber hätte ich mir jemanden gesucht, der freundlicher dreinschaute. Der da im Spiegel machte den Eindruck, als sei mit ihm nicht gut Kirschen essen. Ob sich hinter der blassen Haut wenigstens der Hauch eines reinen Geistes verbarg? Wenn ja, konnte ich ihn in diesem Moment nicht erkennen, weil das Bild vor meinen Augen verschwamm.

Ich ging erst einmal unter die Dusche, rasierte mich und putze mir die Zähne. Danach fühlte ich mich etwas besser. Doch beim Frühstück überfiel mich die Erkenntnis, dass ich mutterseelenallein hier saß, dass zur selben Zeit hinter allen diesen Fenstern Tausende von Leuten saßen, denen es ebenso ging - und ein paar Lebenskünstlerinnen wie Marietta Miller, die sich darüber freuten, wie wichtig sie für andere waren.

Ich ärgerte mich, weil ich keine Lust hatte, so wie alle zu sein, und es gleichwohl war. Ich war doch etwas Besonderes, ein Geistwesen, jenes von denen, die mit göttlichen Fähigkeiten ausgestattet waren! Wenn ich wollte, konnte ich alles haben, was mir in den Sinn kam!

Ich warf mein halb aufgegessenes Sandwich auf den Teller und kleidete mich an. Es wurde Zeit, Nägel mit Köpfen zu machen! Ich wollte nicht allein sein? Also - was tat ich dann noch hier? Die Frau, die ich liebte, lebte in derselben Stadt. Nichts wie los!

Hatte Frau Miller nicht gesagt, ich solle für Klarheit sorgen? Ich konzentrierte meine Gedanken auf Veronika, um ganz schnell –

Aber ach! Ich brachte wieder keine Teleportation zustande. Ich musste – wie jeder normale Mensch – den Weg zu Fuß zurücklegen.

Es war ungewöhnlich warm an diesem Tag und mein Herz klopfte schneller, als es nötig gewesen wäre. Ich kannte die Ursache dafür. Je näher ich der Himmelstorgasse kam, umso größer wurde das Gedankenchaos in meinem Kopf. Was sollte ich ihr sagen? Wie würde ich mit einer Ablehnung umgehen? Wie würde ich mit einer positiven Antwort umgehen?!

Immer wieder sagte ich mir vor, dass Angst ein schlechter Ratgeber sei, dass ich nichts zu befürchten hätte, dass es das Leben gut mit mir meinte, dass die Welt immer noch etwas Besseres für mich bereitgelegt hätte usw. Aber, als wäre es mir eingeimpft worden, überfiel mich ein unübersehbares Zittern, sobald ich in die Himmelstorgasse einbog. Ich konnte mir einreden, was ich wollte, meine innere Ruhe kehrte nicht wieder. Auch wenn ich wusste, dass ich reiner Geist war und immer sein würde, so hatte mein menschliches Ego diesen ängstlichen Körper in diesem Moment voll im Griff, das musste ich akzeptieren.

„Na schau mal einer an!", sagte Veronika, als sie mir die Tür öffnete. „Mein persönlicher Hausgeist! Mit dir hätte ich jetzt nicht gerechnet."

Das Wohnzimmer war heute blitzsauber. Veronika trug ein schlichtes, gemustertes Kleid, das ihre perfekte Figur nicht weniger betonte als das rote, das sie vorgestern Abend bei mir trug. Mein Gesicht begann zu glühen, als ich sie sah.

„Hallo Bernhard!", rief Eva. „Kommst du, um mit mir zu spielen?"

„Hallo Eva! Ja, das auch!"

„Das ist gut. Weil mein Papa kommt heute auch. Dann können wir ja zusammen spielen."

Das Lächeln gefror auf meinem Gesicht.

„Ach! Dein Papa kommt heute auch?"

„Ja!", sagte Veronika. „Stell dir vor: er hat mir einen Liebesbrief geschrieben! Den ersten in seinem Leben. Wo er doch eigentlich mit Romantik nichts am Hut hat. Das war soooo süß!"

„Schön!", erwiderte ich so trocken wie möglich.

„Du darfst nicht böse sein!", entgegnete Veronika mit einem kindlichen Schmollmund. „Immerhin warst du es, der uns wieder zusammengebracht hat."

Aha!, dachte ich. Jetzt ist es heraus: Sie sind wieder zusammen!

„Weißt du", redete sie weiter, „als wir neulich so über alles sprachen, über das ‚ganz Sein‘ – erinnerst du dich?"

„Jaja."

„Da wurde in mir etwas lebendig, was ich die ganze Zeit vermisst habe. Ich glaube, du hast mir beigebracht, wie es ist zu lieben. Es ist verrückt, ich konnte das wirklich nicht, weil ich es nicht zuließ! Meine Angst davor war zu groß. Und wie du Peter aus seiner Lethargie herausbekommen hast... Er hat mir alles erzählt. Es ist wie ein Wunder! Langsam komme ich zu der Überzeugung, dass du wirklich wie ein Engel vom Himmel gefallen bist."

Sie küsste mich auf die Wange.

Mir wurde schwindelig. Ich musste mich setzen. Jetzt war ich völlig durcheinander. Was Veronika da eben gesagt hatte, war doch genau das, was ich ihr beibringen wollte. Sich darauf zu verlassen, dass sie über die Macht verfügte, alles zum Guten zu wenden. Und hatte ich nicht Peter unbedingt lehren wollen, an seine Größe zu glauben?

Dann läutete es an der Tür und Peter war da.
Ich erkannte ihn kaum wieder. Er sah gepflegt aus, seine Augen leuchteten, sein bislang graues Gesicht hatte eine rosige Farbe angenommen. Mit gemischten Gefühlen sah ich zu, wie sich die beiden umarmten und küssten.
Nie zuvor war mir deutlicher bewusst geworden, dass zwei Geister in mir lebten.
Der eine, der unendliche, der ruhende, erhabene, über allem stehende göttliche Geist. Er glich einem Ozean. Der andere, der schöpferische Freigeist, der sich in unendlich vielen Facetten ausdrücken und immer neu erschaffen will. Der erste gab mir Kraft und Gelassenheit, der zweite wühlte mich auf, setzte mir immer neue Masken auf, zwang mich dazu, mich immer wieder neu zu erfinden und lehrte mich, Wahres vom Falschen zu unterscheiden. Er glich einem rauschenden Wildbach.
Ich konnte nicht umhin, dem Verlangen des zweiten Geistes nachzugeben und Peter Pokorny zu fragen:
„Als ich kürzlich im Englischen Garten war, habe ich Sie gesehen. Es war nett, Ihnen beim Spielen mit Eva zuzusehen. Ich wollte mich schon dazugesellen, aber eine junge Frau kam mir zuvor..."
„Ach, die! War ein richtiger Fußball-Freak. Die hatte richtig was auf dem Kasten. Aber außer über Fußball konnte man mit der über nix reden."
Veronikas Dauerlächeln wurde noch breiter und ich stand im Raum und war froh, als mich Eva auf ein Spiel einlud.

Kapitel 10 - Intermezzo

Ich stand auf dem Balkon meiner schönen Wohnung und sah mir das hektische Treiben der Stadt an. Es tat gut, die Welt aus einem erhöhten Blickwinkel zu betrachten. Es war hier oben leichter, mit der Phantasie zu spielen und zu vergessen, dass ich kurz davor war, die Fähigkeiten eines Geistwesens zu verlieren. Wenn ich wollte, dachte ich mir, könnte ich in einer Sekunde mitten drin sein in diesem Ameisenhaufen. Und ebenso schnell und leicht könnte ich mich von dieser Welt verabschieden und entschwinden in das zeit- und raumlose Kontinuum, aus dem ich gekommen war. Unbewusst richtete ich meinen Blick nach oben, so wie es die Menschen gewöhnlich tun, wenn sie an Gott oder den „Himmel" denken, als ob er hinter den Wolken zu finden wäre. Würde es nicht gut tun, diesen verdreckten, lärmenden, verkorksten Planeten mit seinen problemverliebten Bewohnern zu verlassen? Ich hatte einen Plan, die Menschen mit ihrer Gier nach Geld auszutricksen. Ich dachte, wenn sie Grund dazu hätten, ihre beste Seite hervorzukehren, dann würde es ihnen wie Schuppen von den Augen fallen und sie würden erkennen, dass ihre beste Gabe, ihr größtes Talent, nämlich die Fähigkeit zu lieben, alles andere in den Schatten stellt.

Es gibt ein Gleichnis für ihr Verhalten.

Zwei Esel sind mit einem Strick zusammengebunden. Jeder Esel hat auf seiner Seite einen großen, duftenden Heuhaufen, nur ein paar Meter vor seiner Nase. Beide sind wie hypnotisiert davon und ziehen mit aller Kraft, um zu ihrem Heuhaufen zu kommen. Aber da beide Esel gleich stark ziehen, kommen sie ihrem Haufen nicht näher. Wenn einer von beiden nachgäbe, könnte sich zuerst der eine, dann der andere mühelos sattfressen. Aber da sie nur an sich denken, mühen sie sich vergeblich ab und bekommen gar nichts.

So verhält es sich mit den Menschen. Jeder denkt nur daran, was **er** braucht. Jeder einzelne glaubt, nur, was er für sich selbst tut, kann ihn glücklich machen. Die Vorstellung, was alles möglich wäre, wenn jeder sein Bestes gäbe, damit es allen gut geht, scheint ihnen unheimlich. Denn dazu müssten sie für kurze Zeit aufgeben, was sie sich im Schweiße ihres Angesichts erworben haben. Sie wollen doch alle dasselbe: einen Platz an der Sonne. Einen Ort, wo sie nicht mehr schuften müssen, sondern sich alles kaufen können, was sie glücklich macht. Sie meinen, diese Orte sind rar, daher sei es erforderlich, besser als die anderen zu sein, um sich diesen Ort zu verdienen. Da sie nicht an die Kraft ihres Geistes glauben, mühen Sie sich in der für sie realen materiellen Welt ab, um für sich das Bestmögliche zu erreichen. Sie sind der festen Überzeugung, dass nur die Fleißigsten, die Fähigsten, die Härtesten, die, die über ihre Grenzen gehen können, einen Platz an der Sonne erreichen können. Dort glauben sie zu erhalten, was sie ihr Leben lang vermissen: Sicherheit. Dabei wissen sie doch genau, dass es in ihrer Welt keine Sicherheit gibt. Sobald ein Unglück geschieht, heißt es: „Oh! Was für ein Pech! Wie grausam das Schicksal doch sein kann!" Tatsächlich haben sie rein gar nichts verloren, was irgendeinen Wert hätte. Sie glauben, sie wüssten, was sie glücklich machen würde – ein dickes Bankkonto, Wertpapiere, Immobilien, Freizeit, Urlaub, Macht, Einfluss usw. Sie verstehen nicht, dass diese Dinge auch für sie wertlos sind, sobald sie sie einmal haben. Es gibt Multimillionäre, die sich fast alles kaufen können, was es zu kaufen gibt. Und dennoch beschäftigen sie sich rund um die Uhr damit, wie sie den Staat um die Steuereinnahmen bringen können. Denn sobald die Menschen bekommen, was sie wünschen, wollen sie etwas anderes; wenn sie viel haben, wollen sie noch mehr. Das geht in alle Ewigkeit so weiter.

Es gibt einige, die haben verstanden, dass das Glück, dem sie nachjagen, nur einer Entscheidung bedarf. Leo Tolstoj z.B. sagte: „Willst du glücklich sein im Leben, dann sei es!" und „Man muss daran glauben, dass Glück möglich ist, um glücklich zu sein."

Diese Sätze sind die Wahrheit. Es spielt keine Rolle, ob jemand Millionär ist oder Bettler. Beide können sich entscheiden, glücklich oder unglücklich zu sein. Der Millionär ist am Boden zerstört, wenn seine Yacht nicht von der Steuer absetzbar ist, der Bettler ist schon glücklich, wenn er ein warmes Bett für die Nacht hat. Einem Menschen zu helfen, bedeutet nicht unbedingt, ihm die materiellen Güter zur Verfügung zu stellen, die auch die Reichen haben, es bedeutet zuallererst, ihm zu zeigen, dass es auch für ihn viele Gründe gibt, um glücklich zu sein.

Aber leider gibt es auch Leute, die eines anderen Geistes sind als Tolstoj, und diese sind in der Mehrheit. Wenn man sich anhört, worüber sie reden, wenn sie zusammensitzen! Ihre Unterhaltungen sind Klagewettbewerbe. Alles wird schlecht geredet. Je größer die Katastrophe ist, die sie ins Feld führen, umso mehr Anerkennung gebührt dem Redner. Man übt sich in der Wissenschaft von der schrecklichen, grausamen, ungerechten Welt. Wen kann es da wundern, dass die Bereitschaft zum Glücklichsein bis auf null sinkt?

Während ich mir dies alles auf menschliche Art zusammenreimte, passierte zur selben Zeit etwas auf der psychischen Ebene, die meine Physis sichtbar beeinflusste. Mir wurde bewusst, dass ich meine Augenbrauen zusammen und meine Mundwinkel nach unten zog, dass meine Lippen schmal geworden waren und meine Bauchmuskeln sich verkrampften. Ich war erfüllt von Hass auf diese entsetzlich dumme menschliche Rasse. Ich verachtete sie zutiefst. Ich hatte gute Lust darauf, sie mit Feuer und Schwert von der Erde zu tilgen...

Natürlich war ich entsetzt über diese Gedanken. War das der sogenannte Teufel, der aus mir sprach? War ich in seine Fänge geraten?

Nein, es verhielt sich andersherum. Der Schöpfergeist in mir war in der Tat sehr kreativ und mächtig. Er diente mir, ohne zu fragen. Die Freiheit meines Willens war, ist und bleibt in alle Ewigkeit unantastbar. Wenn ich es wollte, so könnte ich ad hoc einen Teufel erschaffen. Ich könnte ihm dienen und er würde mir die Kraft verleihen, alles umzusetzen, was er von mir will: die menschliche Dummheit vernichten, mit der Wurzel ausreißen, Egoismus ausrotten, Ausbeutung abschaffen, Schädlinge eliminieren...

Wie soll das möglich sein?, werdet ihr nun fragen. Wie kann ein Schöpfergeist, der Teil Gottes ist, so etwas tun?
Die Antwort ist so einfach, dass ihr sie schwer akzeptieren könnt:
Um die Liebe zu erkennen.
In einer Welt, in der nichts anderes herrscht als Liebe, kann ich mich selbst nicht erkennen. Erst wenn ich wie ein fehlendes Puzzleteil aus dem kompletten Bild herausfalle, werden meine Existenz und meine Aufgabe klar. Erst dann weiß ich ganz genau, dass niemand anderes als ich diese besondere Aufgabe erfüllen kann.
Würde ich mich von meinem Hass treiben lassen, wäre ich unfähig, meinen Platz in der Ganzheit einzunehmen. Im Gegenteil: ich würde andere schwache Geister dazu verführen, sich ebenso aus dem großen Ganzen zu lösen. Wir wären wie kleine Kinder, die in einem großen Haus allein gelassen werden. Die Angst würde uns schier zum Wahnsinn treiben und wie Wahnsinnige würden wir Dinge tun, die uns Sicherheit vorgaukeln; vom Keller bis zum Dachboden würden wir im Haus nach Ursachen für unsere Angst suchen und versuchen, uns davor zu schützen. Wir würden vergessen, dass wir nichts von alledem gefürchtet haben, als die Eltern bei uns waren, und dass die Ursache für unsere Angst in uns allein zu suchen ist. Und wir würden nie aufhören, darauf zu hoffen, dass unsere Eltern bald wieder bei uns sein würden.
Diese Erfahrungen sind nötig, um zu erkennen, dass alles, was ist, zur Liebe hinströmt. Es liegt immer in meiner Entscheidung, ob ich als Abtrünniger, als gefallener Engel, Chaos stifte, um zu erkennen, wie eine Welt außerhalb der göttlichen Ordnung aussieht, oder ob ich den direkten Weg gehe und mich in allem für die Liebe in mir entscheide.

„Nein! Nein! Nein! Ich habe immer die Wahl!", rief ich laut hinunter in die Stadt. „Ich wähle die Liebe!"

Da ich also die Liebe wählte und jedwedes andere Gefühl eine Einschränkung der Liebe bedeuten würde, konnte ich nichts anderes zusätzlich wählen. Es war unmöglich, zur selben Zeit liebend und wütend zu sein. Ich musste alle anderen Gefühle in mir auslöschen, um wahrhaftig lieben zu können. Als Geistwesen war ich ohnehin im beständigen Zustand der Liebe, im unendlichen, stillen, tiefen Ozean. Als Mensch jedoch war ich eine Nussschale auf einem reißenden Fluss. Wo auch immer mir mein Körper anzeigte, dass ein anderes Gefühl als Liebe von ihm Besitz ergriff, musste ich mit bedingungsloser Liebe antworten.

Kapitel 11 - Mut

Zögerlich und behutsam mischte ich mich wieder unter die Menschen. Wie stark war meine Fähigkeit zu lieben? Solange ich im Wald war, fiel es mir leicht, meine Liebe zu allem in mir groß werden zu lassen. Wie würde es mir in der Stadt ergehen? Ich hatte immer geglaubt, es sei schön und das Natürlichste auf der Welt, anderen Menschen zu begegnen, ihr Äußeres zu taxieren, sie anzusprechen, Gemeinsamkeiten zu entdecken, miteinander zu reden und zu spielen im besten Sinne des Wortes. Es gelang mir dann und wann, meistens erst spät am Abend, da waren die Leute nicht mehr unter dem Diktat der Zeit. Meistens jedoch konnte ich bis dahin keine Gesichter mehr sehen, ohne mich abzuwenden und zu hoffen, nicht angesprochen zu werden. Warum? Es waren zu viele zur gleichen Zeit! Mein Gehirn hatte gar nicht die Kapazitäten, um alle Bilder der Personen, die ich pausenlos wahrnahm, einzuordnen. Um einen Menschen an sich heranzulassen und sich auf ihn einzustellen, brauchte ich wenigstens zehn Minuten. In wenigen Sekunden erhielt ich Hunderte von Bildern, zum Teil nur Bruchstücke, die Eingang in mein Gehirn fanden, ob ich wollte oder nicht, und die mein Gehirn beschäftigten. Und nicht nur Bilder! Geschriebene und gesprochene Informationen, Gerüche, Geschmäcker, Wortfetzen, Geräusche, Assoziationen an Bekanntes - alles das wurde zu einer enormen Herausforderung für meinen Denkapparat, der sich bemühte, alles so in das Gedächtnis einzuordnen, dass ich es zu gegebener Zeit wieder abrufen konnte. Ich erlebte diese Sisyphusarbeit als Müdigkeit und Trägheit, auch als Kopfschmerzen und vor allem als unbewusstes Bemühen um Distanz zu anderen Menschen. Die Kirchen wurden zu meinen Lieblingsorten in der Stadt. In ihrer Stille und Dunkelheit konnte ich mich beinahe so gut ausruhen wie im Wald.

Trotzdem - ich war ein Geistwesen und nicht von den Funktionsweisen meines Körpers abhängig. Ich musste mich daran erinnern, immer wieder von neuem, um nicht zum Menschenhasser zu werden...

Ich stand an einer Kreuzung, die Fußgängerampel hatte eben auf grün umgeschaltet. Ein junger Mann in einem getunten Wagen mit überbreiten Rädern und Sportauspuff gab so viel Gas, dass die Reifen schrill kreischten und einen beißenden Geruch nach verbranntem Gummi zurückließen. Neben mir gingen zwei leichtbekleidete Mädchen über die Straße, ohne ein einziges Mal den Blick vom Handy zu lassen; sie rechneten wohl damit, dass alle anderen ihnen auswichen, anstatt umgekehrt. Vor dem Einkaufszentrum auf der anderen Seite saß ein junger Mann am Boden, vor sich ein Karton mit der Aufschrift „Ich habe Hunger! Bitte helfen Sie mir!" Auf einem vor ihm ausgebreiteten Tuch lagen einige Münzen. Ich griff zu meiner Geldbörse, doch dann entschied ich mich doch anders, denn dieser Mann sah ganz und gar nicht aus wie jemand, der schon länger als einen Tag hungerte. Er war ein bisschen fett, seine Hände waren zart wie die einer Frau und im Übrigen wirkte er kerngesund. Ich sah nicht ein, dass jemand, der keine Lust hatte zu arbeiten, auf diese Weise das Mitleid der Mitmenschen ausnützte.

Und schon begann sich wieder Hass in mir auszubreiten. Meine Augenlider verengten sich, alle Muskeln spannten sich an. Ich sollte dem Hass Liebe entgegensetzen, aber wie?!

Wie konnte ich Liebe für Menschen empfinden, die dumm und unsozial waren?

Während ich meine Unfähigkeit erkannte, gemäß meinen Vorsätzen zu handeln, steigerte sich meine Wut nur noch mehr. Jetzt war ich auch noch auf mich wütend. Ich sah die Menschen, denen ich auf dem überfüllten Trottoir ausweichen musste, böse an. Ich hätte sie am liebsten mit Faustschlägen zur Seite gedrängt, weil sie es wagten, mich in meinem Gedankenfluss zu behindern. Eine Gruppe Studenten stand am Straßenrand und machte mit Mundharmonikas und Trommeln Musik. Ich hasste sie dafür, dass sie fröhlich sein konnten und ich nicht. Sie durften das einfach nicht! In dieser Welt, in dieser missratenen Stadt gab es Grund genug, zornig zu werden. Wer lachend durch die Menschen-

massen ging, war doch in höchstem Maße naiv oder verblendet.

Während ich so zeternd dahinstiefelte, erkannte ich den
Ort wieder, an dem ich vor zwei Monaten die erste Nacht
auf diesem Planeten verbrachte. Es war der kleine Park, an
dem mir eine Bank als Nachtlager gut genug erschienen
war. Damals war ich selbst noch ganz schön naiv. Ich wusste nichts über die Menschen. Ich kannte ihre Gier und ihre
Selbstsucht noch nicht. Ob ich mich damals deshalb so
glücklich gefühlt hatte?

Plötzlich überkam mich eine Erkenntnis!

Warum brachten mich die geringsten Fehler der Menschen
so in Rage? Warum empfand ich ihre Verfehlungen als per-
sönliche Verletzung? Was machte mich so verletzlich?
Die Antwort wusste ich längst; ich wagte sie nur nicht aus-
zusprechen. Jetzt überkam sie mich wie ein heftiger Wol-
kenbruch. Ich war der Meinung, es sei meine Aufgabe, die
Verhaltensweisen der Menschen zu beurteilen. Ich unter-
teilte sie in solche, die ich mochte, und solche, die gefähr-
lich für mich waren. Mich selbst hielt ich für erhaben über
derartige Kategorien. Ja, im Grunde spielte ich mich auf,
als sei ich der Größte unter ihnen. Mein Größenwahn war
schuld daran, dass ich meine Liebe verloren hatte.
Als diese Erkenntnis zum ersten Mal beim Namen genannt
war, wurde mir das ganze Ausmaß meines Wahnsinns bewusst. Ich dachte tatsächlich, dass Gott von diesen Dingen
auf der Erde nichts verstünde. Er müsse es schon mir überlassen, Ordnung und Disziplin in diesen Sauhaufen zu bringen. Ich fühlte mich natürlich von winzigen Verstößen zutiefst verletzt, weil mein Ego verletzt wurde, das mir die
ganze Zeit über eingeredet hatte, ich sei in der Lage, die
Fehler, die Gott bei seiner Schöpfung unterlaufen seien, zu
bereinigen. Jedes Mal, wenn etwas anders verlief, als ich es
erwartete, wurde mir unbewusst verdeutlicht, dass ich der
allergrößte Versager war; das war es, was mich verletzte!
Ich verhielt mich wie das alleingelassene Kind, das seine
Angst dadurch zu vertreiben suchte, dass es vor jeder Tür

laut rief: „Komm heraus! Ich weiß, dass du da drin bist!",
um vermeintliche Einbrecher und Monster zu vertreiben.
Oh mein Gott! Was hatte ich nur angerichtet? Ich hatte eine
Lotterie veranstaltet, um die Menschen besser zu machen!
Wie blind war ich doch! Die Menschen können nicht besser
gemacht werden. Sie sind perfekt – so, wie Gott sie schuf!
Es gibt nur eine Sache zu tun: Ihnen zu sagen, dass sie
sämtlich unschuldig sind und dass sie die Erlaubnis haben zu
lieben!

Als mir das klar geworden war, veränderte sich alles. Jetzt
war ich es, der lachend durch die Straßen ging und die
missmutig Dreinschauenden bedauerte. Ich hörte damit auf,
jeden und alles zu bewerten. Es war ohnehin alles bedeutungslos. Das Einzige, das sich durch meine bewertende
Beobachtung veränderte, waren **meine** Stimmung, **meine**
Gedanken, **mein** Wohlbefinden und **meine** Gesundheit. Was
sich im Außen scheinbar veränderte, war keine wirkliche
Veränderung; es war meine Interpretation dessen, was ich
wahrnahm. Die ganz entscheidende Folge meiner negativen
Sicht auf meine Umgebung war schwerwiegend: Sie hatte
mir meine Fähigkeit zu lieben gestohlen.
Nun aber warf ich den Bettlern ein Geldstück in den Hut,
nicht um der guten Tat wegen, sondern um ihrem Willen
gemäß zu geben. Ist nicht auch Jesus mit seinen Jüngern
bettelnd von Haus zu Haus gegangen? Wer kann schon wissen, was richtig und was falsch ist? Gibt es überhaupt „richtig" und „falsch"? Ist es die Aufgabe eines Menschen, über
die Lebenden und die Toten zu richten?

Ich, Bedad, das Geistwesen, weiß, dass es in der Unendlichkeit weder Schwarz noch Weiß, weder Schatten noch Licht
gibt. Denn alles, was ist, ist Gott. Doch ich, Bernhard Engel, der Mensch, denkt mit dem Geist und fühlt mit dem
Körper eines Menschen. Das tue ich aus dem einzigen Grund
– um auszudrücken, wie Gott ist. Das ist nicht mehr und
nicht weniger als meine Mission: Das Wesen der Göttlichkeit
zu erklären.

Ich erkannte nun, dass alles weitaus weniger kompliziert war, als ich zwischendurch dachte. Ich brauchte nur ein guter Mensch zu sein, wobei „gut" sich alleine darauf bezog, wie Gott mich sehen wollte. Um in dieser Welt ein guter Mensch zu sein, dazu brauchte es erst einmal eine gehörige Portion Mut.

Alles, was sich die Menschen erdacht haben und woran sie seit Jahrhunderten festhalten, ist bedeutungslos. Diese Aussage klingt in ihren Ohren wie eine reine Provokation. Aber es ist so, ich kann es nicht schönreden. Politische Systeme wie parlamentarische Demokratien werden buchstäblich bis aufs Messer verteidigt, weil man sich so sicher ist, dass alles andere den Untergang bedeuten würde. Welch ein Wahnsinn, eine Staatsform mit riesigen, hochgerüsteten Armeen zu verteidigen! Wie viel Angst muss jemand haben, um so auf erdachte Bedrohungen zu reagieren?
Meine neue Erkenntnis fand ich auch in der Bibel bestätigt. (Ja, ich kenne mich in der Bibel aus! Auch wenn sie für mich nicht heiliger ist als das gesamte Universum.) Unter vielen unrichtig zitierten Texten, findet man immer wieder Aussagen, die den Geist widerspiegeln, in dem sie gesagt wurden. Wie z.B. im Matthäus-Evangelium, Kapitel 6, Vers 39ff.:
Ich aber sage euch: Leistet dem, der euch etwas Böses antut, keinen Widerstand, sondern wenn dich einer auf die rechte Wange schlägt, dann halt ihm auch die andere hin!
Und wenn dich einer vor Gericht bringen will, um dir das Hemd wegzunehmen, dann lass ihm auch den Mantel!
Und wenn dich einer zwingen will, eine Meile mit ihm zu gehen, dann geh zwei mit ihm!
Wer dich bittet, dem gib, und wer von dir borgen will, den weise nicht ab!

Verstehst du, was damit gemeint ist?
Du hast nichts zu verlieren! Es gibt nichts zu verteidigen, weil du noch nie etwas besessen hast.

Ich weiß, das hört sich für dich zu radikal an. Du müsstest dein Leben komplett verändern, um diesen Zeilen gerecht zu werden. Ich sagte ja bereits: Mut ist gefragt.

Vielleicht denkst du jetzt, ich sei ein Schwächling, ein Opportunist ohne eigene Meinung, so fest in seinen Überzeugungen wie ein Blatt im Wind. Du darfst über mich denken, was du willst, ich werde dir deshalb nicht zürnen. Aber lass mich dir raten, in Frage zu stellen, ob es dich glücklicher macht, zu allen Dingen eine feste Meinung zu haben.
Oder wenn du glaubst, ich weiche den Konfrontationen aus, die unweigerlich auf mich zukommen würden, dann irrst du dich.

Ich suchte die Orte auf, die ich einst verdammt hatte. Und davon gab es mehr als genug.
Dieses Wirtshaus zum Beispiel, das ich vor einigen Wochen mit einem Brechreiz in der Kehle verlassen hatte... Ich setzte mich auf denselben Platz wie damals. Ich bestellte mir nur ein Glas Wasser und beobachtete die Menschen, ohne sie zu verurteilen. Ich sah in ihre grauen oder auch roten, aufgeschwemmten Gesichter, und fühlte tiefes Mitleid. Sie waren unschuldig. Nicht, dass sie es nicht besser wussten; den meisten von ihnen war klar, dass ihre Lebensweise sie krank machte. Sie verharrten in ihrem Alltagstrott, weil sie nicht mehr daran glauben konnten, dass es in der Welt noch Schönes gab. Die Welt der Menschen hatte viel versprochen und nichts gehalten. Die andere Welt, die Ewigkeit Gottes, aus der wir alle kommen und die ihnen alles geben konnte, was sie sich je erträumt hatten, die hatten sie vergessen. Meine Aufgabe war es, sie an diese Welt zu erinnern. Das funktionierte nicht mit Worten, die oft als Quelle der Missverständnisse bezeichnet werden – es funktionierte auf einer höheren Ebene.
Ich hatte meine Seele durch Verzicht auf Urteile jeder Art befreit. Daher war sie nicht mehr durch Ärger und Wut, durch Abscheu und Verachtung beschmutzt und blockiert und konnte meine Liebe frei transportieren. Jede Seele leuchtet unaufhörlich. Wäre sie von den dunklen Schleiern

der falschen Wahrnehmung verhüllt, würde jeder Mensch leuchten wie eine kleine Sonne. Es fiel mir in meinem gegenwärtigen Zustand leicht, meine Seele zum Leuchten zu bringen und das Licht zu den verdunkelten Seelen der Menschen in diesem Raum zu senden. Mehr bedurfte es nicht. Und schon geschah es: Sie regten sich, hörten auf zu essen, sahen sich selbst und einander an, als hätten sie lange und tief geschlafen. Viele weinten, manche lachten, ein paar umarmten sich. Ein sehr korpulenter Mann tappte schwerfällig auf mich zu und blieb zitternd vor mir stehen.

„Meine Frau... sie müssen sie sehen... in meiner Wohnung, bitte!"

Er streckte seine Hand nach mir aus und ich legte nickend meine darein.

Wir hatten nicht weit zu gehen. Eine Querstraße weiter betraten wir einen alten Wohnblock; die Wohnung lag im Erdgeschoß. Ich folgte dem Mann in einen dunklen Flur.

„Martha!", rief er. „Ich habe jemanden mitgebracht! Schau nur!"

Wir standen vor einem Bett, in dem schwer atmend eine Frau lag. Daneben stand eine Sauerstoffflasche mit Atemmaske.

„Lungenkrebs", flüsterte mir der Mann zu. Die Frau war noch dicker als ihr Mann. Nur mit Mühe konnte sie ihre verschwollenen Augenlider öffnen. Ich ignorierte die stickige Luft und die staubigen Vorhänge, ebenso wie den beißenden Geruch, der von ihr ausging. Natürlich registrierte ich auch den vollen Aschenbecher neben dem Bett, aber das alles hatte in diesem Augenblick keine Bedeutung. Ich befahl meinem Geist zu schweigen. Ich ließ mein Licht leuchten und mit ihm die ganze Liebe, derer ich fähig war.

Als mein Licht auf die Frau übergesprungen war, veränderte sich ihr Blick innerhalb weniger Sekunden. Sie richtete sich trotz ihrer Körperfülle auf und streckte die Arme zu mir aus. Nun sah ich in ihren Augen ein Licht, wie ich es bei keinem Menschen bisher gesehen hatte. Es kam direkt aus ihrer Seele. Ein überirdisches Leuchten – die reine Liebe, als würde Gott selbst mich ansehen. Tränen liefen über ihr Gesicht. Ihr Mann setzte sich zu ihr und drückte ihren Kopf an seine Brust. Dann sackte sie zusammen und hörte auf zu atmen.

Der Mann legte ihren Leib sanft zurück in das Kissen. Dann drückte er meine Hände und schluchzte, dass es ihn nur so schüttelte.

„Ich danke Ihnen! Jetzt weiß ich, dass sie nicht mehr leiden muss. Ich glaube... ich weiß, dass sie in diesen letzten Sekunden verstanden hat. Kein Zorn mehr, keine Enttäuschung – nur Liebe."

Spät am Abend besuchte ich eine angesagte Diskothek. Ich wollte herausfinden, wie ich damit umgehen könnte, den jungen Leuten dabei zuzusehen, wie sie ihr Geld (oder das ihrer Eltern) dafür ausgaben, laute Musik, grelle Lasershows und überteuerte Getränke zu konsumieren.

Ich zahlte 15 Euro Eintritt und musste mich von einem Türsteher durchsuchen lassen, um eine Halle betreten zu dürfen, die für mich eher einen Vorhof zur Hölle darstellte als einen Vergnügungstempel. Die Lichteffekte waren so extrem, dass ich kaum noch den Boden unter meinen Füßen erkannte; zusammen mit der Musik, die immer knapp unter der Schmerzgrenze blieb, zerhackten sie den Raum in Einzelstücke und die Zeit in Sequenzen, die kein durchgängiges Gefüge mehr erkennen ließen. Vor mir wogte und zuckte eine unüberschaubare Menschenmenge zu den Beats der Musik. Es fiel mir schwer, überhaupt etwas Menschliches aufzugreifen; wenn mir jemand gesagt hätte, es seien Androiden, die dort auf der Tanzfläche ein Programm abspulten, hätte ich es vielleicht geglaubt.

Aber nein! Meine Aufgabe war es auch hier nicht, Urteile zu fällen. Meine Aufgabe war es einzig und allein zu lieben. Wieder ließ ich mein Licht von innen heraus strahlen. Zufrieden stellte ich fest, dass es noch heller strahlte als mehrere tausend Watt an künstlichem Licht. Im Nu wurden die Bewegungen der Tänzer langsamer. Ein paar Leute schoben andere zur Seite, um zum Ausgang zu gelangen, und immer mehr drängten sich an mir vorbei, um die Disco möglichst schnell zu verlassen. Draußen atmeten sie tief ein und aus und rieben sich die Augen. Wortlos und ohne sich einander noch Blicke zuzuwerfen, gingen sie in alle Richtungen auseinander.

Was war geschehen? Ich liebte diese jungen Menschen, weil sie näher an der Wahrheit standen als viele Erwachsene. Sie wussten, dass ihnen die Welt, die sie mit ihren fünf Sinnen wahrnahmen, niemals das würde bieten können, was sie ersehnten. Sie wandten sich von dieser enttäuschenden Realität ab und suchten diese künstliche Scheinwelt jenseits der Sinne auf. Musik, Lichteffekte und Alkohol halfen ihnen für kurze Zeit dabei, zu vergessen, an welch trostlose Welt sie glaubten, gefesselt zu sein. Was ich tat, war kein Zauberkunststück und keinesfalls eine Manipulation. Ich brachte die Seelen der jungen Menschen zum Glühen, damit sie nicht mehr ignoriert werden konnten. Anders als die Welt habe ich den Menschen keine neuen Bedürfnisse eingeimpft, sondern sie an das einzige Bedürfnis erinnert, das es wert ist, erfüllt zu werden: die Wiedervereinigung mit Gott.

Aber das war noch nicht das, was meinen ganzen Mut erfordert hätte. Meine nächste Wirkungsstätte war abscheulicher als alles andere.

Ich suchte einen Schlachthof auf.

Ich spürte das Entsetzen bereits lange, bevor ich das Gelände betrat. Je näher ich kam, umso schwerer wog die Last des Leides auf mir, das sich wie ein Leichentuch auf die gesamte Umgebung legte und alle Lebensfreude erstickte. Schritt für Schritt ging ich auf das große Gebäude mit den nackten, kalten Wänden zu. Immer wieder hielt ich inne und war mehr als einmal kurz davor, wieder umzukehren. Dann musste ich beobachten, wie die brüllenden Rinder vom Viehtransporter hineingetrieben wurden; um wie viel stärker als ich mussten sie den Geruch des Todes ihrer Artgenossen wahrnehmen! Ich ging so nahe darauf zu wie ich es schaffte, ohne vom Verwesungsgeruch ohnmächtig zu werden. Dann sah ich in das angstgeweitete Auge einer Kuh und sah die Tränen, die sie weinte, um ihr eigenes Leben oder um das ihrer Verwandten, und begann selbst zu weinen.

Ich liebte diese unschuldigen Kreaturen, kein Zweifel. Es war so leicht, sie zu lieben. Es war nicht nötig, sie an ihre reine Seele zu erinnern. Aber wie sollte ich die Menschen lieben, die an diesem teuflischen Ort arbeiteten, die Tiere Tag für Tag mit Stockschlägen hineintrieben in die grausame Maschinerie, die tausendfach töteten, Kadaver zerteilten und entsorgten? Ich weinte um die armen Geschöpfe und um die Menschen, die diesen entsetzlichen Dienst verrichten mussten – oder wollten? Wie mochten ihre Herzen aussahen, überkrustet mit Gleichgültigkeit, benebelt vom Dunst des täglichen Geschäfts? War es überhaupt möglich, diese zu Blutpumpen verkümmerten Herzen jemals wieder zu beseelen?

Ich weinte so lange, bis meine Augen keine Tränen mehr hergaben, dann verließ ich diesen fürchterlichen Ort.

Am nächsten Tag kamen mir Berichte zu Ohren, dass Mitarbeiter des Schlachthofes vorsätzlich Tiere befreit hätten und am nächsten Tag nicht mehr zur Arbeit erschienen seien. Ich atmete erleichtert auf. Es fand sich doch noch Leben in ihren Herzen, und mochte es noch so unwahrscheinlich sein.

Es ist schwer vorstellbar, dass ein Geistwesen, das die Form eines Menschen annimmt und in seinem Ursprung so unschuldig ist wie ein Tier, die Freiheit des eigenen Willens dazu nutzt, seine Brüder und Schwestern in der Gestalt von Tieren auf diese Weise zu behandeln. Ein Geistwesen sieht sich nicht getrennt von den anderen: was ihm zum Nutzen ist, ist allen von Nutzen. Die Liebe eines Tieres wäre sogar groß genug, seinen Leib zu opfern, um das Leben anderer zu erhalten, wenn es in Not ist. Aber wo ist hier im reichen Europa Not?

Ein Wesen, das vom reinen Geist beseelt ist, weiß: Wer einem anderen Gutes tut, tut sich selbst etwas Gutes. Wer einem anderen schadet, schadet auch sich selbst. Es würde niemals verstehen, welchen Sinn es hätte, einem von ihnen Schmerzen zuzufügen, wo es doch diesen Schmerz ebenso stark an sich selbst erleiden müsste.

Und dennoch vergessen die Mensch gewordenen Geistwesen diese einfache aber grundlegende Wahrheit. Schlimmer noch: Sie erfinden Methoden, um sich gegenseitig auf möglichst perfide Art zu quälen und zu foltern und zu töten. Was ist die Ursache für diese völlig entartete Denkweise?

Ich habe es auf mich genommen, derartige Verhaltensweisen zu beobachten, überall auf der Welt. Noch viele Orte und Länder habe ich besucht, um sie mit meiner Liebe zu heilen. Ich habe unter Tränen dabei zugesehen, wie aus Menschen wahre Bestien geworden sind, im Krieg, aber auch im privaten Umfeld. Ich habe Milliardäre bei ihren heimtückischen, destruktiven Schachzügen begleitet, mit denen sie Kriege anzettelten, um noch ein paar Milliarden mehr auf ihren Konten zu stapeln. Und immer habe ich dem Hass Liebe entgegengehalten. Ja, ich war so mutig und habe denen, die öffentlich als Abschaum der Menschheit gebrandmarkt wurden, meine Liebe gegeben. Ich hätte mich selbst zum Opfer ihrer pervertierten Weltanschauung gemacht, wenn es nötig gewesen wäre. Denn da wir alle eins sind, ist meine Verantwortung für alles, was geschehen ist, ebenso groß wie die eines Verbrechers. Ich sage bewusst „Verantwortung", denn „Schuld" gibt es nicht, weil es für die Schuld keine Ursache gibt, außer dem ersten Wort, das Gott am Anbeginn der Zeit gesprochen hat, und dort ist Gott und nur Gott und Gott spricht niemanden schuldig.

Jeder, ausnahmslos jeder, ist ein Opfer seines Glaubens, von Gott verlassen worden zu sein. Aus diesem Grund, um die Getrenntheit zu erfahren, sind wir Menschen geworden. Selbst Jesus sprach in seiner bittersten Stunde die Worte: „Mein Gott, mein Gott, warum hast du mich verlassen?"
Wir alle kennen die Erfahrung der bitteren Enttäuschung, wenn etwas Schmerzliches geschehen ist, obwohl wir Gott darum gebeten haben, zu helfen. Der Schmerz trübt unser Urteilsvermögen. Wir sind dann wie Kinder, die sich von ihren Eltern zu Unrecht bestraft sehen. So wie sie wollen wir den Eltern – Gott - begreiflich machen, dass sie sich

geirrt haben. Nun können wir aber nicht mit ihnen reden, um unsere Sicht zu erklären, denn wir hielten es nicht aus, noch einmal bestraft zu werden. Wir wünschten, die Eltern würden von sich aus begreifen, dass sie einen Fehler begangen haben. Wir möchten reingewaschen werden, wir wollen alle Verletzungen rückgängig machen, so dass wir wieder ohne Einschränkungen geliebt werden. Doch die Verletzung durch unsere Eltern lastet so schwer auf uns, dass wir ihnen nicht verzeihen können. Wenn wir nur begreifen würden, dass ihre Liebe zu uns dadurch um kein i-Tüpfelchen geschmälert worden ist! Doch da wir blind für diese Wahrheit sind, beharren wir in dem Glauben, ungeliebt und unverstanden zu sein. Und so bleibt uns nur eine Lösung: Wir zeigen den Eltern, dass wir genauso schlecht sind, wie sie glauben, dass wir sind, in der leisen Hoffnung, sie mögen dadurch erkennen, wie sehr sie sich in uns getäuscht haben. Wir tun schlimme Sachen, und immer noch mehr und noch schlimmere, um sie dadurch zur Konfrontation zu zwingen. Wir wollen sie zwingen zu begreifen, dass dieses eine Vergehen zu Unrecht bestraft wurde. Wir wollen schon lange keine Nachsicht und kein Verständnis mehr für die anschließend begangenen Untaten; diese sind nur Mittel zum Zweck. Wir wollen nur von ihnen hören: „Wir haben uns geirrt. Verzeih uns! Wir lieben dich!"
So wie Kinder fühlen und denken Menschen, die abscheuliche Verbrechen begehen. Sie wollen nur von Gott hören: „Ich habe dir Unrecht getan! Verzeih mir! Ich liebe dich!" Für die Wahrheit, dass Gott sie immer noch ohne Einschränkungen liebt, sind sie blind.

Wir alle hätten die Fähigkeit, solche Menschen an die unzerstörbare Liebe Gottes zu erinnern. Wir könnten Gott mit unserer Liebe zu ihnen ausdrücken. Dann fühlte sich der Mensch verstanden und müsste nicht länger nach Gott rufen. Wir könnten Heiler sein wie Jesus Christus, Söhne und Töchter Gottes.

Als ich die Abgründe des Menschseins durchschritten hatte, suchte ich Erholung in meinem Wald. Ich legte mich ins

Moos und ließ mich von den Singvögeln in den Schlaf geleiten. Ich wusste, dass ich nicht tiefer fallen konnte als bis in Gottes liebende Hände. Was ich nicht wusste, war, dass wunderbare Dinge passierten, sobald man aufhörte, Ereignisse kontrollieren zu wollen. Ich träumte, ich läge auf dem heißen Sand einer Wüste, und mein Körper wäre von der Hitze ausgedörrt und so schwach, dass ich mich nur noch kriechend fortbewegen konnte. Ich suchte den Horizont nach Wolken, nach Palmen, nach Tieren ab, die mir Hinweise darauf geben könnten, wo sich eine Oase befand, aber außer kilometerlangen Sanddünen und einem stahlblauen Himmel war nichts zu sehen. Also ergab ich mich meinem Schicksal, legte mich in den heißen Sand und wartete auf mein Ende. Als ich erwachte, lag ich fast vollkommen unter Wasser, denn nachts hatte es zu regnen begonnen und das ausgetrocknete Bachbett, in dem ich lag, war mit Wasser gefüllt.

Als ich aus meinem Traum erwachte, lag ich tatsächlich durchnässt im Wald, denn auch hier hatte es geregnet. Ich fror und sehnte mich nach meiner Wohnung zurück, nach einem heißen Tee und einer warmen Decke.

Die Straßen der Vorstadt waren ungewöhnlich ruhig. Es war kaum jemand zu sehen. Selbst das Verkehrsaufkommen in der City war so gering, dass man ohne Probleme über die Hauptstraßen gehen konnte. Zuversicht stieg in mir hoch und verdrängte die Hoffnungslosigkeit aus meinem Herzen. Ein Gefühl wie dieses hatte ich in der Stadt noch nie. Es roch nach freudiger Erwartung und unendlichem Frieden. Trotz meiner nassen Kleidung hatte ich es nun nicht mehr so eilig, nach Hause zu kommen. Vor einem Elektroartikelladen stand eine Menschentraube und starrte gebannt durch das Schaufenster, wo mehrere Fernsehgeräte das aktuelle Programm zeigten. Fröstelnd stellte ich mich dazu und hörte die Nachrichten, die über einen Lautsprecher nach außen geleitet wurden.

„… Mit Spannung wurde in den vergangenen Tagen das Ergebnis des anonymen Milliarden-Spiels erwartet. Wer würde die Milliarde gewinnen? Oder war das Ganze vielleicht doch nur ein schlechter Scherz? Würden alle Wechsel, die zu Tausenden ausgestellt wurden, nun platzen? Was würde mit den vielen Privatkrediten passieren, wenn sie nicht mehr zurückgezahlt werden können, weil es keine Milliarde gab?

Die meisten Banken hatten bereits angekündigt, morgen zu schließen, um panikartigen Aktionen der Anleger zuvorzukommen. Doch nun kam alles anders.

Einige der reichsten Bürger dieses Landes haben sich zusammengetan und eine überraschende Aktion ins Leben gerufen. Wir haben mit Ludger Mühlenbek gesprochen, einem der federführenden Architekten der Aktion ‚Rettet die Menschheit!'."

Auf dem Bildschirm wurde nun ein Herr in grauem Sakko und Stirnglatze eingeblendet.

„Herr Mühlenbek, würden Sie den Zuschauern bitte erklären, was Sie zu diesem einmaligen Schritt bewogen hat?"

„Das Ganze war eine sehr spontane Idee. Wenn mir jemand vor einer Woche gesagt hätte, dass ich so etwas veranstalten würde, hätte ich ihm den Vogel gezeigt. Aber ebenso spontan, wie diese Idee kam die Erkenntnis über mich, dass dieses Land nur dann Fortschritte machen würde, wenn wir nicht an unserem Reichtum festhalten, sondern ihn auf möglichst viele Menschen verteilen."

„Was hat dieses ominöse Milliarden-Spiel damit zu tun?"

„Ich weiß nicht, was der Erfinder dieses Spiels im Sinn hatte. Aber eines wurde von Tag zu Tag klarer: es würde zu einer Katastrophe unermesslichen Ausmaßes führen. Dabei wäre der Zusammenbruch des Bankensystems noch der geringste Schaden. Denn der ist aller Voraussicht nach sowieso nicht mehr aufzuhalten. Wissen Sie, ich konnte doch nicht zusehen, wie Menschen ihre Existenzen, ja, ihren Lebenssinn mit der Minimalchance des Supergewinns verknüpfen. Mir wurde klar, dass sich menschliche Dramen abspielen würden, wenn der Tag der Auszahlung kommt. Und plötzlich machte es klick und die Idee war geboren."

„Die Idee, Privatgeld zu verteilen?"

„Ja. Die Menschen sollten aufhören, zu glauben, Geld würde alle ihre Probleme lösen. Diese Illusion konnte doch nur entstehen, weil wir, die Superreichen, das Geld horten. Aber wer weiß denn schon, was wir, was ich tatsächlich mit dem Geld mache? Ich investiere, um Werte zu schaffen. Damit trage ich ein großes Maß an Verantwortung. Dabei habe ich vermutlich weniger Freizeit als der Durchschnittsbürger. Und das ist es bestimmt nicht, was die meisten Menschen wollen."

„Sehen Sie denn nicht die Gefahr einer Inflation."

„Diese wird – wenn auch nur im geringen Maße – kommen. Aber das werden wir verkraften. Im Übrigen sehe ich darin auch wieder eine Chance für einen Neubeginn."

„Wie dürfen wir das verstehen?"

„Träumt denn nicht jeder von einem Lottogewinn, davon, an einem Pool zu liegen mit einem Drink in der Hand, völlig ohne Stress zu leben? Aber genau das ist ein Trugschluss. Wir haben Arbeit als etwas Negatives definiert. Die meisten Leute sagen sich: Wozu arbeiten, wenn ich nicht muss? Als ob nichts tun positiv wäre."

„Ist das nicht verständlich?"

„Nicht, wenn die Arbeit als Freude und Befriedigung empfunden wird. Ich zum Beispiel müsste aus finanziellen Gründen nicht mehr arbeiten und tue es trotzdem, weil ich meine Kreativität ausleben will. Ich will gestalten, Dinge immer noch besser machen, die Lebensumstände immer noch besser machen. Wenn das jeder sagen würde, wären die Menschen glücklich, ohne immer vom Reichtum zu träumen."

„Aber wer hat denn schon die Möglichkeit, in seiner Arbeit kreativ zu sein? Die Putzfrau oder der Müllmann wohl nicht."

„Damit sind wir wieder bei einer Diskussion, die schon Marx publik gemacht hat. Welchen Wert hat die Arbeit, wenn ich ein unbedeutendes Rädchen in einer gigantischen Maschinerie bin, wenn ich das Endergebnis gar nicht sehe? Ich bin der Meinung, ich kann überall kreativ sein. Inzwischen gibt es selbstreinigende Toiletten und der beste Müll ist der, der gar nicht erst entsteht. Jeder kann an seinem Arbeitsplatz etwas Kreatives tun, wenn er will und – das muss unbedingt dazugesagt werden - wenn er angehört wird."

„Und wenn das dazu führt, dass er seinen eigenen Arbeitsplatz abschafft?"

„Wenn die Arbeit auch von einer Maschine erledigt werden kann, dann ist es besser so. Dafür werden neue und bessere Arbeitsplätze entstehen."

„Was kann Ihre Aktion dazu beitragen?"

„Das will ich Ihnen gerne erklären. Es hat im Grunde mit einer veränderten Rolle des Geldes zu tun. Geld soll keinen Selbstzweck haben. Es war ursprünglich ein Tauschmittel, ein Äquivalent zu einer Dienstleistung oder Ware. Das ist schon lange nicht mehr so. Und darum empfinden die meisten Menschen die Geldwirtschaft als ungerecht. Mit der Geldspritze von ‚Rettet die Menschheit!‘ bekommen auch die Geringverdiener und Arbeitslosen die Chance auf einen Neuanfang. Niemand soll sagen müssen, er sei sozial benachteiligt."

„Damit übernehmen Sie praktisch die Rolle des Sozialstaates."

„Mit dem Unterschied, dass sich niemand, der von uns Geld bekommt, als Sozialfall registrieren lassen muss. Das Geld wird bar verteilt. Wir haben ein gut funktionierendes Netzwerk, das diese Aufgabe übernimmt."

„Bekommt also jeder Geld von Ihnen, auch die Reichen, die es gar nicht brauchen?"

„Wir versuchen natürlich, das Geld nur den ärmeren Bevölkerungsschichten zukommen zu lassen. Aber es ist schwierig, hier eine klare Grenze zu ziehen. Wenn wir mal jemandem Geld geben, der es nicht braucht – was soll's? Wir wollen hier schließlich keine zusätzliche Bürokratie aufbauen."

„Rechnen Sie nicht mit Beschwerden?"

„Wer sich beschwert, ist das Geld nicht wert."

„Aber wenn nun die Menschen, die das Geld bekommen, beschließen, sich auf die faule Haut zu legen, anstatt zu arbeiten?"

„Dann werden sie bald die Quittung dafür bekommen. Die Inflation wird einiges von ihrem Geld auffressen. Aber ich glaube gar nicht, dass die Faulheit um sich greift. Es wird ein Umdenken stattfinden. Es wird nicht mehr erstrebenswert sein, nicht zu arbeiten. Ich wäre überhaupt für eine Neudefinition: der Begriff ‚Arbeit' könnte beispielsweise ersetzt werden durch ‚Spiel'."

„Habe ich recht gehört? Durch ‚Spiel'?"

„Ja, Sie haben recht gehört. Früher, als wir noch Kinder waren und spielten, waren wir kreativ. Wir haben uns immer dann angestrengt, wenn wir ein neues Spiel entdeckten. Dann waren wir mit Feuereifer dabei und wir hätten wohl die ganze Nacht hindurch weitergespielt, wenn uns die Eltern nicht ins Bett geschickt hätten. Und plötzlich sollte unser spielerisches Tun den Stempel der harten ‚Arbeit' aufgedrückt bekommen? Warum?"

„Na gut. Vielen Dank, Herr Mühlenbek, für dieses interessante Gespräch. Noch eine Frage: Wann werden die Zahlungen an die Bevölkerung abgeschlossen sein?"

„Ich denke, Ende nächster Woche sollte es keine Armut mehr in Deutschland geben. Das hängt davon ab, wie viele Bürger sich bis dahin an ‚Rettet die Menschheit' beteiligen."

Die Leute vor dem Schaufenster sahen sich an. Keiner wusste recht, was er davon halten sollte. Ein Aprilscherz war das nicht, wir schrieben den 10. Oktober. Nach anfänglichem Staunen und Schweigen fielen die ersten zaghaften Kommentare.

„Wenn das wirklich stimmt, das wäre sensationell...", „Das lässt der Staat doch niemals zu!", „Ist das Steuerhinterziehung?", „Und wenn schon!" usw. Es gab aber auch ein paar ganz Schlaue, die behaupteten, Ludger Mühlenbek sei nur hinter der Milliarde her, die er nach diesem Interview sicherlich bekommen würde.

Als die Sendung endete, gingen die Leute auseinander. Ein bisschen ratlos sahen sie schon drein, aber auch hoffnungsvoll und neugierig.

Auch ich war vollkommen überrascht. Ich hatte zwar gefühlt, dass etwas im Gange war, aber dass Menschen so selbstlos dachten, hätte ich niemals erwartet. Das war nicht einfach irgendeine Publicity-Aktion, das war eine Revolution!

Kapitel 12 - Selbstzweifel

Ich war aufgewühlt, verwirrt, verunsichert und fühlte mich einsam. Wenn es Menschen gab, die sich zusammenschlossen, um etwas zum Wohle aller zu tun, ohne selbst Profit daraus zu schlagen, was hatte ich dann hier noch verloren?
Das Wesen der Göttlichkeit zu erklären, das war meine Aufgabe. Dafür war ich auf die Erde gekommen. Gibt es etwas Göttlicheres, als sich zu einem großen Ziel zusammenzuschließen? Wenn ein Mensch zu sich selbst sagt: „Ich bin erst dann vollkommen glücklich, wenn es alle anderen auch sind", hat er dann nicht das Wesen der Göttlichkeit begriffen?

Sollte ich nicht auch vollkommen glücklich sein, jetzt, in diesem Augenblick?

Am nächsten Tag lief die Frist für die Einreichung von Vorschlägen zum besten Menschen aus. Das Ergebnis war voraussehbar: Ludger Mühlenbek, der Mitgründer von „Rettet die Menschheit", hatte durch seinen Fernsehauftritt in letzter Minute noch so viele Vorschläge auf sich vereinigt, dass ihm die Milliarde Euro zustand. Es war meine Aufgabe, ihm den Gewinn zu transferieren. Nun würde sich herausstellen, ob er das Geld für sich behalten oder es weitergeben würde.
Ich war in diesen Tagen tatsächlich äußerst verwirrt. Anders konnte ich mir nicht erklären, dass ich insgeheim hoffte, er würde es behalten und seine Aktion wäre nur ein raffinierter Trick gewesen. Aber es kam anders. Das Geld wurde umgehend auf das Konto der Organisation eingezahlt, und in der Folge schlossen sich ihr eine große Zahl von Superreichen an. Die Politiker protestierten von wegen krimineller Energie und Steuerhinterziehung, tatsächlich waren sie enttäuscht darüber, dass sie über Nacht machtlos geworden waren.
War auch ich über Nacht machtlos geworden?

Mir fiel auf, dass ich in den letzten Tagen wieder angefangen hatte zu denken. Ich meine damit jenes fruchtlose Umherwälzen von Gedanken, das zu keinem Ergebnis führt außer zu einem trüben Gemüt.

Ich musste mit jemandem reden. Ich sehnte mich danach, mich mit den Menschen zu verbinden. Ich hatte Sehnsucht nach Veronika.

Ich traf sie wie erhofft in dem Café an, in dem sie arbeitete. Sie sah bezaubernd aus; das lag sicherlich auch daran, dass sie heute ihr Lächeln an alle Gäste verteilte. Auch als sie mich sah, lachte sie beinahe ausgelassen.

„Na?", fragte sie schelmisch. „Was denkst du? Wer hat die Milliarde gewonnen? Und nicht zu vergessen: die Kleinigkeit von neunmal einhundert Millionen?"
„Ich weiß nicht…", log ich. „Ich jedenfalls nicht."
„Ich auch nicht. Aber das ist ja jetzt ganz egal." Sie setzte sich zu mir an den Tisch.
„Ich habe heute in meinem Briefkasten 10.000 Euro gefunden", flüsterte sie.
„Dann stimmt es also. Die Aktion ‚Rettet die Menschheit' gibt es wirklich. Ich habe diesen Mühlenbek im Fernsehen gehört. Ich weiß nicht so recht, was ich von ihm halten soll. Ein Umdenken wird stattfinden, sagte er voraus. Aber – mal ganz ehrlich – empfindest du deine Arbeit nun als Spiel?"
„Jaa… man kann es fast so nennen. Ich muss jetzt nicht mehr zehn Stunden täglich ‚arbeiten'. Drei Stunden und ich kann wieder nach Hause gehen. Peter verdient jetzt recht gut – ach ja! Er hat sogar 20.000 Euro bekommen. Damit zahlt er eine Fortbildung. Wenn er die erfolgreich abgeschlossen hat, bewirbt er sich in seiner Firma auf den Posten des Personalchefs. Und die Chancen stehen gut!"
„Donnerwetter! Aber es wird schwierig sein, jetzt überhaupt jemanden zu finden, der Bagger und Gabelstapler fährt und sowas…"
„Könnte man meinen! Das war vielleicht früher so. Aber jetzt spüren die Arbeiter, dass es aufwärts geht. Sie fühlen

sich ernst genommen und machen einen Verbesserungsvor-
schlag nach dem anderen, sagt Peter. Natürlich wird jetzt
alles umstrukturiert. Aber keiner protestiert, alle machen
sie mit! Sie wollen, dass sich etwas bewegt. Gut, was?"
„Gut! Sehr gut... Wie geht's Eva?"
„Du kannst dir vorstellen, was das für sie bedeutet, dass
Mama und Papa jetzt wieder zusammen sind. Du, ich muss
aber jetzt wieder. Der Tisch da drüben winkt schon die
ganze Zeit. Wir sehen uns!"

Ich überlegte, dachte wieder nach, in alle Richtungen, aber
ein unbefriedigendes Gefühl in meinem Bauch blieb bestehen. Das ging irgendwie alles zu glatt. Die Menschen bekommen Geld und plötzlich sind alle ihre Probleme wie
weggewischt? Geld kann doch nicht automatisch mehr
Glück bedeuten... oder doch?
Wenn ich an Veronikas ausgelassene Stimmung dachte -
welch ein Unterschied zu unserem ersten Treffen! Als wäre
eine große Last von ihren Schultern genommen worden.
Vermutlich sollte ich Geld nicht so negativ bewerten. Es
könnte ja sein, dass Geld ein Symbol ist für Fließen und
Freiheit, für Geben und Empfangen, für einen Austausch
auf allen Ebenen. Wenn etwas nicht mehr frei fließen kann
und ins Stocken gerät, so ist der Tod nicht mehr weit; das
ist ein Naturgesetz. Ich hatte mit meiner Milliarden-Idee
wohl unbeabsichtigt eine globale Blockade aufgelöst.
Veronika war nicht der einzige Mensch, der sich anders
präsentierte. Als wäre die Stadt mit Glitzer bestreut worden, schien alles heller und freundlicher zu sein als vor drei
Monaten. Ich wollte der Sache auf den Grund gehen und
suchte den Park auf, in dem ich damals übernachtet hatte.

Ich setzte mich am späten Nachmittag auf eine Bank und
wartete bis zum Einbruch der Nacht. Ich wollte mit den
Obdachlosen sprechen, herausfinden, ob sich auch unter
ihnen die Stimmung aufgehellt hatte. Doch die Zeit der
Obdachlosigkeit schien vorüber. Außer den Spatzen, die auf
dem Boden nach übrig gebliebenen Krümeln suchten, war
es im Park still.

Erst kurz bevor ich gehen wollte, näherte sich ein bärtiger Mann mit Plastiktüten in beiden Händen. Er setzte sich mit dem Rücken zu mir auf eine Bank und packte verschiedene Dinge aus.

„Guten Abend!", sprach ich ihn vorsichtig an. „Darf ich Sie kurz stören?"

„Was wollen Sie?", fragte er, ohne sich umzudrehen.

„Ich habe hier auch mal übernachtet. Damals waren fast alle Bänke besetzt. Und jetzt sind nur Sie und ich hier. Vielleicht können Sie mir sagen, wohin die alle verschwunden sind."

Er zuckte nur mit den Achseln.

„Die haben wohl alle Geld geschenkt bekommen?"

„Kann sein."

„Sie aber nicht?"

„Doch. Aber ich hab's nicht behalten."

„Wie viel haben Sie denn bekommen?"

„Werden wohl ein paar Tausender gewesen sein."

„Sie haben so viel Geld geschenkt bekommen und nehmen es nicht an! Warum nicht?"

„Pah! Ich bin zufrieden mit meinem Leben. Was soll ich mit so viel Geld? Mir kann keiner was klauen. Ich kann hingehen, wohin ich will, und muss mich nicht mit Vermietern und dem Finanzamt rumärgern."

Ich sah mir den Mann an, so gut es bei dem Dämmerlicht möglich war. Er sah nicht gesund aus. Sein Haar war schütter, sein Gesicht gerötet und voller Pickel. Er war, als ich ihn ansprach, gerade damit beschäftigt, Zigarettenstummel, die er in einer Tüte gesammelt hatte, zu zerteilen, um den übrig gebliebenen Tabak zu verwerten.

„Ich glaube Ihnen nicht, dass Sie zufrieden mit Ihrem Leben sind. Wir haben Herbst, jetzt sind die Temperaturen noch erträglich. Aber in ein paar Wochen, wenn es nur noch einige Grad über Null hat, wenn es regnet und stürmt, wo gehen Sie dann hin?"

„Es gibt warme Tiefgaragen, den Bahnhof... Was geht Sie das überhaupt an?"

„Wem haben Sie das Geld eigentlich gegeben?"

„Einem Freund. Sonst noch Fragen?"

„Welchem Freund? Es hat doch sowieso jeder hier etwas bekommen."

„Gut. Sie haben mich erwischt. Ich hab's noch hier, in meiner Manteltasche. 10.000 Euro. Wollen Sie nachzählen? Sie können es haben. Bitte! Nehmen Sie nur! Und dann lassen Sie mich in Ruhe!"

Tatsächlich zog er ein Bündel mit Geldscheinen aus einem Loch in seinem verschlissenen Mantel.

„Ich brauche es ganz bestimmt nicht", sagte ich. „Aber warum mieten Sie sich nicht ein schönes Hotelzimmer, nehmen ein warmes Bad und kleiden sich neu ein?"

„Und was dann?!" Sein Atem roch nach Alkohol. „Soll ich dann etwa ein neues Leben anfangen und so tun, als ob nichts gewesen wäre?"

Ich sah ihn kopfschüttelnd an.

„Soll ich Ihnen sagen, warum ich auf der Straße gelandet bin? Ich hatte eine schöne Wohnung, groß genug für eine dreiköpfige Familie. Ich ging jeden Tag zu Arbeit, ich war nämlich technischer Zeichner in einer angesehenen Konstruktionsfirma, und hab mir nichts zu Schulden kommen lassen. Bis ich eines Tages früher nach Hause kam – ich fühlte mich nicht wohl. Und da traf ich meine Frau in einer eindeutigen Position, wenn Sie wissen, was ich meine. Ich war so wütend, dass ich dem Kerl eine scheuerte, dass er zwei Zähne verlor. Ich meine, das hat er sich verdient. Was meinen Sie dazu?"

„Oh! Ich kann Sie sehr gut verstehen."

„Sehen Sie? Aber der Typ hat mich verklagt und ich wurde zu einer hohen Geldstrafe verurteilt. Das nenn' ich Gerechtigkeit. Ihm ist gar nichts geschehen. Dabei war er es doch, der alles zerstört hat!"

Er atmete heftig.

„Und dann?"

„Dann wurde ich entlassen. Einen Mann mit hohem Gewaltpotenzial könne man sich in der Firma nicht leisten, hieß es. Meine Frau wechselte das Türschloss von unserer Wohnung aus, und ich bekam keine neue Wohnung, weil ich keine Arbeit mehr hatte. So einfach geht das!"

„Wie lange ist das her?"

„Weiß nicht mehr genau... drei oder vier Jahre."

„Aber dann ist doch inzwischen Gras über die Sache gewachsen, oder? Sie könnten doch wieder Arbeit finden."

„Ach was! Wenn man so lange aus dem Beruf draußen war, hat man doch keine Chance mehr."

„Es gibt doch Eingliederungsmaßnahmen, die das Arbeitsamt fördert."

„Hören Sie mir mit diesem Quatsch auf! An mir klebt der Makel des Versagers, verstehen Sie das nicht?"

„Ein Besuch beim Friseur, neue Kleidung und schon sind Sie ein neuer Mensch."

„Ein neuer Mensch! Ein neuer Mensch! Gar nichts bin ich. Sie haben doch keine Ahnung! Wenn ich meiner Ex-Frau über den Weg laufe, soll ich ihr dann ins Gesicht lachen und sagen: ‚Siehst du? Ich habe jetzt wieder einen Beruf und eine eigene Wohnung! Ist doch alles nicht so schlimm!'?"

„Ja... Warum nicht?"

„Weil sie mein Leben zerstört hat! Daran soll sie ein Leben lang denken!"

„Aber was haben Sie davon?"

„Wenn ich schon in der Gosse lande, dann soll sie wenigstens ein schlechtes Gewissen haben. Das nenne ich Gerechtigkeit!"

„Das verstehe ich nun wirklich nicht. Niemand hat etwas davon, wenn Sie weiterhin auf der Straße leben; Sie nicht, und Ihre Ex-Frau auch nicht. Womöglich weiß sie gar nicht, unter welchen Umständen Sie leben. Wahrscheinlich verschwendet sie keinen Gedanken an Sie, sondern lebt fröhlich und zufrieden mit ihrem neuen Mann zusammen. Ein schlechtes Gewissen hat sie bestimmt nicht, weil sie glaubt, Sie haben sich nach so langer Zeit bestimmt schon wieder eine neue Existenz aufgebaut."

Kaum hatte ich das ausgesprochen, packte er mich am Kragen und drohte mir mit erhobener Faust.

„Hören Sie auf!! Noch ein Wort und ich schlage Ihnen genauso die Zähne aus wie dem elenden Kerl von damals!"

171

Sein Gesicht war nun dunkelrot. Ich fürchtete um seine Gesundheit, sollte ich noch länger mit ihm diskutieren. „Wie Sie wollen. Es ist Ihre Entscheidung", sagte ich und entwand mich seinem Griff.

Als ich weiterging, hörte ich ihn noch rufen: „Mit Geld wollen sie mich abspeisen! Als ob das mit Geld aufzuwiegen wäre, was ich mitgemacht habe. Man hat doch auch seinen Stolz!"

Er war einer von wenigen, der nicht bereit war, sein Leben zu verändern. Einer von denen, die im Geld nur den schnöden Mammon sahen, der die Welt verdirbt. Solche wie ihn gab es nicht wenige. Diesen Menschen konnte ich nicht helfen. Auch wenn ich mein Licht erstrahlen ließ, sah ich nur, wie es kurz in ihren Seelen aufblitzte und dann wieder zu mir zurückkam. Es wurde nicht angenommen, falscher Stolz und Trotz bauten dicke Mauern auf, hinter denen sie ihr eigenes Licht gefangen hielten.

Ich tröstete mich mit dem Gedanken, dass sie doch eines Tages, wenn der Schmerz erst groß genug wäre, ihren Stolz aufgeben und das Licht in ihnen wieder zu leuchten beginnen würde.

Ich stutze in meinen Überlegungen. Was war mit meinem eigenen Licht geschehen? Ich hatte auf überraschende Weise mit meinem Licht so viel erreicht, und doch fühlte ich in mir nicht das Licht des Geistwesens, das ich war. Ich fühlte mich wie ein Mensch unter vielen, auf die Erde geworfen und sich selbst überlassen. Etwas zog mich immer weiter in diese Welt hinein, der ich nur als Gast, aber nie vollkommen angehören wollte. Ich war in einen Strudel geraten, dem vor wenigen Tagen noch leicht zu entkommen gewesen wäre, auch gestern noch und auch jetzt noch. Doch ich brachte nicht die Kraft auf, dagegen anzukämpfen. Ich wusste, ein kurzer Aufenthalt im Wald würde mich erneuern und mich daran erinnern, wer ich wirklich war. Doch etwas hielt mich fest umklammert, gegen das ich wehrlos war.

Meine inneren Monologe trübten meine Stimmung zusehends ein. Ich wollte mit einem Menschen sprechen, mir von der Seele reden, was mich bewegte... ich wollte Veronika sehen.

Ich traf Veronika, wo ich sie nicht vermutet hätte. Hinter dem Häuschen, das sie bewohnte, in dem Fleckchen Garten, das ich noch nicht gesehen hatte. Sie war nicht allein, Eva war auch da und spielte mit Peter, ihrem Vater. Er hockte auf dem Rand des Sandkastens, in dem seine Tochter mit Förmchen Kuchen buk. Veronika saß auf einer Kinderschaukel und ließ sich entspannt pendeln. Es war eine Familienidylle, in die ich nicht gehörte, das war mir von Anfang an klar. Ich wollte mich gerade still zurückziehen, doch Eva hatte mich schon gesehen.

Sie deutete mit dem Finger auf mich und rief: „Da ist Bernhard!"

Ich bildete mir ein, sie hätte früher gerufen: „Hallo Bernhard!", etwa so, wie man einen alten Freund begrüßt. Deutlicher hätte sie mir nicht sagen können, dass ich kein alter Freund mehr war. „Da ist Bernhard!", das klang nach einem Eindringling, nach etwas Verbotenem.

Nun stand ich da wie ein begossener Pudel und musste mich von den Dreien inspizieren lassen. Wahrscheinlich dachten sie jetzt: ‚Was macht der denn hier?' oder ‚Wie können wir den jetzt möglichst schnell wieder abwimmeln?'

Veronika schien am geistesgegenwärtigsten zu sein, denn sie stand auf und begrüßte mich mit einer angedeuteten Umarmung.

„Schön, dass du auch da bist! Es ist heute so ein schöner Tag! Da haben wir den Sandkasten eingeweiht. Peter hat ihn Eva noch nachträglich zum Geburtstag gekauft."

„Wie schön! Ähm... ich will auch gar nicht lange stören. Ich war nur gerade in der Gegend – "

Veronika schüttelte den Kopf.

„Das ist ein altbekannter Spruch von Leuten, die einen guten Grund haben, jemanden zu besuchen. Also raus damit! Was ist los?"

„Ich…" Ich hatte einen fetten Kloß im Hals. Außerdem wusste ich nicht, wie ich ausdrücken sollte, was ich fühlte.

„Also?", fragte sie.

„Ich weiß es nicht."

„Du weißt es nicht? Liegt es vielleicht daran, dass wir uns nicht bei dir bedankt haben?"

„Bedankt? Wofür?"

„Dafür, dass du uns wieder zusammengebracht hast."

Nun stand auch Peter auf und schüttelte mir die Hand.

„Echt, Mann! Wenn du nicht gewesen wärst, dann wäre ich jetzt nicht hier. Danke!"

Dabei umfasste er Veronika mit einem Arm und drückte sie lässig an sich.

„Wie können wir dir danken?", fragte Veronika. „Sag es! Ehrlich!"

„Ist schon okay. Da gibt es nichts zu danken. Es ist nur…"

„Was?"

„Ich fühle mich plötzlich so allein."

Sogleich schämte ich mich für diese wehleidige Nummer, die ich hier abzog; eines Engels mehr als unwürdig.

„Hey!", sagte Peter und klopfte mir auf die Schulter. „Du kannst uns jederzeit besuchen, keine Frage. Wenn du mal was auf dem Herzen hast, sind wir für dich da, das ist doch klar."

Ich sah in Veronikas Augen, dass sie annähernd verstand, worum es mir ging.

„Vielleicht ist es das Los von Engeln, allein zu sein…"

„Gut möglich", antwortete ich. „Aber ich sollte jetzt besser gehen. Es ist der richtige Tag für einen Spaziergang. Viel Spaß euch noch!"

Ich ging los und drehte mich nicht mehr um.

Was ist das Los der Engel?, fragte ich mich. Sie waren doch in der ewigen Glückseligkeit Gottes und damit jenseits der Unwägbarkeit eines Schicksals. Ich hatte eine Familie zusammengebracht und ihnen eine neue Lebensperspektive gegeben. Das war doch eine typische Sache, die Engel so zustande bringen. Ich sollte zufrieden mit mir sein und glücklich. Warum war ich es nicht?

Ja, ich geb's zu! Ich hätte gerne erlebt, was Veronika und Peter gerade genießen durften: ein Stückchen Familienidylle mit ganz viel Liebe. Aber was sage ich denn?
Liebe! Das ist es doch, was ich im Übermaß habe, ich, das Geistwesen. Ich bin doch auf die Erde gekommen, um Liebe zu verschenken. Warum kann ich mir jetzt nicht selbst Liebe geben?

Während ich nachdachte, ging ich weiter, ohne auf die Richtung zu achten. Unversehens fand ich mich in einem reichen Geschäftsviertel wieder. Ich sah viele gut gekleidete Leute, die sehr aufgeregt wirkten. Eine Gruppe stand mit Handys und Tablets zusammen und diskutierte. Ich stellte mich nahe genug dazu, um unauffällig mithören zu können. So bekam ich mit, dass sie über Aktien und Börsenkurse sprachen. Die Bezeichnungen für die aktuelle Lage an der Börse reichten von „dramatisch" bis „sensationell". Der Kurs des Euro war enorm gesunken, aber alle anderen Währungen ebenso. Aber im Allgemeinen war die Lage so verworren, dass die Kurse stiegen und fielen wie auf einer Berg- und Talbahn. Niemand konnte mit Sicherheit sagen, wie man auf die gegenwärtige Situation am besten reagieren sollte.
Ich verließ dieses Viertel und horchte mich unter den normalen Bürgern um. Diese waren viel entspannter als die Börsenmakler. Zwar musste ich beobachten, dass einige Neureiche ihr Geld gedankenlos verjubelten, aber die meisten anderen sprühten vor Elan.
Und schließlich kam ich an der Polizeistation vorbei, in der ich eine Nacht eingesessen hatte. Ich traf Herrn Gruber, den älteren Kollegen von Hauptkommissar Brunnhuber.
„Ach, Herr Engel! Wie geht's Ihnen denn? Sind Sie auch über Nacht reich geworden?"
„Ich war zuvor schon reich, Herr Gruber. Und wie geht es Ihnen? Haben Sie viel zu tun in dieser seltsamen Zeit?"
„Ganz im Gegenteil. Wir hatten große Bedenken, das muss ich sagen. Das alles traf uns wie ein Blitz aus heiterem Himmel. Keiner konnte abschätzen, wie die Leute in solch einer Situation miteinander umgehen. Da gibt es welche,

die Geld bekommen, und der, der eine Haustür weiter wohnt, geht leer aus. Das muss doch zu Neid führen, dachten alle. Aber es kam ganz anders. Ich habe mit einem gesprochen, der so ein Bündel bekommen hat – 50.000 Euro! Er sagte mir, das bedeute für ihn mehr als einen Lottogewinn. Er selbst habe ja nichts dazu getan, um so viel Geld zu erhalten. Und niemand verlangte dafür, ihm seine Seele zu verkaufen oder so. Also muss das Geld von jemandem stammen, der ein gutes Herz hat. Und das sei für ihn eine Verpflichtung, das Bestmögliche mit dem Geld zu machen. Daher habe er zuerst zwei Familien beschenkt, von denen er wusste, dass sie nichts bekommen hatten. Das übrige verwende er für die Ausbildung seiner Kinder. Sehen Sie – die Leute sind nicht so egoistisch, wie man immer sagt."

„Donnerwetter! Das ist ja schön zu hören! Wie geht es Ihrem Kollegen Brunnhuber?"

„Der ist leer ausgegangen bei der Geldverteilung. Aber das ist für ihn nicht weiter schlimm. Er arbeitet jetzt nicht mehr im Schichtdienst und ist öfter daheim bei seiner Familie. Seine Frau soll sich ja toll entwickelt haben. Verdient besser als er!"

„Na sieh mal einer an. Haben Sie denn auch nichts bekommen?"

„Doch." Er wurde plötzlich sehr unruhig. „Aber fragen Sie mich bitte nicht, was ich damit gemacht habe! Das will ich nämlich nicht an die große Glocke hängen."

„Schon gut. Geht mich ja nichts an."

„Ich habe ja keine Kinder, müssen Sie wissen. Hmm... Es muss einfach raus! Ich hab mir einen Sportwagen dafür gekauft! Ja und?" Er hob entschuldigend beide Hände. „Schließlich ist nicht jeder zur Mutter Teresa geboren!"

„Da haben Sie recht. Wenn Sie Freude an ihrem neuen Auto haben, warum nicht?"

„Außerdem habe ich mir eine neue Küche gekauft und besuche einen Kochkurs, das wollte ich nämlich schon immer machen."

„Hervorragend!"

„Bin ich jetzt ein schlechter Mensch?"

„Wenn Sie mich fragen, ist nur der ein schlechter Mensch, der aus seinem Leben nichts macht. Jemand, der nur miese Laune verbreitet und über sein Unglück jammert."
Da hellte sich seine Miene auf.
„Es tut sehr gut, das zu hören. Danke!"

Ich freute mich aufrichtig über solche Nachrichten. Immer mehr bekam ich davon zu hören. Leute, die sich einen lang-gehegten Traum erfüllt haben, Leute, die soziale Einrich-tungen unterstützen, und natürlich auch solche, die sich fortbilden oder einen ganz anderen Beruf erlernen. Und sehr viele davon fand ich, die einen großen Teil ihres Gel-des an die weitergaben, die nichts bekommen haben. Dadurch geschah etwas ganz Wichtiges: Die Menschen rück-ten wieder näher zusammen und vertrauten einander. Einer half dem anderen, keiner beneidete den anderen. Sie un-terstützen sich bei der Umsetzung von Ideen und Projekten und machten sich unabhängig von Bankdarlehen und staat-lichen Fördergeldern. Sozial benachteiligt war nur noch der, der in seinen vier Wänden sitzen blieb und nichts ver-änderte. Aber den Nachteil musste er sich selbst ankreiden lassen. Denn Möglichkeiten, sein Leben umzukrempeln, hatte nun jeder.

Kapitel 13 - Versuchung

Meine Mission war zu Ende. Das dachte ich jedenfalls. Daher gab es für mich nur noch eines zu tun: Ich musste zurückkehren in die Unendlichkeit der reinen Geistwesen.
Ich suchte mir einen ruhigen Ort und besann mich darauf, dass ich ein Geistwesen war, das nicht an die Materie gebunden ist. Die Reise von der Erde in den „Himmel" war im Grunde keine komplizierte Sache. Ich musste es nur wollen und so geschah es auch - normalerweise. Ich hatte jedoch vergessen, dass mir die Fähigkeit der Teleportation abhandengekommen war. Ich dachte an den Himmel, an die Ewigkeit, an meine Brüder und Schwestern, aber nichts passierte. Ich brachte mein Licht zum Strahlen, so wie ich es viele Male zuvor getan und die Welt damit verändert hatte. Ich schaffte es mit Mühe, aber mein Licht blieb klein; gerade so groß, dass es mich umhüllte. Dann verstand ich: Wenn ich die grundlegenden Fähigkeiten eines Geistwesens nicht mehr beherrschte, war Gott im Spiel. Er ließ es nicht zu, dass ich in sein Reich zurückkehrte. Warum?
Ich begann mit Gott zu sprechen, so wie ein Mensch zu Gott spricht.
„Mein Herr und Gott! Was habe ich getan, dass du mich verstößt? Ich habe doch meine Aufgabe erfüllt. Die Menschen sind glücklich. Sie haben verstanden, wie schön das Leben sein kann, wenn man sich gegenseitig hilft. Es gibt keine Armut mehr auf der Erde. Was willst du noch, dass ich tue?"

Aber Gott weigerte sich, mit mir zu sprechen. Er hatte mich im Stich gelassen. Es war ihm egal, was mit mir geschah. Ich war uninteressant für ihn geworden. Er hatte mich wahrscheinlich vergessen...
Das waren meine Gedanken, die Gedanken eines Menschen, der enttäuscht von Gott ist. Instinktiv blickte ich zum Himmel hoch, als könnte ich dort einen Hinweis auf Gott entdecken. Ich war doch von dort oben gekommen, durch einen Kanal aus buntem Licht... oder kam ich doch von

unten? Wo war das nochmal, der Ort, an dem alles schön und gut war, damals, als ich noch ein Geistwesen war?

Meine Erinnerung war getrübt. Vage nur noch sah ich die lichtdurchflutete Weite, in der es nur Liebe gab, in der alles so einfach war. Wir konnten dort mit der Materie spielen, wie es uns gefiel. Nichts war unmöglich. Raum und Zeit gab es nicht. Und jetzt?

Jetzt saß ich in meinem Wohnzimmer und zählte die Minuten. Ich wusste nicht mehr, was ich tun sollte. Ich dachte an alle jene, die jubelten, als sie in ihrer Post ein Päckchen Geldscheine fanden. Für sie hatte sich ein Traum erfüllt. Jetzt konnten sie sich endlich das neue Auto leisten, den Urlaub in der Karibik, die Eigentumswohnung... Und ich? Hatte ich keine Wünsche? Was würde ich denn am meisten wollen? Eine Fernreise in den Himmel, klar! Aber die war mit noch so viel Geld nicht zu bekommen. Ich legte mich auf die Couch. Mein Blick fiel auf die leere Weinflasche, die ich damals zusammen mit Veronika getrunken hatte. Ich konnte sie nicht wegwerfen, wollte sie als Erinnerung behalten...

Wenn ich mich damals nicht so dumm angestellt hätte, dann –

Nein! Sie war die Frau von Peter, sie hatten ein gemeinsames Kind, also Schluss mit solchen Gedanken!

Ich hielt es nicht mehr aus in der Wohnung. Solange ich hier herumsaß und –lag, würde sich gar nichts verändern. Also raus auf die Straße und warten, was passiert!

Ich könnte es doch mal mit Joggen versuchen! Das schien Spaß zu machen, warum sonst waren tagtäglich so viele Läufer jeden Alters, Männer wie Frauen, im Englischen Garten unterwegs?

Ich kaufte mir Sportschuhe und Kleidung und lief los. Zunächst fiel es mir schwer, das richtige Tempo zu finden; ich schnaufte wie ein Walross. Dann kam ich nach und nach in einen guten Rhythmus aus Schrittfolge und Atemfrequenz und es ging fast wie von selbst. Noch angenehmer war es im Englischen Garten, wo Sand und Gras meine Schritte dämpften. Ich grüßte die entgegenkommenden Jogger und sie grüßten mich. Meine Stimmung hob sich. Dann sah ich etwas, was mich schockierte.

Etwa zwanzig Meter vor mir lief ganz gemächlich ein Paar, junge Leute, schlank und durchtrainiert. Dann blieben sie stehen, offenbar, um sich auszuruhen. Der Mann lehnte sich an einen Alleebaum, die Frau legte ihre Arme um seinen Hals, dann küssten sie sich. Ich erkannte die Frau! Es war Carolin Brunnhuber. Doch der Mann war nicht Hauptkommissar Brunnhuber! Ich war entsetzt! Die beiden besaßen die Unverfrorenheit, sich in aller Öffentlichkeit zu küssen. Sie mussten doch damit rechnen, dass sie von jemandem erkannt würden. Ich blieb stehen, um uns nicht der Peinlichkeit einer Begegnung auszusetzen.

Noch einmal sah ich über die Schulter zurück, um mich zu vergewissern, dass ich die Frau nicht verwechselte. Nein, es war Carolin Brunnhuber. Und sie küssten sich immer noch. Ich kehrte um und lief den Weg zurück, den ich gekommen war.

Wie konnte so etwas möglich sein? Die beiden führten doch vor kurzem noch das Leben, das sie sich erträumt hatten. Warum taten Menschen so etwas?

Vor einigen Wochen noch hätte ich in solchen Momenten meine Seele wandern lassen und sie mit den Seelen der Menschen verbunden, die mir nahestanden. Und die Brunnhubers standen mir nahe, ich hatte schließlich bei ihnen Schicksal gespielt. Ich hätte mich eingefühlt in sie, um die Gründe für ihr Verhalten zu entdecken. Aber diese Gabe war mir wie so viele andere Fähigkeiten verloren gegangen.

Meine Stimmung verschlechterte sich zusehends. Ich trabte missmutig nach Hause und duschte mich. Das Bild von Carolin Brunnhuber und dem fremden Kerl ging mir nicht mehr aus dem Kopf. Ich hatte sie geschätzt, sie war eine hübsche Frau und eine liebevolle Mutter und war drauf und dran, auch beruflich durchzustarten. Waren alle Frauen so, dass sie ihren Männern den Laufpass gaben, sobald sie sie nicht mehr brauchten? Am Ende wollte Carolin nur einen Babysitter im Haus und nun, da ihr Mann wieder öfter daheim war, konnte sie sich ihren Hobbies widmen – und ihren Liebhabern!

Wie das wohl bei Veronika war? Sie hatte mir nur ihre Version der Trennungsumstände geschildert, vielleicht war alles ganz anders und Peter traf keine Schuld an der Trennung? Jetzt, wo sie Geld im Überfluss hatte, war sie vielleicht auf den Geschmack gekommen und merkte, wie viel Spaß es machte, auch mit anderen Männern zu flirten. Wie Carolin Brunnhuber war auch sie weniger eingeschränkt, wenn der Vater ihres Kindes im selben Hause wohnte.

Was wusste ich schon von einer Ehe und ihren Spielregeln? Gut, es gab das Sakrament der Ehe, aber was war das noch wert? Die meisten Paare verzichten auf den Segen eines Pfarrers und auch der hatte noch niemanden vor einer Scheidung bewahrt.

Wenn das die Regel für Paare war: Heiratet, bekommt Kinder, zieht sie ein paar Jahre lang auf, bis sie aus dem Gröbsten raus sind, und dann vergnügt euch, so gut es geht, ehe ihr alt werdet!, wenn also das die gesellschaftliche Vereinbarung ist, die alle Beteiligten gut heißen, dann gab es doch ohnehin keine moralischen Schranken mehr. Freiheit stand weit über der Moral und war offenbar das höchste Gut.

Ein dumpfer, dunkler Gedanke nahm in meiner Fantasie Gestalt an. Ich war Mensch geworden und Gott wollte ohnehin nichts mehr von mir wissen. Folglich galten für mich die Regeln, die von Menschen aufgestellt wurden.

Ich schrieb einen Brief mit folgendem Inhalt:

Liebe Veronika,

ich muss Dir ein Geständnis machen. Der Brief, den Dir Peter gegeben hat, stammt zwar aus seiner Feder, aber aus meinem Herzen. Ich habe ihn zuerst geschrieben, hatte aber nicht den Mut, ihn abzuschicken. Trotzdem fand ich,

die Zeilen sollen nicht umsonst geschrieben worden sein,
sie sollen wenigstens die Frau erreichen, um derentwillen
sie erschaffen worden waren. Sie darf ruhig wissen, dass
sie mit den Augen eines Liebenden betrachtet wird. Also
händigte ich Peter meinen Brief aus und riet ihm, ihn noch
einmal zu schreiben und Dir zu geben.
Doch ich kann mich nicht uneigennütziger geben als ich
bin. Ich fühle mich wie ein Heuchler. Was in diesem Brief
steht, ist die Wahrheit. Und was tue ich? Ich opfere meine
Liebe. Ich leugne die Wahrheit und gebe vor, wertloser zu
sein als Peter. Alles Lüge! Mit einer Lüge kann man nicht
leben. Ebenso gut könnte ich mir gleich einen Dolch ins
Herz stoßen. Die Wahrheit ist, dass ich Dich liebe, ohne
Kompromisse, ohne Wenn und Aber. Ich habe auch Eva ins
Herz geschlossen wie mein eigenes Kind.
Wir könnten zusammen glücklich sein.
Bekennst auch Du Dich zur Wahrheit?

Dein „Engel" Bernhard

Ja, das war die Wahrheit! So empfand ich in diesem Augenblick. Ich hatte es doch nicht nötig, mich vor Pokorny & Co. zu verstecken! Ich hatte etwas zu bieten. Ich war Bedad, das Geistwesen!

Voller Ungeduld wartete ich auf eine Antwort. Einen Tag, eine Nacht, noch einen Tag und noch eine Nacht. Von Stunde zu Stunde wuchs meine Ungeduld und wurde zur Manie. Mehrmals täglich schloss ich den Briefkasten auf und hoffte. Die vergebliche Hoffnung wurde zur Wut. Ich erfand Gründe dafür, mich nicht mehr außer Haus zu begeben, schlechtes Wetter, Unwohlsein, interessante Fernsehsendungen... Ich hörte Geräusche, oft auch mitten in der Nacht, und bildete mir ein, der Briefträger sei gekommen. Wenn ich frühmorgens erwachte, zitterten meine Hände. Noch ehe ich meine Morgentoilette machte, fuhr ich mit dem Lift hinunter zur Briefkastenanlage. Ich war unfähig, mit irgendjemandem ein Gespräch zu führen. So lungerte ich fünf Tage und vier

Nächte in meiner Wohnung herum und brachte nichts zustande.

Dann passierte es doch. Nicht so, wie ich es erwartet hatte, eine glückliche Botschaft in einem Brief. Nein, es geschah ganz plötzlich und direkt.

Während ich an einem langweiligen Abend durch das Fernsehprogramm zappte, um mich abzulenken, läutete die Türklingel. Zuerst reagierte ich unwirsch und sagte mir, ich sei nicht in der Lage, Besuch zu empfangen. Abgesehen davon sah es in meiner Wohnung aus, als hätten die Vandalen hier gehaust. In den letzten Tagen ließ ich alles herumliegen, wo es gerade war. Ich hatte mir nicht einmal Zeit genommen, das Geschirr abzuwaschen und den Müll rauszutragen. Dann läutete es noch einmal und ich erschrak. Es könnte Veronika sein! Schnell schaltete ich den Fernseher aus und sprang zur Tür. Ja, es war Veronika! Sie war nicht allein, sondern wurde von einer Frau begleitet.

„Dürfen wir reinkommen?", fragte sie ohne Einleitung.

„Natürlich... Setzt euch doch!"

„Nein, danke. Das wird nicht nötig sein. Um auf deinen Brief zurückzukommen... Ich hätte es in hundert Seiten nicht geschafft, dich davon zu überzeugen, dass du auf dem Holzweg bist. Also habe ich Vera mitgebracht. Vera, das ist Bernhard."

„Wer ist Vera?"

„Vera ist meine Lebensgefährtin, meine Geliebte oder wie auch immer man das nennt."

Ich glaube, dass in diesem Moment mein Herz aussetzte. Jedenfalls spürte ich einen starken Schwindel im Kopf und musste mich auf der Stelle setzen. Dann versuchte ich es mit einem Lächeln, um auszudrücken, dass ich auf diesen Scherz nicht hereinfiel. Aber Veronikas eisiger Blick drückte das Gegenteil aus. Sie drückte Vera an sich und küsste sie auf den Mund.

„Aber... Peter...", brachte ich mühsam hervor.

„Eine Lüge. Du hast mich aufgefordert, mich zur Wahrheit zu bekennen. Das habe ich getan. Ich muss dir dankbar sein. Dein Brief hat mich daran erinnert, wie schrecklich es ist, vor der Wahrheit davonzulaufen. Vera ist und war immer meine große Liebe. Ich wollte es mir nicht eingestehen, um Eva nicht zu verwirren. Ich habe versucht, Vera aus dem Weg zu gehen. Auch ich wollte ‚normal' sein, mit Mann und Kind zusammen leben. Aber im Grunde fühlte ich mich schizophren. Jetzt habe ich reinen Tisch gemacht. Vera, Eva und ich werden jetzt zusammen leben, wie eine richtige Familie. Ich bin glücklich darüber."

Ich hatte einen riesigen Kloß im Hals.

„Gut", würgte ich hervor.

„Du bist ein guter Freund, Bernhard, solange du mit dem Herzen bei uns warst, ohne Erwartungen. Aber jetzt hast du begonnen, mich besitzen zu wollen. Dadurch hast du die Freundschaft zerstört, tut mir leid."

Ich schaffte es eben noch, die Tür hinter den beiden Frauen zu schließen, dann wurde ich ohnmächtig.

Kapitel 14 - Erleuchtung

Wie aus großer Ferne hörte ich ein metallisches Klirren. Es kam wieder und wieder, in unregelmäßigen Abständen. Der Schleier um mich herum wurde transparenter und nun begriff ich, dass es meine Türklingel war, die ich hörte.
Veronika!
Ich rappelte mich auf und riss den Türgriff zurück.
„Veronika! Ich – es tut mir leid! Bitte!"
Veronika sah mich seltsam an, als wäre sie nicht von dieser Welt. Ihre Augen waren heller als sonst, beinahe strahlend.
„Veronika?" Ich zweifelte, ob ich nicht halluzinierte. Sie war doch nicht so klein... Ich rieb mit Daumen und Zeigefinger über meine Augen.
Plötzlich veränderte sich ihre Gestalt und vor mir stand nicht mehr Veronika, sondern Marietta Miller.
Ich klappte den Mund auf und zu und wusste nicht, was ich sagen sollte.
„Mein *alter ego* hätte dir besser gefallen, was?", sagte sie.
„Warum eigentlich? Weil sie jünger und hübscher ist? Dabei ist sie doch nicht gerade freundlich mit dir umgesprungen. Sie hat dir vorgejammert, wie schlecht es ihr ging, und du warst derjenige, der sich für sie Zeit genommen hat. Sogar ihren Mann hast du ihr zurückgebracht. Das war sehr brav von dir. Hat aber alles nichts genützt."
„Marietta? Woher weißt du das alles?"
„Du weißt immer noch nicht, wer ich bin, hm?"
Ich schüttelte den Kopf.
„Ich kann jede Gestalt annehmen, so wie du. Ich bin auf der Erde, um denen zu helfen, die mich darum bitten."
„Du – du bist ein Geistwesen?"
„Du hast es! Du hast doch nicht etwa gedacht, dass du allein den Auftrag erhalten hast, die Menschheit über das Wesen Gottes zu unterrichten?"
„Doch, eigentlich schon..."
„Na sowas! Du wärst nicht weit gekommen, ohne meine Hilfe. Das ist aber nicht weiter schlimm. Wir alle sind gefährdet, sobald wir Mensch werden. Es ist der freie Wille,

der uns in Versuchung führt! Wir können tun und lassen, was wir wollen. Doch leider hindert uns niemand daran, etwas Dummes zu tun. Gut – ich hab's versucht. Aber du warst so besessen von dieser Veronika, dass du meine Zeichen nicht verstehen wolltest."

„Welche Zeichen?"

„Ist dir denn nicht aufgefallen, dass du deine Verabredungen mit ihr nie einhalten konntest? Dass du dich mit ihr zusammen nie richtig wohl gefühlt hast?"

„Doch! Einmal! Als ich mit ihr eine Geistreise unternahm."

„Stimmt! Doch zu diesem Zeitpunkt hast du wie ein Geistwesen gehandelt, nur von der einzigen Absicht durchdrungen, sie zu trösten; ohne Hintergedanken."

„Und jetzt? Was machst du eigentlich hier?"

„Ich liebe dich so wie alle unsere Brüder und Schwestern. Daher will ich dir helfen. Du sollst nicht weiter unnötig leiden."

„Ich fürchte, nicht einmal du kannst mich trösten."

„Was redest du da? Du – ein Geistwesen – brauchst Trost? Hast du nicht alles, was du brauchst? Erinnere dich! Du bist ein Sohn Gottes!"

„Ich weiß, aber – "

„Nichts aber! Es liegt nur an deiner Entscheidung. Du kannst dich als leidendes Menschlein wahrnehmen oder als Sohn Gottes. Du brauchst nur zu wählen."

Ich versuchte es, aber immer wieder hatte ich das Bild Veronikas vor meinen Augen. Ich wollte nicht ohne sie leben.

„Es ist so schwer."

„Du versteckst dich unter dem Mantel des Leids vor Gott. Das ist es, was du tust. Du glaubst, es gibt nichts Begehrenswerteres als diese Frau? Dann stell dir vor, eine Frau, die dich aufrichtig liebt, hätte ihren Körper. Sie würde deine Nähe suchen, sie zeigte dir mit jeder Geste, wie sehr sie dich begehrte. Wäre diese Frau nicht begehrenswerter als diese Veronika?"

„Doch, sicher."

„Und glaubst du, Gott würde es nicht hinbekommen, eine solche Frau zu erschaffen?"

„Doch, das würde er bestimmt."

„Und wenn Gott wüsste, dass es das Beste für dich ist, genau so eine Frau zu bekommen, würde er sie dir dann verwehren?"

„Nein."

„Also wo ist dann dein Problem?"

„Du hast recht. Ich habe mich zum Affen gemacht. Ich habe meiner Angst mehr Glauben geschenkt als meiner Liebe."

„Richtig! Du dachtest allen Ernstes, wenn du diese Frau nicht bekämst, wäre eine einmalige Chance auf ewig dahin, nicht wahr?"

„Ja."

„Du hast nicht auf Gott vertraut."

„Nein."

„Und damit für dein eigenes Leid gesorgt."

„Und? Was soll ich jetzt tun? Denn – obwohl ich dir in allem Recht geben muss, leide ich immer noch."

„Ganz einfach: Vergib dir!"

„Was?"

„Vergib dir, dass du deiner Liebe nicht vertraut hast und stattdessen eine Welt der Angst und Eifersucht geschaffen hast. Noch einmal: es ist keine Tragödie, dass dir das passiert ist. Aber nun lass es sein und lege alles in Gottes liebende Hände. Kannst du dich noch daran erinnern, was du am Schlachthaus getan hast?"

„Ja, ich habe geweint."

„Und du hast nicht verurteilt, sondern darauf vertraut, dass in jedem Menschen ein liebendes Herz schlägt. So ist es auch mit dir. Dein Herz wird dich führen, wenn du akzeptierst, dass dich dein Wollen in die Irre führt. Vergib dir, dass du etwas erschaffen hast, was nicht der Liebe entspringt. Überlass es Gott, dich zu führen!"

Diese Worte hallten noch lange, nachdem Marietta meine Wohnung verlassen hatte, in meinem Kopf nach. Dann versank ich wieder in einen tiefen, traumlosen Schlaf.

Als ich erwachte, hatte ich Kopfschmerzen. In meiner Wohnung war es taghell.

Ich hatte die ganze Nacht auf dem Fußboden gelegen. Langsam kam die Erinnerung an den Abend zurück... Veronika und Vera – wie nett! Ich schlurfte zur Küche und trank ein Glas Wasser. Was hatte sie alles zu mir gesagt? Schmerzhaft kamen ihre letzten Worte noch einmal: Du wolltest mich besitzen. Du hast unsere Freundschaft zerstört. Ich fühlte eine glühende Kugel in meinem Bauch. „Du hast unsere Freundschaft zerstört!", wiederholte ich laut. „Du hast unsere Freundschaft zerstört! Du hast unsere Freundschaft zerstört!"

Als ich zu weinen begann, lösten sich meine Bitterkeit und der Schmerz in meinem Bauch.

„Es tut mir leid!", sagte ich. „Ich könnte mich ohrfeigen. Wie dumm kann man sein? Hätte es mich glücklich gemacht, an Veronikas Seite zu leben? Wohl kaum. Es war nie meine Aufgabe, mein Leben mit ihrem zu teilen. Wie konnte ich das nur vergessen? Ich würde viel drum geben, wenn ich diese Dummheit rückgängig machen könnte. Aber klagt mich jemand an? Veronika ist es nicht, die mich anklagt. Ich selbst klage mich an. Solange ich das tue, füge ich mir selbst Schmerzen zu. Ich muss mir vergeben...

Ich vergebe mir!", sagte ich laut zu mir selbst. Und noch einmal: „Ich vergebe mir!"

Mit diesem Worten war mir, als lösten sich eiserne Klammern, in die mein Körper eingezwängt war, so wie die Eisenbänder des treuen Heinrich. Ich hörte nicht, wie die Klammern zersprangen, aber ich fühlte es deutlich. Zögernd atmete ich ein und aus. Ja, endlich konnte ich wieder tief durchatmen und mit dem dritten kräftigen Atemzug spürte ich, wie sich ein zartes Gefühl in meinem Herzen regte. Ganz allmählich, aber stetig wuchs etwas heran, was beinahe verdorrt war: Die Liebe! Ich war wieder fähig zu lieben! Es war wie eine Explosion in mir. Plötzlich hatte ich ein heftiges Verlangen danach, allen Menschen zu sagen, wie sehr ich sie liebte; mir zu sagen, wie sehr ich mich liebte.

„Ich liebe mich!", sagte ich. „Ich liebe euch alle, ihr kleinen, unbedeutenden Wesen, die ihr euch so sehr bemüht, alles richtig zu machen. Ihr reinen, mächtigen, gottgleichen Engelswesen! Habt Vertrauen, alles wird gut!"

Nun fühlte ich mich frei. Zum ersten Mal seit meiner Ankunft auf der Erde war mir klar, dass ich nichts weiter zu tun hatte, als meine Sorgen, meine Ängste, meine Widersprüche und Verwirrungen an Gott abzugeben, und alles würde besser werden, als ich es mir je vorstellen hätte können.

Zum ersten Mal in dieser Woche rasierte und duschte ich mich. Dann räumte ich alle Reste aus dem Kühlschrank und bereitete mir ein gutes Frühstück. An diesem Tag freute ich mich darauf, unter die Menschen zu gehen. Ich hatte keine bestimmte Absicht dabei. Ich wollte sie einfach nur ansehen, in dem Wissen, dass sie von Gott gesegnet waren.

Es war ein ganz normaler Tag und die Leute gingen ihren alltäglichen Verpflichtungen nach. Sie standen wie jeden Tag an der S-Bahn-Station, sie erledigten schon, bevor sie an ihrem Arbeitsplatz waren, wichtige Gespräche über ihre Handys, die Kinder schleppten ihre schweren Schultaschen, die Frauen ihre Einkaufstaschen, die Alten setzten ihre müden Beine einen Schritt vor den anderen, um in den nächsten Lebensmittelladen zu gelangen, die Autofahrer schimpften, wenn es an der Ampel nicht schnell genug weiterging. Aber über eines war ich mir ganz sicher: Alle wussten, dass sie gesegnet waren. Sie zweifelten nicht daran, dass sie ein Geheimnis in sich trugen, etwas ganz Außergewöhnliches, etwas, was alles verändern konnte, sobald sie sich erinnerten. Das Wissen um dieses Geheimnis einte sie und bewirkte, dass sie trotz allem sehr glücklich waren.

Hatte ich nun meine Aufgabe erfüllt, den Menschen das Wesen der Göttlichkeit zu erklären?

Ich weiß nicht genau. Ich vermute, dass ich mit meinem Akt der Vergebung mir selbst gegenüber einen Samen in die Erde fallen ließ. Ein Mensch, der vergeben hat, steht unter allen Menschen in der Welt wie ein Lichtpunkt am Firmament; es ist unmöglich, ihn zu übersehen. Es ist unmöglich, ihn zu betrachten und derselbe Mensch zu bleiben. Vergebung wächst unaufhaltsam. Sie breitet sich nach den Regeln des Schneeballsystems aus. Früher oder später wird sie jeden erreichen. Sobald sie jeden erreicht hat, ist der Friede Gottes auf der Erde eingekehrt. So viel ist sicher.

Mein Weg führte mich in die Kirche, die mein erster Zufluchtsort hier auf der Erde gewesen war. Ich stand vor dem übergroßen Kreuz und betrachtete den leidenden Jesus. Ohne darüber nachzudenken, ließ ich mich auf die Knie fallen. Das Opfer, das er gebracht hatte, um die Menschheit zu retten, scheint zu groß, um es zu fassen. Wer wäre heute noch fähig, so etwas zu tun?
Schlagartig wurde mir bei dieser Frage bewusst, dass es nicht Jesu Absicht gewesen sein konnte, dafür angebetet zu werden. Auch als Vorbild konnte sein Leidensweg wohl nicht gedient haben. Warum also erschien mir dieses Kreuz so übermächtig?
Ich besann mich darauf, dass meine Gedanken die eines menschlichen Verstandes waren, unzureichend, um die Welt zu erklären. Ich musste die Weisheit meiner göttlichen Seele sprechen lassen, um die Dinge zu verstehen.
Ich zog mich in mein Innerstes zurück und ließ die Worte aus mir fließen...

„Was sich der Mensch erdenkt, ist eine Illusion. Das Böse gibt es in Wahrheit nicht. Ebenso wenig wie das Leid und den Tod. Das Kreuz ist ein Symbol. Es steht für das falsche Gedankengebäude der Menschen, die glauben, von Gott getrennt zu sein. Jesus hat das Kreuz überwunden und ist auferstanden, weil er die Wahrheit erkannt hat. Wir sind alle nur aus Liebe erschaffen, alles, was wir sind, ist Liebe. Lasst uns vergeben und überwinden, was auch immer uns daran hindert, wahrhaft zu lieben, und wir werden unsere göttliche Natur wiederfinden."

Ich stellte mir vor, in der Unendlichkeit Gottes angekommen zu sein, dort, wo es weder Raum noch Zeit gab, sondern nur Liebe und Frieden. Dann öffnete sich ein bunter, schillernder Tunnel und es geschah nach meinem Willen.

ENDE

Bernhard Künzner
geboren 1959 in Bad Reichenhall
aufgewachsen in Burghausen, Oberbayern
wohnhaft in Mehring bei Burghausen

Dipl.-Verwaltungswirt (FH)
Standesbeamter seit 1984
Meditationslehrer
Hypnoseberater
Lebensberater
Seminarleiter

Im Praxis-Seminar-Zentrum BEDADEVA
www.bedadeva.de

3 Kinder

bisher veröffentlicht: „Ich war in Quies"
     (Erlen-Verlag Gelsenkirchen) 1984
    „30 Minuten leben" (Ubooks-Verlag) 2005
    „Zwischen dunklen Mächten"
     (Books on demand) 2010
    „Herzensträume" (Books on demand) 2011
    „30 Minuten –
     träumend die Realität verändern
     (EINBUCH-Verlag Leipzig) 2013
    „Der dunkle Schleier fällt"
     (EINBUCH-Verlag Leipzig) 2015
    „Ohne Silikone" (Books on demand) 2016
    „Noch 30 Minuten bis zum Gipfel"
     (Books on demand) 2018)

zahlreiche kleinere Theaterstücke, u.a. für historische Burgführungen

Freier Mitarbeiter bei der Passauer Neuen Presse